名家散文自选集

散文就是同亲人谈心

安塞腰鼓

刘成章／著

民主与建设出版社

安塞腰鼓

目录

老虎鞋 / 1

扛椽树 / 5

这边风景 / 10

浅　春 / 17

高跟鞋，响过绥德街头 / 19

奇崛的一群 / 26

转九曲 / 33

关中味 / 42

西寨村的鸟儿 / 45

延安牡丹 / 50

安塞腰鼓 / 58

在古老的土地上 / 61

山　峁 / 70

老黄风记 / 73

穷山饿石间 / 78

锅　盔 / 82

黑宝璀璨 / 85

火葫芦 / 96

那夜的黑 / 100

小洋槐 / 105

化　蝶 / 107

草色遍野 / 117

布达佩斯夜景 / 126

看麦熟 / 130

定　边 / 138

走进纽约 / 145

问　候 / 155

压　轿 / 158

夏夜精灵 / 164

羊肚子手巾 / 168

七月的雷雨 / 175

白天鹅洗翅 / 179

中国屋 / 184

黑豆打架 / 190

一场龙卷风 / 194

域外迎春 / 199

天天看日落 / 204

水墨故土欲成诗 / 214

走在林中 / 219

河 / 223

雪中婚宴 / 227

温莎之秋 / 231

这就是生命 / 235

家山迷茫 / 238

这壁冬 / 250

大雨落在硅谷 / 264

跑　藤 / 275

威严火山 / 280

种　枣 / 290

三角梅 / 297

华阴老腔 / 300

石崖上的枣树 / 306

踏海行 / 310

看看那云彩吧，看看 / 319

红着喊着千百树 / 329

雪　熊 / 334

云彩的诞生 / 339

信天游 / 343

牛　群 / 355

鞋　垫 / 359

闪电辞 / 363

送别爱妻小苓子 / 364

天碑为她而生 / 367

我的杨家岭 / 370

老虎鞋

望不尽似水流年，现在，我已经四十多岁了。

但是，我的如同树皮一样粗糙的额头里边，常常闪现着我的一双花蕾般的小脚片子，和那小脚片子上穿的一双老虎鞋。

一切，都是母亲讲给我的。

那是一九三七年春天，像故乡延安的天空掉下一滴普通的雨星，像那山山洼洼冒出一棵寻常的草芽，鸡不叫，狗不咬，我，降生了。我的曾祖父是个泥水匠，祖父是个钉鞋匠，二叔为别人磨面；父亲在当时倒算是有点光亮的人物，当个小学校长，很早就暗地参加了革命，也不过是一个普通的穷书生、普通的党的支部书记而已。我，就是降生在这样一个家庭里面。我躺在铺着破沙毡的炕上，像一颗刚从泥土里刨出来的洋芋蛋蛋。

转眼满了三十天。家虽穷，按照当时的风俗，"满月"却是要过的。爸爸的工作忙，但在爷爷的催促下，还是请了一天假。在师范上学的三叔也回来了。年仅二十岁的妈妈满怀喜悦，把我抱在怀里，拍着我的光屁股，一阵儿喂奶，一阵儿换尿布。亲不够，疼不够，爱不够。她特意用红纸为我扎了个大红火蛋儿，踮起脚跟，高挂在我仰面望着的上方。这是我眼中的第一颗太阳，妈妈捧给我的太阳。

一家人欢天喜地，锅瓢碰得叮当响，又炖羊肉又炸糕。从我家烟囱冒出去的淡蓝色的青烟，也带着缕缕香气。阵阵笑声浸泡在明丽的阳光里边。外婆、外公，亲戚四邻，该请的都请了，该来的都来了。他们给我送来不少礼物：小锁锁，小镯镯，槟榔锤锤，花帽帽……他们争着把我从妈妈的奶头上抉过去，搂在怀里，举在面前，啧着舌儿，说着话儿，逗我玩。

虽然在此刻，在我家的这个小天地里，我简直成了一颗小星星；但是放在延安城，放在整个陕北高原，我倒算个什么！我家虽然热闹，算起来，并没有多少人晓得。

然而，就在这一刻，一位妇女，一位一年多前刚刚给毛主席做过鞋的妇女，风尘仆仆，走进门来，又把她亲手做下的一双老虎鞋，给我穿在小脚片儿上。她还送给我一身红花绿叶的小衣衫。

她是谁呢？

你想想那首有名的"东也山，西也山"的陕北民歌吧！你想想那个被无数老革命都尊称为大嫂的人吧！

她，不是别人，而是刘志丹同志的夫人——同桂荣同志。

我父亲曾在永宁山、在志丹伯伯手下工作过，和志丹伯伯、和她，有着亲密的友谊。我家的热炕头上，曾经多次回荡过志丹伯伯的笑语。我过满月的当儿，志丹伯伯牺牲不久，同妈妈忍着巨大的悲痛，伴着窗前黯淡的麻油灯，一针针，一线线，为我赶做了满月礼物。她本来有眼病，此刻，一双眼睛熬得布满了血丝，红红的。她抱起我，亲我的小脸蛋，任我把尿水撒在她的衣襟上，给我穿上老虎鞋。这金线银线绣成的老虎鞋，这照亮我幼小生命的老虎鞋！

老虎鞋是一派保安民间风格，像窗花一样的风格，朴实、粗犷、传神。大红为主，配以金黄，间杂黑、白、紫，色彩热烈鲜明。鞋上带着同妈妈的手温，带着革命母亲对下一代的希冀。

这老虎鞋穿在我的脚上，一屋婆姨女子全都围拢过来，这个摸摸，那个看看，全都惊羡不已。连正炸糕的姑父也挤进了人群。奶奶急了，忙喊："看你那油爪子！"姑父知道奶奶的脾性，不敢执拗，端来瓦盆忙洗手，洗了一遍又一遍，这样，才争得了摸一摸的权利。他的憨厚神态，逗得大伙儿都笑了。我的穷家破舍，因为这双老虎鞋，平添了无限喜气。

这老虎鞋穿在我的脚上，一身乳气的我，似乎也感到了，看见了，懂得了，滴溜溜地转着笑亮的小眼珠，咿咿呀呀地说着什么，扑扑腾腾地蹬达着胖腿小胳膊，向妈妈，向爸爸，向普天下，宣告着我的骄傲和幸福。因为这双老虎鞋，我一辈子都感到很满足了。

这老虎鞋穿在我的脚上，虎耳高竖，虎须颤动，虎牙闪光，挟带着永宁山的雄风，播扬着永宁山的正气，仿佛只要长啸一声，就能掀起人们的衣襟。我这块只会哭叫的嫩肉疙瘩儿，仿佛立时长大了，威武了；我的一双嫩得像小萝卜一般的小脚片儿，仿佛立时变得能踢能咬了。

这双鞋，饱含着多少深情，给了我多么厚重的祝福啊！

这一刻，我想，不管人们留意没有，延河一定是在歌唱，百鸟一定是在欢舞；历史，应该记下这一笔。自然，这绝不是因为我，而是因为一位不平凡的妇女，因为同妈妈。

我自愧没出息，这辈子没有为人民做出多少贡献，无颜去拜见同妈妈。但我对志丹伯伯和同妈妈的心意，却是深挚的。我曾经以自己笨拙的笔，一而再、再而三地写了几首歌颂志丹伯伯的诗，就是为了表达这种心意。

我今天把这件事情写出来，还有一点想法，是为了自勉。我应该时时记起，我的一双脚，是穿过同妈妈亲手做下的老虎鞋的。那是我此生穿的第一双鞋，山高水长的老虎鞋。我应该在开创四化建设新局面的斗争中，刷新自己的精神，增添一些勇于革新、勇于进取的虎虎生气。

扛椽树

这柳，这陕北的柳，这迎着漠风的柳，这晕染出一片苍凉的柳，千万年来，是在等谁呢？谁能描绘出它的满身奇崛？

……滔滔的河。滔滔的神话和历史。滔滔的云中飘带和地上脚步。自周至春秋，花开花落五百年，斗转星移五个世纪，五百年五个世纪十几万个晴晴阴阴地日子，纷来沓至，应接不暇，等来了古神州的第一批诗人。诗人们如鸟如蝉如蛙，吟诵之声不绝啊不绝。吟出了"风"，吟出了"雅"，吟出了"颂"，吟出了一部《诗经》。吟出了"昔我往矣，杨柳依依"的绝妙佳句。不过，此句绝妙是绝妙了——引得后辈子孙竞相模仿，竞相依依——但，它却与这柳无干。风马牛不相及。南辕北辙。依依者在水一方，若窈窕淑女，不在陕北。陕北是满眼的于山疙瘩。依依者不是这柳。也难怪，这柳只生长在遥远的绝域，诗人们何得一见？

及唐，诗界的天空今非昔比，星汉灿烂。一颗星终于飘然而至，照亮了陕北。那是王维。王维走马沙原，沙原边，屹立着一铺滩滩的杨柳树，因而，他一定看见它了。王维诗兴大发，脑海中如有巨鲸游动，咕嘟嘟冒出两个字：直，圆。柳啊柳啊，你这下总算等来了——人们说——凭着这直这圆，凭着这两种飞动的线条，天底下的什么物象不可描绘出来？但可惜，王维并没有让这线条继续飞动，而是让它蓦地凝固了，凝固为大漠孤烟和长河落日。这能怨王维吗？王维只在陕北呆了极为短暂的日子，他的诗思怎么会不首先激荡于阔大的风光？怎么能要求诗人把所到之处的一切都付诸笔墨呢？

一次一次地被冷落，尽管是可以理解的，但碰到谁的头上，都无疑是重大的打击，都会有情绪上的波动。这柳，我心想它一定是一副失望的颓唐的样子了。熟料，它心静如月，仿佛世界上什么事情都不曾发生。翻开大地的档案，更知它千万年来，一直静静地观望，不曾激动过一次。

然而，当我的身影出现在柳的眼帘中的时候，柳不平静了，柳借漠风狂舞，首如飞蓬。而我，也恍若又见故人，顿生亲切感，真想喊着叫着猛扑过去。我感到了心和心的相撞，但我茫然不知何以如此。突然间，一个声音响在耳畔，唤我的乳名。我望柳，柳无言。望柳的枝头，一只红嘴鸦在叫："章娃！章娃！"枝头上还有些鸟雀，它们叽叽喳喳，隐约在说："等的是你！等的是你！"我欲问红嘴鸦，欲问鸟雀："谁在等我？谁？"但不待我开口，它们已四散飞去，而就在这时候，阳光下，柳的影子已拥抱着我，如亲人温热的襟怀。原来，柳是在等我。哦，柳！陕北的柳！朴拙如庄户人的柳！令人兴奋令人落泪的柳！几千年了，不等吟出《诗经》的诗人，不等王维，就等我！我诚惶诚恐："我有什么能耐？为什么等我？"柳仍无言，柳让山上的放羊娃传达出它的心声，歌曰："陕北生来陕北长，因为你魂牵这地方。南瓜蔓子白菜根，不等你的才华单等你的心。"我怎么能不被深深感动呢？我该怎么抒抒情怀？我虽然也写过诗，却事实证明并没有写诗的灵气，我只有求助于李白了：太平洋水深万丈，不及此柳等我情！况且，我本来对它也怀着难分难解的情结。我知道我该干什么了。

描绘它，没借鉴可寻。不论是关于柳的任何文字，都与它挂不上边。所以，什么蛾眉呀发丝呀的种种女儿气，应该首先在天地间扫荡净尽。不能有西施的影子。不能有林黛玉的影子。不能有刘三姐的影子。甚至京华柳的那种绿，江南柳的那种绿，灞柳中原柳的那种绿，在这里也可以剔除开去——只用黑。黑还要浓黑。于是，我把我周身的血液变成浓浓的墨汁，满腔满腔地往出泼。泼一柱疙疙瘩瘩的铁的桩子，泼一片铁的定格了的爆炸，泼一股爆炸了的力的冲击。或者，泼成曾经跃起在这儿的英雄：泼成蒙恬，泼成赫连勃勃，泼成李自成，泼成刘志丹和谢子长。也可以泼成这儿的无数死了的或者活着的普通刚强汉子。我还想把它泼成鲁迅。鲁迅虽是南方人，但他的骨头却像这柳。我要泼出的是鲁迅的黑白木刻般的雄姿。——这就是这柳。

倘问：这柳没有枝条吗？有。但它的枝条不是垂下来的，而是横在天空中的，像爆炸射出的众多而凌厉的轨迹，像英雄举起的密密麻麻的刀枪。它的枝条是陶渊明的腰，五斗米也压不弯它。它的枝条是鲁迅的笔，其笔如椽，挥尽了一个时代的思想辉煌。

说到椽，这柳的枝条，确实是做椽用的。人们砍了它用来盖房子。一棵树可以砍六七十根。但砍了它，用不了几年工夫，又一层新的椽子又蓬蓬勃勃地生成了。生了砍，砍了生，往复无穷。往复无穷的是瘠薄的土地上的悲壮的奉献。它常常悲壮的像断肢折臂的战士。但即使年迈了，衰老了，它的躯体变得干瘪而空洞，甚而至于剥落成扭曲的片状，仍不忘耗尽最后一丝骨血，奉献于世界。如果把它一生的奉献累加起来，每棵树都应该是一片森林。——这就是这柳。

我的描绘如果就此结束，我知道，还是对不住它的。我还应该用我满腔的浓浓的墨汁，泼出它的名字。有人把它叫做塞上柳，有人把它叫做蓬头柳，我还曾见过一个人，把它叫做扛椽树。我特别喜欢最末这个名字，因为它摒弃了柔弱的柳字，更因为它以浓郁的泥土气息，道出了它的根本特质。那么。就让我在浓浓的墨汁中饱和上深厚的感情，像豪雨一样，痛畅地泼下它吧——扛椽树！泼下它的时候，应该再次泼下它的奇崛形象，那形象仿佛是黑桩子，黑碑石，黑煤垛，黑旋风，黑白故事片中的黑脸黑衣传奇英雄，黑得使人过目难忘。这还不够，还应该泼出它黑色躯体中的代代相袭的遗传基因，以及由于这基因才一辈辈地、一年年地、永不歇息地扛着椽，扛着椽站起啊站起，献给父老兄弟姐妹，修筑广厦千万间。还应该泼出它的声音。那是负重的声音，那是拚挣的声音。那是乐此不疲、坚韧不拔、不屈不挠、从来不说一个不字的声音。那是粗重的从胸膛发出来的喘气的声音。那声音如一股一股的西北风，风撼北国大野，壮我中华万世之威！

这边风景

　　山，梁，峁，层层叠叠，千千万万，都是浑圆的形状，都是褐黄的颜色，都是一片空旷和静穆。但当春风吹绿第一条柳丝，抬头望去，山上，梁上，峁上，便都有了人类的影影绰绰的活动。阿拉伯数字的"1"是人，汉字的"一"是牛，"1"和"一"紧紧连接，成为∟形符号，相扶相持，旋下一圈一圈的美丽的纹饰，愈旋愈高，直旋上蓝天。山如此，梁如此，峁如此，千山万梁亿峁都如此，千山万梁亿峁都成了具有古风古意的朴拙的工艺品了。这时候，"1"被蓝天衬着，"一"也被蓝天衬着，像写在蓝天上的神秘的算式，让人遐想。算什么呢？是算"天上宫阙，今夕是何年"？但犁铧不回答，它只神秘地破着云彩。

　　陕北高原这样的情景，随着时序的更迭周而复始，与日月星争辉，与我们伟大民族的文明史等长，已经存在了五千年了。但翻开古典文学的书页，却没有一篇曾经给予描写。其原因恐怕主要是由于作家们很少涉足这里。范仲淹倒是来过，但他忙着指挥打仗；杜甫倒是也来过，但他是为了躲避安史之乱，以至于只能枕着一双随手脱下来的烂鞋，在路边睡个午觉，哪有心思去观察去欣赏呢？至于作家们为什么很少来，那原因是不言自明的：这儿太荒凉了，太贫瘠了。漫说古时候了，即使是现在，它的荒凉与贫瘠，也吓退了一批又一批的来人。

那陡斜成四十五度的山坡，要是平原上的人们来了，站都站不住。暴雨一下，土壤和肥料都被冲走了，每片土地都成了失血过多的病人。看起来田亩很多，但不打粮食；丰年还好说，遇上歉年，只能种八升打半斗。尽管如此，对于曾经养育了无数祖先和现在还养育着自己的这些山疙瘩，庄户人都倾注了无限的深情。"地种三年比娘亲。"他们说。他们欣喜地看见，就在黄漠漠的山洼里，就在不远的地方，像一团燃烧的火焰，站着几只嘎嘎欢叫的雄野鸡。哦，那羽毛，那尾翎，大红中又缀着绿，缀着蓝，缀着黑，缀着白，缀着一切挑逗人们情绪的鲜艳色彩，灿烂得让人惊心。能生出如此美丽精灵的土地，难道是可以厌弃的吗？

牛在走，犁在行，人扶着犁，紧紧地操劳在后面。不断翻起来的像波浪一样的黄土是疏松的，绵软的，柔细的，人的赤脚片子踩在上面，像轻微的电流通在身上，有一种妙不可言的感觉。比炕头上舒服多了。炕头上铺着什么？一张席，或者再加一条毡。席和毡都是硬邦邦的。这里的庄户人把妻子称做婆姨，也许只有婆姨的肌肤才能与之相比。好啦，现在赤脚片子触着的，是土地的温热细腻的缠绵情意。但可惜，可惜那些城里人，他们无福享受这些大自然的温存。好多人以为赤脚走在海滨的沙滩上是惬意的，殊不知，赤脚踩在虚虚的黄土里，却要比那舒坦上千倍万倍。何况，海滨沙滩并不是每个城里人都可以去领略的。想起城市，就想起那坚硬的路面，就想起那被尼龙袜子和皮鞋包裹着的脚，人和大自然几乎疏远得不知对方的存在。而现在，人和大自然之间，人和土地之间，是那么亲近。其间没有水泥，没有柏油，没有鞋袜，什么也不隔，只有黄土与赤脚片子紧紧地贴着，黄土的情和人的心紧紧贴着，使人真正感受到了生命的美好。这样，山野间便一直有着自得的声音了。这个山上喊；"噢——回来！"那道梁上喊："噢——回来！"峁上也在喊；"噢——回来！"这叫魂似的声声牛歌，是喊牛转弯，也似在召唤着什么，响遍千山万岭。究竟召唤什么呢？是纯真的人性？是朴洁的自然？谁也说不清。反正他们这样喊着。反正他们喜欢这样喊。反正他们喊起来很好听，并且使这苍茫的高原更加雄浑壮阔。那是地气和心气相通的声音啊。那是地气麻酥酥地通过脚掌，进入人体，与心气相化合，然后从喉咙里发出来的嘹亮声音啊。也许由于这声音的震响，一股磅礴大气便在天空回荡着，天空便孕育着风雨雷电了。

陕北的春天虽然还相当寒冷，但他们耕着耕着，棉袄脱了，只穿个单衫和老棉裤。晶莹的汗珠如宝石，装饰着他们的黑红脸膛。肚子饿了的时候，他们会条件反射似的望望炊烟缭绕的地方，那儿有柴垛，有窑洞，那儿是他们的家，家里有长得挺水灵的婆姨。哈！那一年成亲，几班子吹手响吹细打，可热闹了，一道沟都像过年。可是花轿抬到门前，新媳妇嫌他丑，不下轿，急得娘老子团团转。还是亲戚们精灵，也不去劝说新媳妇，而是向着他一拥而上，劈头盖脸乱打，打得新媳妇心软了，一扑走下轿来。新媳妇如花似玉，又这么善良，又有这么一副好心肠，真使他恨不得供上神龛。也是先结婚后恋爱吧，年长日久，新媳妇变成了地道的婆姨，婆姨看他人品好，劳动好，也就不嫌弃他，并且和他好得如胶似漆，现在，即使他要离婚，婆姨还不哩。婆姨把他看成一座最稳实的靠山，不论什么时候，只要一想起他，就有一种安全感。他望望他的家，心想：婆姨今天做的是什么饭？是剁荞面？还是洋芋擦擦？唉！她也许忙得连娃娃也顾不上管，娃娃又爬到猪食槽里去了，弄得满身满脸都是糠糊糊。那个挨砍刀的老母猪，可不敢拱了娃娃！不会不会。精明能干的婆姨，一定马上就发现了，发现了就捞起棍子打，老母猪一定吓得哼哼乱窜。

太阳正端的时候，黑油油的小饭罐儿像镜子一样反光，一明一灭，婆姨们提着它，兴许还背着娃娃，送饭来了。他们呼噜呼噜地吃起来，婆姨们说不定也累了，就在他们面前撒着娇，说她这儿疼还是那儿疼，然后就躺在地畔，任娃娃抓着黄土玩耍。要是娃娃要吃奶，婆姨就解开衣襟，露出让入什么时候见都会怦然心动的白生生的乳房，然后把娃娃揽进臂弯。这时候，乳房完全是属于娃娃的，没他们的份儿。庄户人没有什么好吃喝。他们一年的吃喝钱，也许不够有的人一餐花销。处于大陆腹地的黄土高原，他们有的人不但没吃过鱼虾，甚至连大米都没有吃过。他们能吃什么呢？只要能进肚子就行。说来也奇，一切食物到了他们的肚子里，哪怕是又少又缺乏营养的食物，都会转化成巨大的能量。长途跋涉，走得又累又饿几乎要爬倒在地上的时候，吃一颗炒黑豆，他们又能赶十里路程。一颗黑豆到了他们的肚子里，就变成一克重水了，而他们的肠胃是核反应堆，它释放出来的惊人的能量，足以使山河为之一颤。

他们也知道自己的生活过得苦焦，可是，他们知天乐命，从无怨尤。他们出门三步就唱歌，缸里无米还要笑。他们从来没有城里人那么多烦恼。他们世世代代总结出来的人生哲理是；"穷欢乐，富忧愁，受苦人不唱怕个球！"看来他们总结的是对的，我们看到的整个世界正是如此。那灯红酒绿的摩天大楼上，几乎每天都有黑影一闪而下，使喧嚣的街市上血迹斑班；而他们，在这穷乡僻壤里，像那酸枣树一样，却活得愈来愈旺。粗粝的饭菜尽管可以导致他们普遍的胃病，却磨损不了他们的钢铁一样的精神。他们最能忍耐，一副肩膀，给八十斤挑了，给一百二十斤也挑了；如果再给三十斤，他们只皱皱眉头，最后还是挑了。他们自身清苦，有时候只能吃糠咽菜，却给社会提供了源源不断的谷物肉类。他们也无所畏惧，谁也不怕，所以也活得自在。"他谁能把咱的镢头把子夺去？"他们说。他们不像城里人，特别是身居高位者，一有风吹草动，就惶惶然如鹿如兔。他们是自由天国的雄狮，从不知道世界上还有什么可怕的事情。其原因何在？那是因为他们耕种的山巅，其实只是社会的谷底，置身于此的人们，怎么会担心有摔下去的危险呢？

饭罐被他们呼噜空了。呼噜空了的饭罐，还端在粗大的手中，还要伸出舌头舔净罐口沾着的米汁和米粒。然后打着饱嗝，满意地望望婆姨；又忽然想起牛，说牛出力了，可不能亏待了它，要加足草料。后来又抱起娃娃，用胡子巴扎的嘴巴，亲他的小脸蛋。亲着怀里的小的。还念叨着家里的大的。也许还有一个正在上学。他们就是为这些娃娃辛劳一生的。待婆姨们走后，他们把静卧的耕牛吆喝起来，又耕地了。他们一辈辈从黄土中走来，生儿育女，红火热闹几十年，最后又会步履蹒跚地走入黄土。俗话说："人吃地一生，地吃人一口。"那是很残酷的。但是他们知道，当自己被土地的牙齿咀嚼的时候，还有子孙在，他们的生命已经转移到子孙身上了，因而是无须悲观的事情。而人生的最高境界．就是在那个时候，孝子们跪下一大摊。这自然是落后观念，但一时半会还难以扭转，只能慢慢开导。可喜的是，愈来愈多的庄户人，已经开始变了。

火红的晚霞中，依然听见牛歌此起彼伏，依然看见他们吆着耕牛，成乚形符号，成古老的象形文字，在旋，在旋，旋出一圈一圈美丽的纹饰。被美丽纹饰装扮着的，是山，是梁，是峁，而山、梁、峁又装扮着扶犁的庄户人，他们是社会的最坚固、最耐久的根基。他们驾着牛犋旋着，旋着，时代便螺旋式地上升，上升向理想的极点。应该让晚霞泼红他们！应该让不论是哪个层次的人，看到贫瘠山疙瘩上的挥汗躬耕的他们，都感到灿烂得惊心！应该让整个人类都知道，由于他们的存在和他们的劳作，我们这颗星球上的一切地方，其中包括不毛之地，包括沙漠，包括无人区，都是包孕着无尽的希望的！

浅 春

春深了的时候，满眼是绿，绿，绿，满眼是墨绿，满眼是雷霆也炸不碎的绿；今天如此，明天如此，后天亦复如此；万物都是踌躇满志的样子，万物都似乎懒得再动一动了。那，有什么好呢？

眼前可好，是浅春。

这浅春，猛一看去，山是灰黄的一片，树是灰黄的一片，仿佛要使人失望了；可是细瞅那山的坡塄上，树的枝丫间，也有绿：初起的绿，惊醒的绿，跃动的绿。这绿虽然不多，却给人十分有力的点化。仿佛到处都闪烁着一些什么信息。仿佛到处都包藏着一些什么暗示。它使你不能不像孩子一样，想跑，想跳，想探明一些什么奥秘。而当你甩开胳膊迈开腿的时候，你浑身的每个关节，好像都在情不自禁地歌唱了。

起风了，你向前走去；下雨了，你照样儿向前走去。因为你知道：那初起的绿，惊醒的绿，跃动的绿，风雨，是抹不掉的；它们只会在风雨中健壮起来，繁衍开去。

看看这片风雨中的草坪吧！一簇一簇细长的枯叶，仍然长在地上，像拖把上的烂布条条一样，厚厚的堆了一层。连雨珠儿的晶莹装饰也不能使它变得稍许好看一些；而就在这枯叶的缝隙，像阳光射穿僵死的云层，像琴声飞出残破的窗口，一支支鲜活而刚劲的绿芽，于腐朽间，于疮痍中，冲出来了！窜出来了！拼着搏着站起来了！枯叶就像是一片废墟，而绿芽就像蓦然矗起的幢幢高楼；枯叶就像是一片荒漠，而绿芽就像是直指云天的枚枚火箭。这情景，立时给人一种十分强烈的新生的感觉，崛起的感觉，不可抗拒的感觉。

夜里，真冷。你不能不生起炉子，蜷缩到被窝里去，连胳膊也须盖得严严实实。你不由想起古人"乍暖还寒时候"的诗句，对我们祖先的绝妙概括发出由衷的赞叹。第二天早晨出门一看，嗬呀！地上竟铺着霜了！一些绿芽也被冻成蔫溜溜的样子了！

可是，忧伤的情绪还来不及散开的时候，强占你心头的，却又是一片喜悦。在暖洋洋的太阳光中，那些被冻蔫了的绿芽，又都恢复了充沛的生气。而且，就在山崖下那蓬荆棘丛中，出现了更加令人鼓舞的新意——开了几朵金灿灿的蒲公英的花儿。在那儿，闪耀着多么鲜亮的奋斗者的欢欣！

这时候，你的心上会生出些什么样的欲望？你难道不想让蓬勃向上的精神注满你的周身，去探索，去创造，去促使这时代像浅春一样，变幻出愈来愈美的色彩么？

高跟鞋，响过绥德街头

提起个家来家有名，

家住在绥德三十里铺村；

四妹子爱见个三哥哥，

他是我的知心人。

这首深情悠婉的民歌，多年来，使绥德成了人们心中的一个亮点。

但是，你到过绥德吗？你不想领略一下绥德当今的风采吗？

汽车沿着咸榆公路飞驰，飞驰，一路是看不尽的山、塬、树、村庄、城镇，羊群和车辆，农妇和窑洞；途经宝塔高耸的革命圣地延安，然后车窗外又闪过一个又一个像碡头一样的抽油机，一堆一堆的煤炭，一层一层的石板；眼前群山之中，二水汇流，三桥飞架，出现一座虽然只有一名交通警察却欣欣向荣的山城，这就是绥德了。

绥德人是自豪的。不知是在什么年代，他们就在自己城边的青石崖上，凿下了四个瓦房似的大字——天下名州。这四个大字，新近涂了红漆，热烈得像燃烧一般，更突出了他们的自豪感。

看看街上匆匆往来的行人，看看行人的衣着，你便会惊异地发现：尽管地处黄土高原的山旮旯，这座山城却一点儿也不土气。只要凝视片刻，你又会发现：这"不土气"的印象，全是从妇女们身上生出来的，特别是年轻女子。她们一个个穿着入时，就是走在北京街上也毫无逊色。而男人们，则全都穿得普普通通。

这时候，你不由不想起一句赞语来："米脂的婆姨绥德的汉。"绥德向来出美男子。举目四望，果真如斯：市民是美的，干部是美的，交通警察是美的；那边走来个掏粪工人，他也是美的。你于是想到，也许为了这个原因，为了能够匹配，绥德的女子们，才特别注重穿着打扮。

但你立即又发现：不对。绥德的女子们，绝不亚于男子汉，甚至比男子汉长得更美。瞧那脸蛋，瞧那腰肢，哪个不能上上画图？她们不愧是压倒"一十三省"的蓝花花的后裔。难怪她们刚刚看过一部反映陕北生活的影片，没走出影院，就叹息起来了：

"唉！咋选了那么个演员？"

"那女子一满不俊。"

"可不是！叫人家看了说，咱陕北女子又丑又胖，满没个样样儿！"

她们理当报怨。因为她们看见，演员反而不如自己。

绥德的女子是美。

看来，把"米脂的婆姨绥德的汉"，理解做泛指绥、米一带的人，不论男女，都长得很好看，是更恰当一些的。天生丽质，加上漂亮的衣着，使绥德街上的女子们，飘然若天仙一般。这飘然的举止，是和步态分不开的。绥德的女子们很注重步态。

当地人看一个女子美不美，也很注意这一点。这里有一首古老的民歌：

干妹子好来实在是好，
走起来好像水上漂。

须再强调一句，这是一首古老的民歌，唱的是往昔的事情。这反映了绥德人传统的审美观念。现在，绥德街上的女子们，"漂"得更风流了，更有韵味了。那是因为，她们不独衣衫漂亮时新，而且穿上了高跟鞋。

的确，最引人注目的是她们的高跟鞋。她们几乎每人都穿一双。如此普遍的高跟鞋，如此密集的高跟鞋，即使在北京，在上海，在广州也很难见到。那些高跟鞋，大多是枣红色的，又大多请街上的摆推儿的江浙小师傅钉了鞋钉，走在蓝天朗日之下，走在青石铺就的街道上，要光有光，要声有声；红艳艳闪着，笃笃笃响着；如灯笼一般，如鼓点儿一般，嘿，多么迷人！

女子们多喜欢两人结伴来去，有时还厮跟得三五成串，一群一伙。那时候，高跟鞋闪着——你的灯点燃我的灯；高跟鞋响着——我的鼓震响你的鼓。这灯光和鼓点儿交融在一起，更叫人动情，更叫人生出许多联想。

一日，雨后。一双红火蛋似的高跟鞋，带着清新的风，从碧绿的萝卜缨缨边走过，从金黄的老南瓜边走过，那五彩斑斓的色彩，辉映着绥德城四周的山崖沟洼，竟使一位远道而来的老画家，像孩子一样欢呼起来。

哦，你踩响了大地琴弦的高跟鞋，你展示了生活含义的高跟鞋！

据当地人讲，绥德女子们的爱美、爱穿戴，不自今日始。这好像是个传统，辈辈都是这样。她们总是在追求时新的东西。边区时代，延安的女同志怎么妆扮，她们就怎么妆扮；现在，北京风行什么，她们就穿戴什么。她们经常乐得就像鸟儿一样。

但你也会听说，她们也有心苦情涩的年月。那时候，姑娘都姓"铁"，敢想穿和戴？即使敢想，也没有敢干的，因为整年连肚子也填不饱。这里流传着一个辛辣的故事，说是有一天，一只老鼠来到县城，转了一固，寻不下任何可以充饥的东西，于是仰天长叹一声，头一扭便走了。编故事的就是本城人，他因此招来横祸，几乎被迫害致死。这个故事，活画出绥德人民当时所处的悲惨境地。

而此刻，绥德街头，你听到的是两个本地人乐哈哈的对话：

"拜识（朋友）！今年光景咋个？"

"真米化谷，白面好肉，可吃美啦！哎，还要咋哩？他日本家首相能吃些甚？"

"那……为甚不给你买上块表？"

"嗨！不是买不起，是嫌戴上累事呢！"

你可以听得出来，答话人的满足感溢于言表。他四十多岁，穿件白衫子，衣领非常干净。

说话间，耳畔传来高跟鞋的声响。这两个人看看穿得硬格铮铮的女子，又拉起话来：

"这些女子，都跌进福窝窝里了！"

"谁说不是？哪个身上的穿戴不值百十块钱？"

"可她们心里的意见还多哩！"女子们听见了，不满地转过穿着浅蓝色坎肩的身子，隆着丰满的胸脯：

"意见多咋啦？人心不是北冰洋喀！"

高跟鞋撑起的，是一个燃烧的灵魂。你只要走几步打听一下就会知道，她是前年才招收下的一名工人。她使那个长着满脸络腮胡子的厂长很感头痛。她整天喊叫着要改革。

她不是逆来顺受、眼神灰暗的"铁姑娘"，她也不是手提着羊肉往哥哥家里跑的蓝花花。她肚子里消化的，不再是糠菜豆渣，而是细米白面，有时还有罐头、啤酒。正像高跟鞋把她的躯体撑高了一样，她的精神升上了一个更高的层次。她喜欢谈论一本已经揉皱了的书，那书名叫《第三次浪潮》。

女子向前方走去，高跟鞋笃笃地响着。

一双又一双高跟鞋，响过绥德街头。

高跟鞋，使女子们身段的各个部位像山河一样，隆起的隆起，凹下的凹下，有了美丽而鲜明的曲线。

高跟鞋，使山河像女子们一样，妩媚多姿，永葆青春和憧憬。

哦，红宝石似的高跟鞋，红玛瑙似的高跟鞋，红珊瑚似的高跟鞋！

哦，如此新鲜如此生动的高原小城！

不待你想下去，那边山湾湾里，传来一曲风趣诙谐的歌儿：

骑青马，过青台，
走在碧上掉了高跟鞋；
哥哥给我拾起来，
羞得妹子头难抬。

那歌声，惊乱一树花翅膀雀儿，雀儿扑棱棱飞起来了……

奇崛的一群

　　陕北北部的榆林地区，位于毛乌素大沙漠的南缘，北为风沙滩地，南为峁梁丘陵沟壑。古时繁衍生息在这儿的人们，除了汉族外，还有匈奴、鲜卑、羯、氐、羌等少数民族，曾经军民参半，厮杀不息。地里种着谷子、糜子、洋芋，圈里养着毛驴和羊群。市镇的街上，既可以看见风度翩翩的少男少女，也可以看见身着西装的中年汉子，红裤带从衣襟下露了一堆，骑着摩托车飞驰而过。多种文化在这儿交汇，农与牧在这儿交错，传统与现代文明在这儿交揉，身临其境，很有些历史的苍凉感。

　　由于诸种因素，这片地方便有了令人为之惊异的奇处：土地瘠薄，却人口密集；文化落后，却盛产民歌；光景贫苦，却爱好卫生；讨吃要饭，却说笑连天；人们的吃喝极差，却男壮女美；出外当了干部或工人，虽然来自穷乡僻壤，却并不畏畏缩缩，反而很有些强悍。这是人们已经知道或感觉到了的。还有些什么未被注意的呢？

　　幽默感。幽默感便是其中之一。从延安去榆林，一上汽车，便会感到扑面的幽默气氛。这是在别处很少能遇到的。司机是榆林地区的人，助手是榆林地区的人，旅客大多也是榆林地区的人，他们一路尽说一些十分幽默的话语，逗得人人发笑，使汽车载着三四吨的笑声飞奔。路上有人招手，车停下来，上来的是个老实巴交的小伙子，手里提着一个帆布包，沉甸甸的。助手便问："提的炸药？"答："不是。""雷管？""也不是。""啊呀！"助手便瞪圆了眼睛，"你怎么连雷管也不拿？"人们已笑成一片，助手却还要添趣："你们平安到了榆林，叫我怎么向市长交代？"好像他们的市长是专门以灾难取乐的。但如果人们要说市长的不是，他又要竭力维护了。问他为什么，他便会做出神秘的姿态，悄声告诉大家："说了你们可得保密。市长呀，市长是我娃他二爸。"二爸是二叔。看着他套得那么近乎，好像他真是市长的手足兄弟了，人们自然又以笑声回报。

在榆林地区的绥德城呆上几天，那幽默，那风趣，更是满城盎然。好像满城的生意人都长满了诙谐的细胞。一个卖肉的老汉，胖乎乎的，穿个背心，戴个白帽，把扁担竖栽在短墙边，扁担钩上吊了半扇子猪肉，他以生动的顺口溜招徕顾客："我的猪肉肥，我的猪肉香，吃了教你更漂亮！"过来一个俊俏女子，嫌太肥，不买。他又道："你要瘦的也有瘦，吃了教你更风流！"女子还是不买，他便冲口说出新的词句："如今的年轻人真奇怪，肥的瘦的都不买，你妈妈见你空手回，劈头给你两锅盖！"他的周围总是笑声不断。与其说他是卖肉，不如说他是做幽默的艺术演出。卖多少是次要的，只要赢得了人们的笑声，他就高兴。而只要向前走走，又会遇到一个更风趣的人。那是一个卖泥娃娃的中年人。他嘴里噙个烟袋，双手端了一簸箕泥娃娃，一边走还一边摇头晃脑；放簸箕的时候，被谁碰了一下，许多泥娃娃掉下去了，烂成一堆。这时候，他伤心吗？他懊丧吗？伤心懊丧是有一点的，但只在眉头和嘴角一闪，便不见了，即换上了乐天知命和笑容。而且，他还像局外人一样，像打烂泥娃娃、做了赔本生意的不是他自己而是别人一样，便乐哈哈地说道："啊呀！这人马还没上阵，就给老爷先牺牲下了！"人们笑说："老二！这下屙下了！你那厉害婆姨非拧你的耳朵不可！"他道："拧叫拧吧，我这耳朵正痒痒哩。"人们给他送了个外号，把他叫"老洋人"。

像这号"老洋人"，无论在这一地区的米脂还是吴堡等县，比比皆是。有一个有趣的故事，因为年代较远了，已经说不清它的主人公是这儿哪个县的人了，留待查考。这个主人公，于六十年代，相跟了几个同伴，一道来到西安。他想撒尿了，可是走了好几道街，硬是找不见厕所。他们又到处寻找，仍然大失所望。他憋得实在受不了了。面前是一家商店的侧墙。"真是活人还叫尿憋死了，尿！"同伴怂恿他。"对，活人不能叫尿憋死！"他边解裤带边说，"咱们的古人确实伟大，专门给我准备下这句好话，为我解决现实难题。"但是，他刚要尿，身边来了一个人，干涉道："你干啥？"他答："啥也不干。""不准随地小便！""我又没尿。你看，地上干干的。""还嘴硬？城里的规矩你知道不知道？"那人的眼睛盯着他解开的裤子。他却轻松地说："规矩再多，我把我自己的东西掏出来看看，还不能了？"那人本来气呼呼的，经他这么一说，扑哧一声笑了，笑得说不出话来，用手指指他，遂了却了这件事情。那人刚走，他的怀前便有了一条痛快淋漓的白亮的曲线。

榆林是地区首府，荟萃了各方能人，也荟萃了风趣和幽默。连警察都惹得人忍俊不禁。警察站在十字路口的交通指挥台上，满脸胡茬，眼睛明亮有神。他指挥车辆的动作干净利落。离他不远的地方，一男一女，两辆自行车相撞，都跌倒了。于是互相吵起来。警察一眼看出，完全是男方的责任，他便走到男的面前，说道："你夜黑地大概酒喝多了。"男的说："喝了也散了。"警察又道："我夜黑地也喝了几盅，如今还晕晕乎乎的。"莫看他就像要笑，可是处理这一问题，却十分认真。他看女方的自行车被撞坏了，让男的给赔偿十五块钱。男的只想赔十块钱，警察说："你想讨价还价，我也想做生意哩，我家里还有两瓶西凤酒，等我下了班，你来找我，咱再搞捣——好商量。"认真中有诙谐，诙谐中有认真，没有一句声色俱厉的话，却软中含硬，笑中含铁，问题得到了圆满解决。这男的也许见惯了这样的警察，不觉得怎样；如果他是个外地人，见警察这样处理他的过错，他一定会感到是一次精神享受，说不定除了给女方如数赔偿外，还要请警察一道去看一场电影呢。

在榆林的街上走，吵架的事情还看到一两件，但不多。好些如果在其他地方出现也许是要闹出人命的事情，但在榆林，由于人们的幽默性格，往往大事化小，小事化了，一笑了之。比如说，一个人把另一个的脚踩了。踩的人还来不及道歉，被踩的却抢先说："对不起！我把你的脚垫了。"好一个垫字！他陪着一脸笑容，仿佛吃亏的真是别人。而他一拐一拐地转过弯弯之后，才说："哎呀，把他爷爷可踩疼啦！"他是笑着对他的同伴说的。

这种幽默感，是渗透在骨头里的，即使是在为个人利益无理取闹的时候，在大动肝火的时候，也会表现出来。从榆林走出去不远，有一小县，县里有一个后生，他爷爷是革命先烈，已经死了几十年了，他是农民。他向县上要求享受特殊的待遇，县上按照政策，不能答应，他便把他爷爷的尸骨从烈士陵园挖出来，抬回家中，并在烈士陵园贴出声明说："鉴于我爷爷已对历史失去了推动作用，应该退出历史舞台。"乡邻问他："为甚把你爷爷搬回来了？"他说："我爷爷吃的是商品粮，可是看我如今还受苦受难，还是农村户口，气不过，就把商品粮往下一掼，叫我接回来了。"他天天给他爷爷烧纸钱，并且口中念念有词："爷爷！都是一百块钱的大票子，你想买什么就买什么去；只是一样：千万别往银行存。如今物价一股劲地涨，存了划不来。"县上看他闹得不行，给他安排了一个集体工，他还看不上，对县长说："你们政府吧不能让我工作工作？"他的这些作为也够幽默的了，可惜和赖劲混在一起，引起的笑声，也只能和他的作为一样变了味道。不过，像这样的人，包括当了干部或工人刁蛮于外部世界者，与榆林地区的全部人口相比，毕竟微乎其微。这儿的人，特别是生活在农村的人，还是相当憨厚的。但憨厚中也透出幽默的光彩。正味的幽默像旭日洒下的万道金光，流淌在榆林地区的大地上。

而对幽默趣事，这儿又有许多宣扬的能手。他们是一批更加幽默的人物。趣事经他们添油加醋地宣扬一番，变得更加有趣，更富于艺术的魅力。他们以此为最大的快乐。他们以逗得众人发笑为最大的快乐。他们以众人的最大的快乐为最最最大的快乐。他们常常是在家里呆不住的，他们耐不住孤独和寂寞；如果遇到一件最新趣事，他们就在家里更呆不住了，不管婆姨已经把饭做好了，不管孩子哭闹着要叫他抱一抱，不管院里的老母猪把柴垛拱塌了，棉袄一披，就跑了。他们也真有那份出众的引人捧腹的才华。只要见识见识他们的那张传神生花的嘴巴，谁都会在心中暗暗佩服。但是，这样的人，最好让他

们单个活动；要是两三个碰到一起，那可麻烦了，非急死一个
不可。你能说，他更能说，一个想压倒一个，结果，谁也说不
出一句囫囵话来，都急得脸上青筋端冒，嘴里唾沫星子乱溅；
如果是坐在炕上，你看吧，两双手或三双手都急得直拍席子，
只见手上手下，手跳手舞，手颤手抖，手闪手晃，手模糊成团
团灰影。而满窑里只响着一个声音：啪啪！啪啪啪啪啪啪啪！
他们急什么呢？急的是由于自己插不上嘴，榆林地区这块广袤
的土地，笑声还不多，幽默还不足。而其实，他们的这种表
现，又给榆林地区增添了更多的喜剧气氛。榆林地区沙子上落
着幽默，树梢上挑着幽默，想来．从榆林地区刮过的一阵一阵
的老黄风，里头有沙子，有树叶，但是．更多的当是幽默。

　　透过幽默，我们看见什么呢？我们看见了性格的自在．精
神的舒展，心灵的洒脱。他们虽然贫穷点，但是他们积极乐观
．活得痛快。他们真有点超尘脱俗的仙味。他们不像别的地方
的人们．活得那么拘谨，那么累．有那么多的烦恼。这恐怕要
归功于严酷的自然环境和多种文化的交汇。前者磨炼了他们，
后者优化了他们。他们是我们这个伟大民族中奇崛的一群，而
他们的奇崛．他们的闪烁异彩的幽默感，正是我们的民族相对
薄弱的方面，所以弥足珍贵。我们不断丰富着的民族精神的新
的轮廓线，应由榆林地区的人们和一切富于幽默感的男女同胞
们，涂上重重的一笔。

转九曲

踩着薄薄的积雪，我来到赵家沟了。

这儿离延安城八十多里。村子不大，却新箍了几十孔石窑，老远望去，齐整整、灰蓬蓬的。清一色的响门亮窗，贴了红艳艳的对联和窗花。生活的富足、春节的热火以及乡亲们心头的喜悦，像一坛美酒飘出香味，直扑我的肺腑。

村前学校的操场上，已经扫净积雪，有一伙穿着整洁的男社员，正在挖坑坑，栽高粱秆儿。不用问我就知道，他们是在为转九曲做准备工作。

我是专为观看转九曲而来的。

相传，九曲，又叫九曲黄河阵，是我国古代作战的一种阵法。后来，陕北民间欢度春节的时候，照此阵法布置华灯，让人们在九曲灯火中转悠徜徉，纵情欢乐，这就叫转九曲。我的衣胞虽然埋在延河畔上，我又喝延河水长大，可是总也没有机会领略它的丰采。——前些年世事乱哄哄的，谁有心思去闹腾？现在好了，延安地区粮食大增产，群众过上了顺心的日子，这欢度春节的古老习俗，又要在人们心中开花了：城里闹，乡间也闹。由于多年来舞文弄墨，我偏爱最浓的乡土气息，所以舍近求远，赶到这儿来了。

社员们和我攀谈了一阵之后，熟了，不避我，跟一个小伙子开起了玩笑。我这才注意到，那小伙子还留着大鬓角呢。曾几何时，熏熏南窗风，竟也吹到这偏远的山沟。一个被人们称作杨大伯的老头逗着"大鬓角"：

"嗨！说你是个男的，头发长了那么长；说你是个女的，又不扎辫辫！"

这话引起一片笑声。"大鬓角"笑着去扭扮怪相的胖后生的胳膊，胖后生绕着人群躲闪。我看"大鬓角"的一举一动，还是朴实可爱的。

队长三十多岁，长得虎实实的，也跟大伙一起笑。静下来后，他却严肃地对"大鬓角"说：

"快把你那头推了！我有言在先：不推头，不准参加转九曲！"

"大鬓角"不服气地扭了一下脖子，但是他的脸红了，挖着坑坑，低头不语。

我老早就看见，他们栽的高粱秆儿，和长在地里时正好相反，都是梢梢朝下，毛根朝上，那毛根并且都是剪齐了的。我问这是什么讲究，队长说：

"每根高粱秆上都要搁一盏灯呢。"

这我知道，高粱秆是作灯柱用的。

"毛根朝上，剪齐修平，灯盏才能搁住。"

我原来想得多笨，以为灯儿是用绳绳挂上去的。笨到家了。不来这儿看看，哪里会知道还有这些奥妙呢？

队长见我走累了，撇下正干的活儿，把我领进村子，安排在公窑里，让我先歇着。呆了一个钟头后，听人说，上院窑里正做灯呢，我于是急切切走去。

老远就听见妇女们的说笑声。进窑一看，大姑娘小媳妇的，人人都在忙活：有的做灯盏，有的做灯筏，有的做灯罩。灯盏是用洋芋削的，削成方的、圆的、五角形的，再在上面挖个盛油坑，就算成了。灯筏呢，是用高粱秆顶端上的"蒹蒹"，也就是结穗子的那细细长长的部分，一劈两半儿，剪成一寸长短，每两节用灯芯绑成一个"十"字，并让灯芯在"十"字的交点上竖起来，也就算成了；用的时候，灯筏是漂在灯油上的。灯罩很漂亮，是用红绿纸糊的。

我实在惊服妇女们的巧手，她们做出来的每一件几乎都是工艺品，都可以拿出去展览。我不由夸赞了几句。一个姑娘却开口了：

"老麻子开花转圈圈红，再不要能格滟滟笑话人！"

她顺口说出的，竟是十分生动的信天游。她的声调就像弹琴。我不能不留意她了：穿件红袄，瓜子脸粉白粉白，眉里眼里都像藏着聪明。听口音，老家一定是绥、米一带的。我说：

"还敢笑话？学都学不来呢！"

"快别给人戴二尺五了！"她捋了一把头发，"一条川都没有比我更瓷的人了。要见巧媳妇，在隔壁窑里呢！"

人们说，这女子名叫叶叶。

正说着，窗棂上嘭的一声，像是小石子儿打上的声音。妇女们全笑了，只有叶叶低下头来。一个削灯盏的媳妇笑说：

"叶叶，快去吧，人家等急了！"

"叫他等吧！急死他！"叶叶说。她的脸涨得红红的。

什么人喊她，我已猜出几分，但刚来，还不便开玩笑，就去看巧媳妇了。

坐在隔壁窑里妇女群中的，真是一个使人为之倾倒的"巧媳妇"，虽然她已抱上孙子、脸上爬满皱纹了。她正为大灯笼赶作剪纸。我简直目瞪口呆了。她不画任何图样，一剪子下去就剪出一支秧歌队：足有四五十个秧歌队员，面容迥异，栩栩如生，舞步儿好像还带着风声呢。剪它用的时间，大约只有二十分钟。妇女们介绍说，当年，她年轻的时候，还给毛主席表演过剪窗花呢。

九曲究竟是怎么转的，我还没有看到。我看到的只是为转九曲做的准备工作，但我心头，已注满了兴奋。

晚饭之后，飘雪了。小小的、薄薄的雪花。晚饭的羊肉香、油糕香、米酒香，和雪花的韵味溶在一起，在山村漫延。一整天没有停息的说笑声，也融在里面，更加响亮起来。接着，锣鼓响了，唢呐响了，蹲在各家硷畔上的白狗或黑狗，也争争抢抢地叫开了。男男女女，老老少少，秧歌队员，流水般向学校操场涌去——转九曲的时刻到了！

我夹在人流中，跟着队长大步行走。雪花落在我的脸上，凉凉的，痒痒的。谁家的孩子直往前窜，差点儿把我绊倒；队长赶忙扶住我，一边骂那孩子，一边叮嘱我要小心点，走慢点。其实呢，他却越走越快，后来索性拉着我跑起来了。我心里清楚，多年来这村子头一回转九曲，怕搞乱了，队长急着前去照料。跑就跑吧，我从小爬惯家乡这山山洼洼，没有那么娇嫩。我也愿意跑，先睹为快呵！

九曲灯火闪耀在我们眼前了。搭眼看去，繁星点点，光华四射，照亮了山沟，照亮了漫天飞舞的雪花。我一时觉得，好像在哪儿见过这样的情景。哦，想起来了，我见过。去年国庆后的第二天，我乘飞机从首都飞回西安，遥望古城灯火，不就和这很相像么？只是，那规模要大得多，今晚仅算它的缩影；然而眼下这灯火，竖成列，横成行，再加上这带着光晕的千万片雪花，造成一片漾漾烁烁、迷迷离离的景致，比那回所看到的，更引人入醉。

我看见，十个大灯笼，高悬在操场的四周。"巧媳妇"剪下的秧歌队剪纸，就贴在这些灯笼上。突然间，是灯笼上的秧歌队跳下来了么？为什么遍地彩绸飘飞，舞姿翩翩？

锣鼓唢呐声中，秧歌队以"伞头"为前导，首先穿游进灯火之中，"伞头"手中的花伞，应和着锣鼓点，一起一伏，团团旋转，宛若漂浮在九曲黄河的漩涡上；秧歌队员手中的彩绸，不断地舞起来，像给九曲黄河的上空，抹上片片云霞。花伞旋转时，亮晶晶的雪花也旋转；彩绸飞起时，亮晶晶的雪花也飞起。这花伞，这彩绸，还有这片片雪花、张张笑脸，都被灯火照耀着，都在九曲波涛中旋转狂欢。

秧歌队优美、奔放的舞姿，使我看得眼花缭乱，惊羡不已。我在专业剧团工作过好多年，我熟悉不少演员，他们之中一些人很有点儿艺术造诣，但要表演出这么一股子激情来，几乎没一个能够办到。"巧媳妇"剪下的秧歌队也要自愧弗如。我想，眼前这支欢舞在九曲灯火中的秧歌队，也可以说是剪下的，但它是用传统和现实的巨剪所剪，贴在我们美好生活的硕大无比的灯笼上。

我跟着群众的队伍，也穿游进去。好像世界上的一切光亮，一下子全聚在这里了。灯是亮的，眼睛是亮的，笑脸是亮的，身影是亮的，连刮的风也是亮的。一片片飘飞的雪花，携着光圈，就像一盏盏飘飞的小灯。我看见，我们这亮亮的行列中，有亮亮的老头，有亮亮的老婆，还有被亮亮的妈妈牵着手的亮亮的孩子。全村所有的人——上自八十九，下至刚会走，大概全来了。一个个亮亮的，喜眉笑眼，脚步儿轻轻，踩着鼓点，踩着雪花，踩着光亮欢乐地游转。

我的心头，也亮起来了，升起一道联想的彩虹。我想这一盏盏华灯，多像一朵朵盛开的山花，人们多像蝴蝶飞来绕去，扇动着亮亮的翅膀；我想这一盏盏华灯，多像一穗穗成熟的高粱，人们多像拿着镰刀，多像拿着磨了又磨、闪光发亮的镰刀，正在唱出嚓嚓嚓的亮亮的歌声；我还想，这华灯整整齐齐，一行一行，多像一曲美丽乐章的五线谱，多像一根根颤动的琴弦，人们多像飘飞荡漾的亮亮的音符……

一阵哄笑声响起，只见人们一齐向我的身后望去。我忙转过脸，原来是紧挨我的杨大伯，也居然扭起了秧歌。他身上抖下片片光亮，片片雪花。看样子，他曾经定是扭秧歌的好手，胳膊腿儿都透着美感，只是现在为了招人乐，故意把动作搞得非常夸张。待他尽兴之后，我问：

"大伯，你多大年纪了？"

"十六了！"他笑答。眉毛上抖下一缕光亮，几粒雪花。

"六十了。"队长解释道，"他小的时候，周恩来同志还给他教过字呢。"

"你真幸福呀！"锣鼓声中，我望着杨大伯，提高了声音。我觉得，我的眼里飘进一缕光亮，嘴里飘进几粒雪花。

"当年幸福，如今也算幸福，中间几年嘛，"大伯说着唉了一声，"'幸福'到黑窟窿里了，捞了条讨饭棍！"待了会他又说，"不说那些了。我只想叫你知道，光去年，我就打了八千斤粮食！"

杨大伯按捺不住满心的喜悦。他希望我转告那些在延安工作过的老同志，延安又红盛了，又和大生产时一样了，人人有吃有穿，喜格眯眯，希望他们有机会都能回来看看。灰暗的色彩，只是在人们心中一闪，逝去了。眼前的一切，如此敞亮。

但我忽然想起"大鬓角"了，左瞅右瞅不见他，我心中多少有些惆怅。我不由捅捅走在我前头的队长，说他不该下了那么严厉的命令，把那青年隔在欢乐的人群之外。队长挥手指指我们的左方：

"那不是？他来了！"

我目光瞟过几行灯去，仔细一看，是他，不过他已推了头，留着和别的后生一样的发式。他前头的姑娘是谁呢？和他那么亲热，转过身嫣然一笑，向他塞了一把什么东西，他大口大口吃了起来。连雪花，连灯光，一起吞下去了，喜滋滋的。我终于认出，那姑娘是叶叶。队长说：

"一对情人。不让留大鬓角，其实是叶叶的意思。女子厉害着呢，说要继续留着，没二话，就吹！我能不成全他们？"

队长的声音，也似乎含着光，发着亮。九曲灯火照耀之下，一切是这么和谐，这么充实，这么富于魅力。我感到，我和这些淳朴憨厚的庄户人，正在闪光的诗行中流连。

雪大了，纷纷扬扬。雪花上的光晕也大了，一圈一圈。人们的头上、眉上、肩上，全落上一层雪，又重上一层光，如玉雕一般。雪大情也涨，谁愿离去？人们在光和雪中，更加欢乐地旋转狂欢。

过一盏灯，又一盏灯。每盏灯象征一天，一共是三百六十五个灯，象征整整一年。我祝福人们：我们的每一天都是明亮的！

过一盏灯，又一盏灯。九曲灯火，好像我们前进的道路。我们的来路是曲折的，去路也是曲折的。但在曲折的路上，在有艰难和痛苦的地方，也像今晚一样，虽然落着雪，总有光辉照耀我们。我们永不气馁。即使有时候落下几滴悲伤的泪水，这泪水也饱含着希望之光！

过一盏灯，又一盏灯。我浮想联翩，思绪翻飞，转出了九曲灯火。

我多么依恋呵！回头望着，我真想返回去，撕几片光亮，像带着一首诗，像初恋时带着情人赠送的手绢，常常带在身旁。我想这片片光亮，今夜闪在家家窑洞里，一定会给全村老小，编织一个透明的、甜甜的梦吧。

关中味

　　不知哪辈子，也许可以追溯到大批工匠烧制秦俑的年代，关中农民和油泼辣子彪彪面，就结下了不解之缘。即使一年到头天天以此为食，他们也决不腻烦。他们几乎认为，所谓幸福生活，那完全是其他方面的事情，至于饮食，有一碗油泼辣子彪彪面在口里稀溜稀溜地受用着，便觉得天也蓝，水也绿，鲜花也似锦，自己则美活得就像个天字第一号的皇帝老子了。甚至连一些出身于关中农村的干部、教授、工程师，也不能摆脱这种习性，一如他们的普通话里总夹杂着乡音一般。他们虽然已离家几十年了，生活也优裕，居室陈设一派都市气氛，但隔三岔五的，也不忘吃一顿油泼辣子彪彪面。尤有甚者，习性执拗得如华山不可动摇，不管在家还是出门，非此面不食。人家把他请到宴会上，他望着山珍皱眉，望着海味皱眉，好像那七碟子八碗都是他的前世冤家；要是主人知道个中原因，立即命厨师专门为他做一碗油泼辣子彪彪面端上来，他便会像诗圣杜甫闻官军收河南河北一般狂放，假使不怕有失体统，真要漫卷点什么东西了——也许就是碗中之面。

油泼辣子彪彪面，关键在于一个泼字。不是滴，不是淋，而是泼，像泼水一样泼。这就要求有较多的油。除油之外，还要有辣子和面粉。烹饪也不难：先把面粉做成厚而韧的面片，煮熟，捞在大碗里，然后把一勺烧得冒烟起火的菜油——浪漫极了，看起来是一勺飘动的火焰，一勺艳鲜的霞光——兹啦一声泼上去，这就好了。一碗油和辣子撞击出来的香味。一碗丰厚而凌厉的刺激。香得很。

关中农村最美丽的景色，最使人感动、最使人难忘的景色，就是围绕这一碗油泼辣子彪彪面而展开的。

春天，你乘着火车，在关中大平原上飞驰。你累得要死，不管车厢怎么晃荡，睡了一觉又一觉。也许是前来倒水的列车员把你碰了一下，你不经意地睁了睁眼睛，昏沉沉准备继续再睡；可是这一睁之间，已有一股力量叩响你的心头，你为之震惊，清醒过来。你朝车窗看出去，啊！那么灿烂的颜色！那么艳黄的颜色！一片！一片！又一片！

那是盛开的油菜花。那是我们共和国国旗五颗金星才有的颜色。擦着车窗，擦着睫毛，一片一片飞过。你的精神亢奋起来，再也睡不着，一任那浩阔的金黄向你劈头盖脸地喷洒。这时候，你如果吟出一首诗来，那每一行，每一字，每一个标点符号，都应是24K的纯金！

深秋，在关中平原的一些地方，在一些地方的公路两侧，几乎是一夜之间，矗立起一道又一道高墙。你在那高墙间的巷道上行走，怎么也走不到头，就像走进了一个人迹罕至的大峡谷。那高墙是绿的翡翠和红的玛瑙镶嵌成的，一闪一闪的发光。好奢华的墙啊！

那是收挂起来的辣子。你一定早已嗅到那火烈辛辣的气味了。天空射来的太阳光线，在辣子上磨过，都成了红热而扎人的细铁丝。连鸟儿也唱着带刺的歌。

在这儿，辣子，似乎不再是被人们一小撮一小撮食用的调料了，而是以十吨计百吨计的煤炭之类的东西。忙碌而豪爽的大卡车从这高墙间驰过，笛鸣三声，声声喊叫着：辣！辣！辣！而那高墙就像两排关中后生，哗笑起来。

小麦是关中平原最常见的装饰。它装饰着冬，装饰着春，装饰着初夏，以绿。广袤的田野因了它显出一派安详、温馨、无思无虑的气氛。快到端阳节，它开始成熟了，似有一把奇大无比的刷子，蘸着黄中透红的颜色，在那碧绿的平原上，以一分钟一个村、一点钟一个乡、一天一个县的速度，从东到西刷过去，从潼关刷到宝鸡，一刷刷了八百里。八百里淋漓尽致。

在关中大地上行走，想起这些深储于心头的种种情景，你不由想到，这片土地，是油泼过的，是辣子炝过的，是面片铺成的。这片土地，就是一碗油泼辣子彪彪面。

西寨村的鸟儿

终南山下有一个绿树成荫的村庄，叫做西寨村。外地人到了那儿，不论谁，都会先欢呼一声："啊哟！这么多的鸟儿！"但是村里人却说："要是和当年比，少得多啦！"

当年的西寨村，简直是鸟儿的天下。

当年，每当黎明时分，是鸟儿的鸣啭声，轻轻掀开人们的眼帘；傍晚，是鸟儿扇动的翅膀，殷殷地陪伴着人们回家的脚步；劳动的时候，旋于头顶、唱在耳畔、教人舒心教人像瀑布般畅笑的，也是鸟儿。

鸟儿，给庄稼人增添了无限的乐趣。

许多常见的鸟儿，如麻雀，如燕子，如啄木鸟，甚至如黄鹂和灰喜鹊，都不必说了；单是特点鲜明的，珍奇的，就看得人眼花缭乱。有一种叫做雁抓啦的，羽毛灰中透黑，闪着缎子一样的光泽，红的喙，红的腿，鸣声是滚动的音儿，像滚出一串脆响的珠子。它护雏儿是最有名的。你想抓它的雏儿，四面看看它不在，乘机爬上树去，但还不待把手伸进窝里，它必定就狂叫着出现了。它用翅膀扑啦啦地扇你，打你；别看不大的鸟儿，扇得你慌了手脚，打得你耳鼻生疼，使你只得狼狈而逃。再有一种叫白脖子的，身子雪白，长长的尾巴也雪白，只在脑门和翅膀上缀几点很好看的黑。看见它，恍若看见仙女把手帕扔落在人间了——好漂亮的手帕！它飞时，也带着仙韵儿，双翅忽而张开，忽而并拢，作箭似的直窜。它是极精灵的，去谷地觅食的时候，总是让麻雀在谷穗上跳达，它藏在下面，吃抖落下来的现成。发现有人走来，麻雀便惊恐万状地四散乱飞，有时还会被愤怒的孩子打伤，它却不慌，只镇定自若地从暗地走远，然后悠然飘上天空。还有一种叫不上名字的，拳头般大小，紫红的颜色，雄的和雌的叫着不同的声音，一个"嘟噜噜噜——咕咕！"一个"叽啦啦啦——呷呷！"雄和雌，有时离得很近，有时离得很远，但即使一个在村里，一个在老远老远的山上，这边叫一声，那边定然有了回应。那意境真好。特别是薄雾笼罩大地的时候，它们悠远而真切的一唱一和，简直叫人魂销魄融了。

孩子们的梦里都是鸟翅、鸟声、鸟影。要是恋这梦，苦恋，蜷在被窝不想起来，娘就说："你听听！铁裢柗打屁股了！"一听，果然"咕儿——蝙""咕儿——蝙"地直响，下意识摸摸屁股，却不疼，但也以为是打着了。"哦，亲爱的鸟儿，铁裢柗鸟儿，我就起来啦！"于是赶紧穿衣裳，吃饭，然后拿了斧子麻绳去砍柴。返回时，夕阳照着山崖。众多雏儿迎接众多鸟儿回窠的绚丽情景，撩拨得颗颗童心不能平静，就从背上摔下柴火，坐在草坡上，边啃干馍边观赏。只见雏儿一个个急不可耐地伸长脖颈，老鸟儿一个个归心似箭地打老远飞回，一见面，老的和小的，都激动得每根羽毛都在悸颤。自然联想了许多，也联想到古人说过的话来："一日不见，如三秋兮。"不假。这情景，像火焰一样燃烧在孩子们的心中，一直到娶了媳妇，一直到白发苍苍，心中也闪着光亮。

没有比庄稼人更爱鸟的了。割麦子的时候，总要给鸟儿留下几穗；卸柿子的时候，总要给鸟儿留下几颗；扫场也不扫得太净，也是留给鸟儿的。要是看见鸟儿不幸死在地上，老年人会赶紧挖个坑儿，像葬人一样葬了，祈愿它转个来世。人们在肚兜儿上，花鞋上，香包上，都绣了鸟儿。盖新房，在房脊上塑喜鹊，在山墙上给燕子砌进出的"马眼"——用新瓦对成的花花儿的孔洞。如果谁家不住燕子，便认为时运不佳或人气欠正，自己沮丧，邻人们也要为之叹息不已了。

但世事不宁，祸及鸟儿。西寨村忽然盖起了大食堂，点燃了炼钢炉，接着学大寨，平祖坟，村里的树木，周围的树木，几乎全被砍光了，毁了鸟儿藉以栖息的乐园。这还不够，还把不少鸟儿和苍蝇、蚊子、老鼠列在一起，赶鸟、打鸟。不打不赶是万万不行的，连善良的老太太也不得不挥动着围裙。

从此，与庄稼人祖祖辈辈繁衍生息在一起的鸟儿，几乎在西寨村完全消失了。尽管满膀子肌肉疙瘩的大男人哭笑不得地唱着，唱着他也是一朵向阳花（"社员都是向阳花"嘛），西寨村还是没了生气，没了灵光，苍白得就像一摊石头。

但世界是耐不住寂寞的，填补鸟儿的空白，生出了一层蠕蠕的活跃的东西，那是庄稼地里的害虫。棉铃虫、丈地虫、蝼蛄……应有尽有，肆虐成灾，粮食大幅度减产。于是，有人提议：请鸟儿去！

领头的，是德高望重、子孙满堂的老人。人们大群大股地涌出村子。到了终南山上，见了久违而亲切的鸟群，人们虔诚地烧香，虔诚地磕头，末了，又当场焚烧了纸糊的妖鸟。庄稼人是实诚驯顺的，他们不敢把罪孽归到人间，而是到虚幻世界中去寻找。在虚幻世界里，加害人者鬼，加害鸟者，相应地就是这个妖物了。这妖物也像鬼一样，模样怪异，面目狰狞。人们看着它化作纸灰飘荡而去之后，面对众鸟儿，说着许多祈祷的言辞。之后，又沿着来路，把麦粒、玉米粒、腊八粥一直撒回去，还在村里残存的树上，涂上几圈腊八粥。庄稼人相信：在精诚之心的感召下，他们日思夜想的鸟儿，一定会飞进村里来的！

然而，飞进村里的，竟是片片枯叶！

人们绝望了，仿佛鸟儿自古就没在这村里落脚一样，想都不再想了。人们各自忙碌着各自的日子，虽然那日子是凄清的。

　　但是有一天，外地人进了村子，竟欢呼起来。听了那欢呼声，不由抬头看时，真是呢，不知不觉中，满村又绿树成荫了，数不清的鸟儿又到处欢鸣了。人类社会的昌明，使万物得以起死回生。遍地是生机蓬勃的景象。望着这些，特别是望着飞旋的鸟儿，西寨村的庄稼人，心头是喜悦的，满足的。他们说，当然，比起当年来，那鸟儿还是少了些，但鸟声却多了好多倍，而且不但白天鸣啭，夜晚也在鸣啭。那是因为人们更爱鸟儿了，他们都在先人手中没有过的收录机里，录下了各种鸟儿的叫声。

延安牡丹

花瓣上的露水珠儿，含着香，常常滑落于梦中。

那花是延安牡丹。它开放在延安城西南20公里的山谷中。地据花以起名，那儿因之被称为花原头、牡丹山或万花山。现在一般叫万花山。

八十年代初，万花山建起一座古色古香的豪华宾馆，而与宾馆只一墙之隔的，仍是原生态的陕北农村：黄漠漠的黄土山洼，碾子，柴火垛，鸡，牛，狗；婆姨揭起门帘，汉子闪闪地挑水归来，杨木担子柳木桶。

东山的糜子西山的谷。上坡坡葫芦下坡坡瓜。

豪华与朴拙的强反差中，耀眼的，撩拨心弦的，令人流连忘返的，是千朵万朵的牡丹。

我国牡丹美艳者多多，如洛阳牡丹，菏泽牡丹，巴蜀牡丹，余杭牡丹，等等。但是，延安牡丹为其始祖。而且，我敢说，哪一个也没有延安牡丹来得那么奇绝。概而言之，有八奇。

——奇一，生在延安。

生在延安怎么叫奇呢？山在水在石头在，山水石中，自有原因在了。

唐代诗人皮日休赞牡丹诗云："落尽残红始吐芽，花名唤作百花王。竞夸天下无双艳，独占人间第一香。"他把最尖端的词汇，几乎全都献给了牡丹。

我国历代咏牡丹的诗词少说也有几千首，在那些诗词中，牡丹还被称为国色，天香，花君，花帝，等等。总之，牡丹雍容华贵，艳冠群芳。所以，牡丹历来总是植于富贵处所，如宫苑，京城，并随着宫苑和京城的迁移而流转。

而延安是一个什么地方呢？跌死山羊摔死蛇。黄风刮来遮满天。古时候被称为化外之地。20世纪三十年代，著名美国进步记者斯诺来到这里，惊出一行文字，有案可查："人类能在这里生存，简直是一个奇迹！"

但这牡丹，却居然在这里生根，发芽，招展花枝，开得满山满谷。这难道不是奇事一桩么？

——奇二，野生。

别处的牡丹多是人工培植，而延安的牡丹全属野生。荒山野地就是它的家。

荒山野地是没有园丁的。没人锄，没人浇，也没有多少人前来观赏。与它为伍的，是荒草，是野花，是狐，是兔，以及一阵一阵的西北风。

荒山野地，鸡爪爪黄连苦豆豆根。

所以宋代文学家欧阳修在《花谱》中说："延安牡丹与荆棘无异者也。"他概括得极为准确。

但千百年来，延安的牡丹硬是那么长着。它骨劲，心刚，有血性。

苦焦的延安！温差奇大。十年九旱。无肥。发一回山水冲一层泥。但它的牡丹酷寒挺身站，大旱不低头，就在极度贫瘠的土地上，年年开花年年艳，花香四溢。

——奇三，不交易。

我国人民特别爱花，所以牡丹自古有上市的传统。史载：南宋时余杭的牡丹，"歌叫于市，买者纷然。"唐代诗人白居易并有这样的诗句："共道牡丹时，相随买花去。"今朝更然。

可是，开天辟地到如今，花开花落千万年，可以说，延安的牡丹，连一枝一叶都没有卖过。

鸡蛋常卖，猪羊常卖，粮食常卖，就是没有卖过牡丹。

过去是没人买，现在是舍不得卖。

这正好塑就了延安牡丹亘古以来的尊严。

延安的牡丹，就像延安人的灵魂。

——奇四，与柏树伴生。

万花山上，尽皆柏树。山顶还有一棵奇柏，叫五龙柏，若五条龙凌空翻跃，气壮山河。牡丹就长在这些柏树的根底。

柏树铁肌石躯，牡丹玉肤腻体；柏树森严，牡丹活泼；柏树阳刚，牡丹阴柔；柏树是英雄，牡丹是美人。

顶着风，遮着雨，柏树呵护着牡丹。

牡丹花开，是献给柏树的爱。

在我国的传统绘画里，为了寄寓长命富贵的意思，常把柏树和牡丹画在一起。但它们却在这儿天然地生在一起了。所以乡亲们极爱这片地方。尽管生活艰难，他们从未离开过一步。

——奇五，花好。

花朵大，有的直径竟可达到6英寸，像一个小碗。也美，花开时节，你看吧，这一枝黄，黄得像金；那一枝白，白得像银；又一枝红，红得像玛瑙，像火焰，像朝霞和晚霞，像灯笼。复瓣的；单瓣的；半透明的。枝枝缤纷灿烂。枝枝艳若蒸霞。人都觉得那花枝中，恍若闪动着仙子的脸，仙子的姿，仙子的裙。好像只要细听，就能够听到花们的娓娓细语，时而还夹带着欢愉的笑声。

它的色、香、味、韵，无不透露着信天游一样的美质。

因此之故，延安牡丹很早就声名远播，隋炀帝曾命人将其中的一些黄的移至宫苑，被称为"延安黄"。

隋炀帝是一个以淫靡奢侈而著称于世的帝王。他看中了延安的牡丹，足见延安牡丹的不同凡响。

——奇六，当柴烧。

《四库全书·关中胜迹图志》中有两处提到延安万花山的牡丹，一处云："其地多牡丹，樵者采以供薪。"另一处云："牡丹遍山谷，樵者采之为薪。"并云，欧阳修说的"延安牡丹与荆棘无异者也"，就是这个意思。

当然更会以柏枝为薪了。

以牡丹烧火做饭，谁曾见过？整棵的牡丹，枝头花儿朵朵，噜！噜！直往炉膛里塞！炉膛里噼噼啪啪，分不清哪是火焰，哪是花朵。做饭女子唱："一对对喜鹊树上落，快刀子割不开你和我。"这歌，不知唱的是她的爱情，还是炉中的情景。

是暴殄天物吗？是煮鹤焚琴吗？不能说。只能说是因时因地制宜。

外国也有类似的例子。好像是巴西人吧，他们曾把海鱼作为肥料，每撒一颗玉米种子，就埋进一条鱼去。

那当然都是过往的事了，现在自然不会。现在，延安的牡丹贵重得就像金子一样，整天有人看护着，谁敢动它一指头！

不过想起古时的延安，还是觉得特别有意思。

它烟囱里升起的缕缕炊烟，含着多少奇香？它锅里做出洋芋擦擦，红豆角角熬南瓜，或者，荞面圪坨羊腥汤，是不是有如琼浆玉露？

哎，莫看延安穷山沟里穿得烂兮兮的庄户人家，千百年来他们所过的日子，不是比隋炀帝还要高出几倍么？气死那些作威作福的家伙！

虽然已经死了，再让他死上一遍！

——奇七，花旁出好女。

也许正由于上边所说的情况，整年烧火做饭的延安万花山左近的姑娘，便特别出众了：古有花木兰，近有蓝花花，她们都名扬四方。

相传替父从军的花木兰就当当出生在万花山，万花山的山顶上至今还存留着她的跑马梁。她也曾在这儿当窗理云鬓。现在人们在山下为她塑了像。

蓝花花呢，也出生在离这儿不远的村庄。她美艳照人，敢于与命运抗争，硬是盖倒了一十三省的女孩儿！

因为她们，古诗《木兰辞》和现代民歌《蓝花花》，一个接着一个脱颖而出，瑰丽了我国的艺术宝库。于是，意念中的她们更美了，花木兰的脚下踩着动听的诗韵，蓝花花的腰肢扭出美丽的旋律。

历史的天空被云彩遮住了吗？诗与歌，是风。唧唧复唧唧。青线线。蓝线线。暮宿黄河边。冒着性命往哥哥家里跑。一疙瘩云彩风吹散，她们既有牡丹的美丽，又有柏树的刚强。

——奇八，可以说是最大的一奇，它好像身怀障眼法。

战争年代在延安生活过好多年的老同志，十有八九都没见过延安的牡丹。

延安有多大？有北京的千分之一大么？但是，他们在延安生活了那么些年，却硬是浑然不知！举个例子吧，1986年，一位中央领导同志到延安考察，他见了万花山的牡丹，惊诧地说道："我在延安生活了八九年，怎么连听都没听过呢！"

这真是奇而又奇的事情！

人们历来对于牡丹，都是趋之若鹜。唐代诗人刘禹锡在形容长安赏牡丹的盛况时有诗云："唯有牡丹真国色，花开时节动京城。"

可是怪了，当年延安的花开时节，这些老革命都到哪儿去了？

去哪儿？哪儿也没去！开荒中有他们的身影，纺线中有他们的身影，整风中有他们的身影，保卫延安中有他们的身影。

但是他们为什么根本没看到延安的牡丹呢？恐怕只能有这样一个解释：时代的注意力所致。

那时候，时代的注意力完全集中在革命上了，眈眈向一，绝无他顾，全神贯注，埋头苦干，以致忽略了对美的欣赏。

怎么会呢？为什么会呢？真实吗？

凡是熟悉陕北民歌的人，不会不知道这样一首："骑白马，挎洋枪，三哥哥吃了八路军的粮。有心回家看姑娘，打日本来顾不上！"这民歌，正好对此做了一个有力的佐证。

那是一种神奇的精神辉煌。明明是眼皮子底下的美景，却视而不见。而且不是十个人，八个人；是成千上万，是整整的一代！

时代把人们的精神都聚集到伟大神圣的事业之上去了。一杆杆红旗半空里飘。镰刀斧头老镢头，砍开大路穷人走！其他物事即使再美好，也失去了诱人的力量，也被冷落一旁。

那是一种什么样的精神啊！热血沸腾。无私奉献。前仆后继。背负着民族的希望。向前，向前，向前！

为了全国花开遍，不知延安有牡丹。

那精神，奇艳如延安牡丹！

安塞腰鼓

一群茂腾腾的后生。

他们的身后是一片高粱地。他们朴实得就像那片高粱。

咝溜溜的南风吹动了高粱叶子，也吹动了他们的衣衫。

他们的神情沉稳而安静。紧贴在他们身体一侧的腰鼓，呆呆的，似乎从来不曾响过。

但是：

看！——

一捶起来就发狠了，忘情了，没命了！百十个斜背响鼓的后生，如百十块被强震不断击起的石头，狂舞在你的面前。骤雨一样，是急促的鼓点；旋风一样，是飞扬的流苏；乱蛙一样，是蹦跳的脚步；火花一样，是闪烁的瞳仁；斗虎一样，是强健的风姿。黄土高原上。爆出一场多么壮阔、多么豪放、多么火烈的舞蹈哇——安塞腰鼓！

这腰鼓，使冰冷的空气立即变得燥热了，使恬静的阳光立即变得飞溅了，使困倦的世界立即变得亢奋了。

使人想起：落日照大旗，马鸣风萧萧！

使人想起：千里的雷声万里的闪！

使人想起：晦暗了又明晰、明晰了又晦暗、尔后最终永远明晰了的大彻大悟！

容不得束缚，容不得羁绊，容不得闭塞。是挣脱了、冲破了、撞开了的那么一股劲！

好一个安塞腰鼓！

百十个腰鼓发出的沉重响声，碰撞在四野长着酸枣树的山崖上，山崖蓦然变成牛皮鼓面了，只听见隆隆，隆隆，隆隆。

百十个腰鼓发出的沉重响声，碰撞在遗落了一切冗杂的观众的心上，观众的心也蓦然变成牛皮鼓面了，也是隆隆，隆隆，隆隆。

隆隆隆隆的豪壮的抒情，隆隆隆隆的严峻的思索，隆隆隆隆的犁尖翻起的杂着草根的土壤，隆隆隆隆的阵痛的发生和排解……

好一个安塞腰鼓！

后生们的胳膊，腿，全身，有力地搏击着，疾速地搏击着，大起大落地搏击着。它震撼着你，烧灼着你，威逼着你。它使你从来没有如此鲜明地感受到生命的存在、活跃和强盛。它使你惊异于那农民衣着包裹着的躯体，那消化着红豆角角老南瓜的躯体，居然可以释放出那么奇伟磅礴的能量！

黄土高原啊，你生养了这些元气淋漓的后生；也只有你，才能承受如此惊心动魄的搏击！

多水的江南是易碎的玻璃，在那儿，打不得这样的腰鼓。

除了黄土高原，哪里再有这么厚、这么厚的土层啊！

好一个黄土高原！好一个安塞腰鼓！

每一个舞姿都充满了力量。每一个舞姿都呼呼作响。每一个舞姿都是光和影的匆匆变幻。每一个舞姿都使人颤栗在浓烈的艺术享受中，使人叹为观止。

好一个痛快了山河、蓬勃了想象力的安塞腰鼓！

愈捶愈烈！形体成了沉重而又纷飞的思绪！

愈捶愈烈！思绪中不存任何隐秘！

愈捶愈烈！痛苦和欢乐，生活和梦幻，摆脱和追求，都在这舞姿和鼓点中交织！旋转！凝聚！奔突！辐射！翻飞！升华！人，成了茫茫一片；声，成了茫茫一片……

当它戛然而止的时候，世界出奇地寂静，以致使人感到对她十分陌生了。

简直像来到另一个星球。

耳畔是一声渺远的鸡啼。

在古老的土地上

仿佛是十分渺茫、十分渺茫的事情了。

仿佛隔着千重山，万重水。

那时候，母亲穿着毛蓝布衣衫的身影，就是我的蓝天；母亲温存亲切的面容，就是我的太阳。

我环顾世界：如果没有母亲，到处便是白茫茫一片。

我紧紧地趴在母亲怀里，就像吊在地畔上的一颗瓜蛋蛋，就像贴伏在秸秆上的一穗玉米棒儿。

母亲的怀抱就像黄土坡洼一样，我每天都要成十次、成百次地爬上溜下。

我不能没有母亲，就像万物不能没有赖以活命的土地。

每天晚上，我闭住眼睛的时候，梦见的是母亲；早晨，我一睁开眼睛，先看母亲在不在。母亲操劳不息，有时候她实在太疲倦了，想躺在炕上睡一睡，可是，一看见她闭住眼睛，我就急了，我就推她，摇她，非把她唤醒不可。哦，我是可以闭住眼睛的，母亲却不能。绝对不能！我以为，闭住眼睛，母亲就会死，就会离我而去。因了这个，那时候，我害得母亲白天从来不能挨一挨枕头。

母亲对我的爱，更是充满了她的整个一颗心；如果把母亲的心儿碰一碰，滴在我身上的，全是爱，全是爱。全是。母亲的双手，一刻也不能感触不到我的体温。她出门去的时候，总是抱着我。抱着我，上山，下洼，过街，走巷，去河畔洗衣裳，去店铺买油盐。累了，换一把手；再累了，站一站，停一停。哪怕累得气喘吁吁，哪怕累得胳膊酸疼，她也从不忍心把我一个人锁在家里。她从不。亲骨亲血亲格蛋蛋的肉，母亲啊，撇不开，离不开，分不开。

暮色浓，蝙蝠乱飞。远山的狼，狐子，偷人的贼，抑或还有什么精灵，还有一切与黑暗为伍的东西，都在蠢蠢欲动。母亲抱着我，向家里走着。我怕，两只手颤抖抖地，拽住母亲。母亲说："乖乖，别怕，有妈妈哩。"然后，她轻声而有力地呼唤起来："乖乖回回，乖乖回回……"

我幼小的生命之舟，承受着庄严的、无敌的护航。

如果没有母亲，连风儿的翅膀都会把我划伤。

凭着母亲，我充满了安全感。

有一天，在乡政府院子。缴军鞋的大股妇女，离开记账桌子，有说有笑地走了。院子陡然清静下来。杨柳依依，春光多么迷人。太阳洒下柔和的光。拦羊娃嗓子里萌动的信天游，从高高的山梁打旋而来，带着山桃花的清香。就在这诗一样的境界里，母亲做下的军鞋，受到了乡长和乡文书的齐声赞扬。母亲只笑笑，然后抱起我，把那宝塔、延河、山花、春鸟，把那古老土地上的一切美好景致，一一指给我看。母亲的声音是愉悦的，我的眼睛是忙碌的。过来一个小脚儿婶婶，母亲和她亲亲热热，说个不够。末了，婶婶问母亲："你今年多大啦？""过年就二十四啦。"母亲柔声回答。可是，当婶婶望见母亲脚上的白鞋的时候，却沉默了，只是叹息着，怜悯地抚摸我的头发。

我看见，母亲立即低下头来，眼泪也几乎要掉下来了。

我稚嫩的心上，第一次有雷声滚过。

我的心裂开了道道口子。

终有一天，从乡邻们的片言只语中，我搞清了我和母亲并不是从来就孤苦伶仃，而是还有过一个亲人，那是父亲。还有人说，父亲是个国民党校长，是个坏人，他在被监禁时死去了。我的心头猛一紧缩，蒙上了浓重的阴影。父亲留给我们可怜母子的，竟是一身耻辱！

终有一天，母亲领着我，踏进一户陌生人家。论起来，继父的心肠还是很不错的。可是，这一大家子人，总有一些见我不怎么眼明的。继父常受他们的挑唆。他们有时也直接出面。为了我，母亲不惜一切，她因之受尽了气，吃尽了苦头，洒尽了伤心的眼泪。

有时家里有了点吃喝，量不多，老老小小每人半碗；母亲见我爱吃，便悄悄地把分给她的倒给我，她自己却扒拉空碗。

如果没有母亲，我便像一棵无根沙蓬，随时会被大风吹得无影无踪。

母亲在，我的生命之根便在。

在这个家里，也有从不歧视我的人，那是继伯父。他是个光棍，拉着一男一女两个孩子。他抽着大烟。他的经常闪动的昏黄的大烟灯，像他那颗心一样，使我感到许多温暖。他抽大烟的时候，总是怕外人看见，却从来不避我们孩子，允许我们在他身边玩耍。我们耍得无拘无束，尽兴尽致。在这儿，我绝无寄人篱下的感觉。后来，继伯父戒了大烟，参军去了，我因此感到有几分悲哀。

母亲非常同情继伯父撇在家里的两个孩子。因为他们近乎孤儿。大概也因为继伯父待我不错，以心换心吧，母亲经常给他们缝缝补补。这两个孩子中，老大是个女子，她不像一般女孩子那样，文文静静，腼腼腆腆，而是有一股难得的野劲，疯劲，以至自作主张在一个部队剧团报了名，当了演员。她的暴戾的爷爷知道后，把她从剧团拖了回来，打了个半死，并且用绳子捆了手脚，关在烂窑里面。母亲送吃的给她，她说："只要捆不了一辈子，我还要穿军衣，还要当公家人！"母亲被她深深感动，偷偷解开绳子，把她放走了。她从此走上了革命道路。而母亲，却遭到她家人的一顿打骂。他们认为母亲对这个家怀有二心，处处与母亲为难。

就是在如此艰难的环境里，母亲开始以她的希冀和憧憬塑造我，教我认字。母亲出身书香门第，她小时又念过几天书，而我逝去的父亲又是个知识分子，母亲这样做，是势所必然的事情。她一心要把我拉扯成个文化人。在这一点上，她执拗极了，绝不允许我违背她的意志。她总共打过我三回，都是因为我不好好认字。她喜欢在点上灯的时候，一边做针线，一边看我用心学习。我的亲三叔那时已在市政府工作多年，算个有资历的革命干部了，母亲终于让他把我送进了乐园般的保育小学……

这一切，仿佛是十分渺茫、十分渺茫的事情了。

这一切，仿佛隔着千重山，万重水。

待我当了几年大学助教、与妻子一道回乡工作的时候，母亲眼神呆滞，过着凄凄惨惨的日子。继父撇下母亲和四个弟妹，已去世多年，全家生活无靠。因为继父的祖上曾经有房有地，母亲的家庭成分被划为剥削阶级。尽管那时因我申请入党，组织已对父亲的问题进行过多次调查，曾一度认为与事实大有出入，但母亲也还是受到父亲的株连。母亲是双料的，黑上加黑，罪孽深重。弟妹们哪个也不能再去上学，哪个也休想找到工作。我每回去看母亲，母亲总是不说什么，但我知道她的忧思。她的止不住的咳嗽声，分明说明了一切。

一个愁戚戚的冬日，母亲病倒了。我扶着母亲去看病。风，掠过大字报，发出啪啦啦的声响。电线杆上的大喇叭高唱着"形势大好"。还没有走到医院门口，我们被居委会的一名阶级斗争的女勇士拦庄了。她声色俱厉，驱赶着母亲立即去修梯田。我欲和她讲理，可是母亲拦住我说："我去。"说完，母亲向我递了个眼色，挣扎着跟女勇士去了。我看见，母亲趔趔趄趄的，连脚步也踏不稳。

我的心在流血。世界发了疯，欺凌一个弱者，欺凌母亲；而我，愧对母亲养育之恩，不敢伸出手去，给母亲以些许保护！

那时候，外祖父的家庭成分也不好。外祖父和母亲都还算幸运，只是个家庭成分而已；被戴上帽子的"罪人"比比皆是。曾经是革命大本营的我的故乡，我的故乡的父老兄弟，都黑了，都臭了，而且原本就是又黑又臭的，根子就是坏的，百分之七八十都是坏蛋，没有几个好东西。仿佛革命不是靠这些人支撑过来的。仿佛这些人没有做过军鞋，没有缴过公粮，没有在革命最困难的时候，把自己几乎是全部的血汗钱义无反顾地双手捧给党和人民。仿佛这些人当年去给领袖演秧歌的时候，不是出自真心实意，而是都在怀里藏着手榴弹，随时准备进行罪恶活动。倒是当年的二流子，倒是建国后从原蒋管区来的一帮子可畏后生，才是革命的功臣，才红得彻里彻外，永不变色！

外祖父的晚景够凄凉了。贫病交加，只有被批斗、被扣发工资的三舅在他身边。他的女儿中，当干部的都和他划清了界限，断绝了来往，唯独母亲时刻牵挂着他，隔三岔五地去看他。母亲虽然困难得有时连油也买不起，干着锅炒菜，还硬挤出三块五块的，偷偷接济比她更加困难的二舅。

母亲怕连累我，不到迫不得已的时候，从不到我所工作的机关来。七八年漫长的时间里，她只来过一次。那是因为我在下乡归来途中，拖拉机翻了，我被砸伤了。母亲一手牵着我的一个孩子，急得眼泪花花的。知道我伤势并不严重，她才离开机关。临走时她说，端阳节快到了，她准备包点粽子，叫我过节时一定回去。可是过端阳的那天，母亲终因百事重压，神志错乱了。她平时性格内向，多一句话不说，这时却双手抓住我，像瀑布一样倾泻她对我的感情。孩子虽多，我却是她的一切。她总怕我在险恶的世态中，会出个三长两短。听着母亲动骨挖髓的吐诉，我哭了。

世界上最纯洁、最炽烈的，莫过于母爱。

如果我当时被打成"反革命"，如果我被绑赴刑场，再如果妻子和儿女都慑于威势，紧咬淌血的嘴唇，不敢为我哭嚎一声，那时候，我断定：母亲仍然会悲壮地来收我的尸骨！

　　随着多年不见的灿烂朝霞的升起，该平反的平反，该昭雪的昭雪，母亲的家庭成分得到纠正，外祖父的家庭成分也得到纠正。那名驱赶着母亲去修梯田的女勇士，臭得没人理了。一天，她家急用药锅，借了一圈谁也不肯借给，她只好讪讪地来到母亲院中。年轻气盛的二弟见了她立即板了脸，很不客气，可是被母亲看见了，母亲毫不犹豫地捧出了药锅。

　　生活大河的清朗，现出了几十年前的沉积物。极"左"的根子深了。父亲原来并不是什么国民党，而是地地道道的共产党。父亲是故乡最早一批党员中的一个，当过地下党的支部书记，为革命做出过很大的贡献。父亲的受审查，父亲的死，完完全全是一桩冤案。对于这些，母亲听了并不诧异，因为她心里原本就是有数的。有人劝母亲："写个材料交上去吧！你受了一辈子屈，也该给你落实政策啦！"而母亲，只是淡淡的一句话："给公家寻那些麻烦做啥哩。"顺了母亲的主意，至今，父亲的问题仍然没有得到正式昭雪。

　　心中装满了太多苦水的母亲，今天，笑得比谁都畅快。

　　最近，我把母亲接到省城，我们阖家团聚了一次。厮磨于母亲膝下的，有的像犍牛，有的像羊羔，有的像花翅膀喜鹊，大大小小，男男女女，总共十八个人。我们茂腾腾、欢溜溜的一群，除了做媳妇的，都是从母亲身上掉下来的骨肉。望着母亲欣慰的笑容，我的心头却掠过一丝伤感。从母亲到我们，从一身到十八人，谈何容易！母亲一辈子默默地哭着，默默地爱着，默默地操劳着，现在，她的背已经被命运的巨石压驼了。在我们这块古老的土地上，一个真正美好的年月的诞生，需要经过多么剧烈、多么漫长的阵痛啊！

然而。也正是我们这块古老的土地，赋给母亲以崇高的品德，赋给亿万人民以崇高的品德。这崇高的品德凝聚起来，便是像闪电一样光辉的我们的民族精神，它使受伤的党和国家得以康复，它使社会主义事业能够永远的充满着希望。

愿母亲健康，长寿。

山 峁

　　咔嚓嚓一声巨响，随着神斧的倏忽敛去，开天辟地扬起的亿万吨沙尘，被云推着，被风卷着，被历史堆积着，终于，在苍茫的东方地平线上，赫赫然崛起一片大气磅礴的黄土高原。望天，那么高，那么蓝；望地，那么厚重，那么遒劲；望杨柳，那么壮实，那么挺拔。

　　这茫茫大块上，这雄豪杨柳边，一日，走来一支人数不多的队伍。他们与壮阔的背景相比，微乎其微，犹如一行蠕动的蚂蚁。

　　他们要去一个预定的地点，可是迷路了。而身后，百倍千倍于他们的敌军，正紧紧追来。

　　大伙儿焦灼万分。

　　那边山梁上，一个头扎羊肚子手巾的后生，急匆匆走过。兵荒马乱的，昨夜，他家准备箍窑的钱财被盗了，有人看见小偷现在还藏在山那边的一个庄子，他要赶去捉拿。凭着他的机智和勇猛，十拿九稳，小偷跑不了，石窑还可箍起来。

但那支队伍在拢着手向他大声呼唤。

山听见了，水听见了，他听见了。当他听清是自己的队伍有急事的时候，便趔转身子跑下来了。

这后生，精血蓬勃，一身英气。看见他臂膀上隆起的肌肉疙瘩，就让人感到这高原的坚不可摧；看见他眼中的憨厚而强悍的波光，就让人想起安塞腰鼓何以会挥发出那么奇伟的能量。他毅然放弃了抓住小偷的机会，他毅然慷慨带路，使这支队伍终于转危为安，胜利地到达了目的地。

队伍中的首长，一位个头很高、操着南方口音的人，为了表达真心实意地感激之情，想送给后生一点什么纪念品。可是遍摸周身，别无长物，只摸出一支土产的纸烟，遂以此馈赠。

后生舍不得抽这支烟。当他后来弄清馈赠者是谁的时候，更舍不得抽了。

虽然为了弥补被劫的损失，为了箍起两眼石窑，他土里刨，山上砍，连续苦干了几年，甚至年纪轻轻的就把背都累驼了，但他觉得：值。他觉得他也算为东方世界的天翻地覆，尽到了一点微薄的力量。

好多好多年之后，笔者得知这一动人的故事，翻山越岭，前去造访当年的后生。

不幸得很，他已过早地溘然长逝。他的乡邻中有人叹息着说：他本来可以去北京兜一圈的（只要他把那支烟往手里一举，说当年危难时曾给毛泽东带路并使其脱险，他中南海的门卫敢挡？）毛泽东见了一定会把他当上宾待的（还愁没他几个钱儿花？一摞一摞的票子！），可惜他太实受了，没去。他命里没那福分。

人们说，他一直想箍两眼石窑，可是到了儿也没箍起来。

人们说，儿孙们把他扶上山之后，烧香纸的时候，把那支烟也一齐向他烧了。这是他生前叮嘱过的。

由当时的生产队长陪同，我攀上一架很高的山，默默地拜谒了他的坟墓。坟墓上荒草萋萋。忽然间，我听见远远的山底下，传来了激越的安塞腰鼓的响声。这使我神思飞荡。我想，他是在一场20世纪的隆隆作响的造山运动中，变成一丘傲然而又朴拙的山峁了。陕北有许多许多这样的山峁。千万丘这样的山峁构成的黄土高原，更加大气磅礴。

老黄风记

它还在山的那边，离这儿少说也有十多里路吧，我分明已经感到它的威势了：树梢，泉水，连同我的衣襟，都在簌簌抖动。我看见，缩起一只爪沉思着的公鸡，忽然睁大了眼睛；正在滚碾子的农村妇女，慌忙卸驴，慌忙收拾簸箕筐箩。

它来了。它从苍凉的远处，席卷而来，浩荡而来。它削着山梁，刮着沟洼，腾腾落落，直驰横卷，奏出一首恐怖的乐曲。它把成吨成吨的土和沙，扬得四处都是。天空登时晦暗起来。我抬头看太阳，太阳失去了光辉，变得就像泡在浑黄河水里的一只破盆儿。

它尖厉地嚎叫着，狂暴地撕扯着。

本来，世界是和平的，宁静的：禾苗上滚着露珠，花瓣上颤着蜂翅；可是，它一来，这些景象都不复存在了。大片大片的庄稼，倒伏于地。飞鸟撞死在山岩上。鸡飞狗跳墙。

本来，那边刚刚栽下一片树苗，树苗都扎下了根，长出了嫩绿的叶片，可是转瞬间这些树苗被连根拔起！和枯草、羽毛、纸片、干粪一起，全被旋上了高空。

它肆虐着，破坏着，炫耀着粗野。而我，早已看不见许多了。我只顾背着身子。我无法睁眼。我的耳朵、鼻孔、嘴巴，全都像灌进了沙粒。我像被一只巨手搡着，站不住，走不稳，身不由己，五脏六腑都被摇乱了，像鸡蛋乱了黄儿。我赶紧去找安身之所，于是，我在慌乱中挤进了窑洞。

窑洞里，庄户人们，男男女女，一个个也是刚挤进来；一个个头发上是土，眉毛上是土，肩膀上也是土；一个个变成了灰土猫儿。

按照陕北的说法，这是老黄风。"老"是"大"的意思。这黄风是够大的了。

庄户人嘻嘻哈哈地咒骂着：

"黑小子风！"

"儿马风！"

"叫驴风！"

话不一样，却有共同之处：这风，是雄性的。我想起，两千多年前的楚人宋玉曾把风分为雄风和雌风。他们竟想到一起去了。

这风，是雄性的：雄性的粗暴，雄性的狂烈，雄性的蛮横。也许女人们意会到这一层了，一齐咯咯咯地笑起来。

"笑什么？牙龇得就像脚趾甲一样！"一个后生玩笑地说。玩笑也有一股雄性的野气。

风，越来越响地呼啸。

整个黄土高原在痛苦地抽搐。

风，扑打着门窗。

门窗外，黑小子砰的一声摔了酒瓶，掂起丈二长的一根大棒，无法无天，打家劫舍；儿马和叫驴挣脱了缰绳，尥着蹶子，狂奔乱跑。草棚被掀翻了。瓷盆被打碎了，水倒下一地。一会儿，黑小子登上磨顶；而儿马又从头上跃过，咬住了叫驴的脖颈；叫驴被激怒了，疯狂地反扑过来，踏死了几只羊羔和小鸡。黑小子的怪笑声，有如夜空腾起一条冰冷的长蛇。到处烟喷雾罩，混沌一片。

渐渐，人们不再注意它了，互相攀谈起来。庄户人是耐不住冷寂的，没说几句，就热闹了。一个汉子站起来，凑到一个胖大嫂的身边，扯长声儿唱道：

山羊绵羊一搭里卧，
我和妹子一搭里坐。

他真的紧挨大嫂坐下了。人们一片哄笑。接着，他硬扯着胖大嫂站起来，又唱道：

山羊绵羊并排排走，

我和妹子手拉手。

人们又是一阵哄笑。胖大嫂只是笑骂着，不知该把自己的手往哪儿藏。

陡然间，外面轰轰隆隆，圪里振捣，窑洞的门窗都快要被推倒了。正午的天气，立即变得就像愁惨惨的暗夜。人们不得不点起灯来。

外面，那掂着大棒恣意横行的黑小子，不是一个，足有三百个、四百个！那横冲直撞胡踢乱咬的儿马和叫驴，不是一匹、两匹，足有七八百、上千匹！黑小子都脱光了脊梁，儿马和叫驴都竖直了鬃毛。都是一副凶相，都是汗水淋淋，都红了眼，疯了心，走了形！黑小子长出了尾巴。儿马和叫驴都用后腿直立行走。它们都像山石，山石都像它们，一切模糊不清。而喧嚣声一阵高似一阵，掀起层层气浪，冲击着四面八方。

窗户纸上，被冲开指头蛋那么大的一点窟窿；于是，风进来了，比锅盖大，比碾盘大。墙上挂的铜勺儿、笊篱、锅铲铲，一齐叮叮当当脆响。炕头上娃娃的尿垫子，被旋上窑顶又落了下来。灯被吹灭了。黑暗得就像蹈入死神的峡谷。

但是即便在这时候，我也不必惊慌，不必惧怕。我紧靠着乡亲们。我看见他们是镇定自若的。他们历过不少这种险境，心中有数。窑洞是垮不了的。黄土就是护佑人们的铜墙铁壁，有时候比铜墙铁壁还要可靠些。

人们又说笑起来了。后生们跳了一阵又像秧歌又像迪斯科的舞蹈，缠着一个花白胡子老汉讲一段他进城买尼龙网兜的趣事。老汉不讲，他说他给大伙念一段古诗。他清了清嗓子，清了清拦羊回牛的嗓子，朗诵起来了：

清明时节雨沙沙，
路上行人该咋价；
借问酒家何处有，
牧童遥指在那达。

几个青年男女，还有两个毛圪蛋娃娃，一齐畅怀笑了起来。老汉感到十分欣慰。他前些年就念过这首诗。可是全村没有一个人感到好笑。老头对我讲，这说明人们有了文化。

这样说笑着直到晚饭时分，天才明亮了，喧嚣声才住了。我和乡亲们一起走出窑洞，眼见到处一片狼藉，唯有村头的大树虽然断了劲枝，却仍然像石崖一样高高耸立着，而碧草和田苗就像扑倒于血泊中的少女，正两手撑地挣扎着抬起身子。我的心头蓦然升起一股强烈的悲壮感。

那帮黑小子们、儿马们和叫驴们，终于裹进一股沙尘，逝去了，无声无息了。河沟里有几摊棕红色的污泥。

穷山饿石间

一片穷山饿石。

陡峭的坡上，没有任何植被，就像倾泻着黄土的瀑布。

偶然看见一股流水，却细细的，没流几步又不见了踪迹。

气候恶劣极了，有时候风沙满天，有时候赤日炎炎，有时候又暴雨骤至，挟带着拳头一样大的冰雹。

对于一切生命，这儿的自然环境都是后娘。

一切生命，在这儿都受到了最残酷的虐待。

然而，在这里，生命却照样呼吸着，繁衍着，而且，表现出了异乎寻常的强悍和坚韧。

瞧，那儿，一丛绿。

"那是什么？"城里来的孩子问。

"马牙草。"土著娃回答。

马牙草扎根的地方，是干山硬梁。干得像炕板，硬得像铁。

"它的命最长了。"

"是吗？"

土著娃望望伙伴的眼睛，不再说什么，而是用小镢头刨出马牙草，又狠狠地剁了几下。

火辣辣的太阳曝晒着碎尸几断的马牙草。

"咱们过几天再来看吧。"

他们走了。

落了一场小雨。

他们又一同走上山梁。

呵，马牙草又扎根了！又活过来了！而且，被剁下的每一截都成了一个新的生命！

一个晴朗的日子，他们一起坐在院子里吃饭。

鸡来了。

土著娃站起来，赶得鸡嘎嘎乱窜。

"为什么老不见喂呢？"

"人的粮食都不多，哪顾上它们？"

"那……它们吃什么？"

"虫子，草籽，山洼里有的是。"

土著娃数了数，少了一只母鸡。想想，嗨，多日不见它了。

他们就一起寻找。

连根鸡毛都没找见。

"大概叫狐狸拉走了。"

"是吗？"

"可不是！狐狸最爱吃鸡。"

但是一天晌午，那只母鸡却突然回来了！并且喜气盈盈地，身后带着一群鸡娃，一群鲜活的唧唧唧叫着的生命！

入秋，他们一起玩耍。

玩的是扔石头，打仗。

土著娃让着城里的孩子，所以，城里的孩子总是占着上风。

土著娃忽然发现，一头老黄牛正在偷吃地里的禾苗，就去赶牛，可是城里的孩子还未休战，一块石头过去，把土著娃的脸打破了。

鲜血直流！城里的孩子跑过去。吓呆了！

"我……我背你去医院。"

"不用，没事的。"

"那，我提包里装有紫药水，我去寻。"

"不用。"

土著娃抓了一把干黄土面儿，给脸上敷了，揉了揉。后来，竟没有感染，竟长好了！

不觉到了冬天。天寒地冻，滴水成冰。早晨，太阳还没出山，他们一起睡在热被窝里，正在做梦。

耳边传来隆隆的响声。

门外的放羊老汉喊叫："嗨呀！这么多的炮车！"

土著娃一骨碌爬起来，赤条条一丝不挂，就跑出去了。

城里的孩子摸摸索索地穿上衣裳，也跑了出去。

天气真冷。解放军拉练的炮车，行进在落了一层白霜的村路上。

那么多的土著娃都在观看，男娃，女娃，七八岁的娃，三四岁的娃，都是赤条条的一丝不挂，像一些大小不等的立起来的鱼儿。

过后，城里的孩子由于衣裳还是没有穿好（没扣扣子），感冒了。可是，那些大大小小的土著娃，仍然欢蹦乱跳。

好一片征服了厄运的生命！

快过春节的时候，城里孩子的爸爸来了，要接他回去。

"爸爸，你看我们这儿好吗？"

"好。"

"为什么？"

"把你锻炼得结实了，勇敢了。"

在爸爸的心中，孩子的身上已灌注了了不得的生命伟力。因为他知道，这是一片出豪杰的地方。三百多年前，那叱咤风云的李自成，就出在这里。

锅　盔

从去年11月初到现在，我一直在陕西千阳县下乡。

千阳是个小县，面积和人口都是全国的万分之一。据一位著名的美术家的考证，千阳及其毗邻的陇县之间，是我们中华民族的摇篮，黄帝和炎帝都在这一带叱咤过风云。

千阳县虽小，饮食摊点却横了一条街。在这儿，使外地人惊异得两眼放光的，莫过于一种叫做"锅盔"的食品了。

锅盔，光凭这名称，就让人想起盔甲，想起猛士，想起金戈铁马的西部古战场。

锅盔的形状，又多么像这千阳大地，像这黄土高原：敦厚，雄浑，粗犷；可以载大树，可以负巨石，可以经受暴风雨的无情打击。

其实，在关中的许多地方，也都能见到这种锅盔。

锅盔是圆的，一个有草帽那么大，桌腿那么厚。虽是细白的面粉烙的，表面却不光，如糙石一般。多重呢？少说也有十六七斤吧。

这么个家伙，怎么做呀？

揉面，不是用手揉，而是用杠子压；老头压也不行，要小伙子。压者满头淌汗，用的是拉大锯的力气。烙制的时候，要用麦秸火慢慢煨，煨两个多小时。熟了后，好烫，就慌忙扔到筐子里，咚的一声，惊天动地，使筐子久久摇晃不止。

市面上的锅盔，总是用刀子斜着切下去，切成比平面大了许多的斜面，进一步夸张和炫耀它的粗重厚实。对顾主来说，这无疑是受了一次小小的欺骗，但顾主偏偏乐于接受这样的欺骗。顾主相信它是粗重厚实的，希望它更粗重厚实一些，这一刀便能使他们得到绝妙的满足。

常见庄稼汉啃着这个家伙。而庄稼汉，有时穿着折裆扎腿的老棉裤，有时裸露着肌肉隆起像摔上几疙瘩黑泥的臂膀。脚下是浸满汗水和豪情的黄土高原。锅盔，庄稼汉，黄土高原，三者是和谐完美的统一。

冬季，载着麦秸的手扶拖拉机，从四野八乡源源不断地集中到这儿，又开往宝鸡。运送麦秸不像运送别的东西，码起的垛子体积极大，那真是载着一架山。打背面看，那山上接天下摩地，全不见人的踪影，机子的踪影，那山就好像自个儿摇晃，移动，飞跑。从正面望，巍峨一座大山，它的沉重无比的分量，简直像全都压到拖拉机手的身上了——其实也真压上一部分。拖拉机手一个个被压得低着头，弓着腰，时刻处于艰辛状态。他们也真苦。但是，凭着锅盔转化的热能，凭着惊人的吃苦精神和坚韧的毅力，他们还是跑了一趟又一趟。

倘问：下一顿饭，拖拉机手们想吃些什么呢？

摸摸口袋，如果还有钱，自然又向卖锅盔的走去了。

累极饿极的人们，啃起锅盔来，能不更加体味到它的香甜么？

那几乎是香甜的极致了。

黑宝璀璨

　　要知榆林大漠模样，这就是了：苍苍天无边，茫茫野无沿，沙丘大大小小、起起伏伏、重重叠叠，疯长着无涯的荒寂。像一领被遗弃的破席，没人再去理会；像一张无血色又永无表情的脸，毁誉由之。走上百儿八十里，偶见一村庄，只两户人家，三户人家，门前都长着一人高的沙蒿；树也是有的，或细弱，或老而奇形怪状：树干分裂为三四，又扭了几扭，又空了心子，又向四方龇开，如百年前埋下的一颗地雷作无声的爆炸。据说村庄周围也有田园，但这田园就像探险者踩在月球上的几片脚印，连天文望远镜也觅不出它在什么地方。

　　走着走着，忽而有了黄土，有了石头，有了山，有了鲜活的城镇，然而这一切只是晃了一瞬，又被荒寂吞没了。一条叫做窟野河的大河从天边滚滚流来，野得就像它的名字，就像一只嗥叫着的狼，又给这天地间增添了几分荒寂。水是泥浆的颜色，岸是泥浆的颜色，河滩也是泥浆的颜色。河滩宽阔博大，一路走上去，面积以万亩计，十万亩计，可惜没有一分田垄，甚至连一棵草茎也看不到。路边山梁上偶有古塞残堞，河滩有时也能掘出几块生了锈的戟铁，使人耳畔依稀啸过胡笳的悲鸣。

无论榆林大漠还是这窟野河两岸，都有许多奇特的地名：巴虾采当、尔林兔、活鸡兔、波罗、黄土螃垓、哈拉沟、西葫芦素……地名与风物相配套，风物与地名相和谐，有如一首歌子的词和曲。不配套不和谐的，只是远方来客。远方来客也许是著名歌星，也许煽起过风靡全国的"西北风"，却唱不了这首歌子。

看跟前风物，听耳边地名，从感觉上，以为走到什么遥远的异域了，而理智却提醒你，还没出陕北边界。不过确已走了很远很远，不过确已离蒙南高原很近了。那么，这些地名是什么人起的呢？是汉人起的？是蒙人起的？抑或是蒙人起下汉人又音译如此？谁也说不清楚。可以说清楚的是，汉文化与蒙文化，已在这儿交融在一起。这儿的民歌既叫"信天游"，是陕北民歌的称谓；也叫"爬山歌"，是内蒙古民歌的称谓；有一种叫法是干脆把二者化于一舌，就叫"蒙汉调"了。

如同虫子也能教监牢产生点灵动色彩，世世代代繁衍生息在这里的人们，也使这一片死寂的土地，有了活气，有了鸡叫狗吠声，有了激激扬扬的红火热闹。他们耕锄于山坡，修路于崖畔，歇息时，往往就摔跤：汉子和汉子摔，婆姨和婆姨摔，有时兴致来了，婆姨和汉子也相互摔。逢上谁家娶媳妇，唢呐便吹，花轿便闪，吹出金黄的旋风，闪成虚幻的火球，还要七碟子八碗端上桌，猜拳，豪饮，喧嚣不住，欢笑不住，闹它个昏天黑地。

吹荡着自由之风的乐土，在这里；洒脱蓬勃的灵魂，在这里；无数王贵无数李香香，在这里。在这里，男女好平等，平等如诗，如歌，如画。以做饭为例，婆姨固然得做，汉子也不能下地回来就往炕上一躺，只等着端来张口；汉子也得帮一手。汉子做饭功夫的熟练老到，常使外地人为之叹服：上下开弓，手脚并用，手在锅台上剁荞面，赤脚片子往灶膛里填柴火，不一会，一家人的饭就做好了。

尽管严酷的自然环境磨炼出人们的乐观性格，然而生活的贫困，却是无法回避的事实。贫困就像这儿传说的神秘的"毛鬼神"，踢不开，打不走，老是纠纠缠缠的不肯放开人们。有的人，一家五六口伙盖一块被子；有的人，大年初一只能吃上一顿黄米捞饭。有一首民谣是这么说的："女人掏苦菜，男人走口外。"如果说，它对人们祖祖辈辈凄惶日子的概括，这样还有些平淡的话，那么，那掏苦菜的旷野，那走口外的路上，那旷野和路上一声一声催人泪下的蒙汉调，却是令铁石心肠也会变得不堪一击的。

这一片辽阔的土地，果真是那么贫困么？

千百年来，甚至在新中国建立后的不算长也不算短的数十年间，谁也没有这么问过。

但这块土地却耐不住了，似乎终于向我们泄漏了点什么。

1954年，榆林专署的一个干部，出于高度的责任感，骑骡子跑到绥德（那时榆林和绥德之间还不通车），又从绥德搭车奔赴西安，气喘吁吁地向省上有关部门报告：神木有煤，煤很多，煤都自燃了！他还吁请省上，赶快派人灭火，赶快派人开发！

然而看到的却是不屑一顾的脸色："知道了，知道了。你们那儿的煤，省上完全了解，有是有那么一点。可是缺乏工业价值。"

那个专署干部的心，那一片辽阔的土地上穷苦老百姓的心，如同那片死寂的土地，也死寂了。

这一片辽阔的土地，果真是那么贫困么？

从那以后，更没有人会这么问了。如果还要这么问，那不是存心打岔么？何况，我们需要问的问题太多了，而且是燃烧着愤怒火焰的厉声质问：质问右派分子，质问彭德怀。质问刘少奇，谁有闲淡工夫发那样的邪问呢！

五十年代过去，六十年代过去，七十年代也过去了。到了八十年代初，一位在中央机关工作的神木籍老干部，一位记者，接着又有一位记者，终于先后在这片土地上捡起问号，又把这问号铸为重型炸弹一般的惊叹号，抛掷在世人面前：陕北有煤海，优质易开采！随后经过几年的艰苦勘探，结果是，钻钻下去都有煤！而且是世界上少有的优质煤和气化煤！

人们终于发现，原来，这陕北，这榆林地区的神木、府谷一带，这一片辽阔的土地，是富饶绝伦的土地！

而其实，这儿的富饶，早已作黑色的跃出，早已作黑色的呐喊，怨只怨我们在相当长的时间里，心思没用到正当地方，愧对它了。

难道不是么？只要我们稍稍在这儿深入一下，问题就完全清楚了。

不管沿着哪条道路走，偶一转脸，或于荒沙中，或于沟壑里，或于岩层间，在这些看着令人疲倦的泥浆般的大片底色上，你的目光便会触到惊心的黑，触到裸露的煤层。其厚度有的一米半米，有的两米三米，有的竟有四米之多。路上遇见的牲口、架子车、拖拉机，多是运的煤。落小雪的路上，白、黄、黑三色相杂，白的是雪，黄的是土，是沙，黑的是煤，斑斑驳驳，色彩对比鲜明，如铺着一条其长无比的美丽地毯。小煤窑到处都是。三十年代最先揭竿而起的，就是一伙"炭毛子"，他们组成了红七支队，闹得反动政权不得安宁。"远看像个要饭的，近看是个掏炭的。"这儿流传的这个顺口溜，道出了掏炭人一直过着的可怜日子。他们掏下的炭很不值钱，收入微薄，仅比乞丐强一点；绝少洗脸，即使洗了也立刻便黑了，所以每每回家都像非洲的黑人一般。传说有人过年时洗净脸走回家来，孩子反倒认不得他了，吓得哇哇直哭，直往妈妈怀里钻。其实这类事情多的是，因为小煤窑很多。

在大大小小的无数河流里，找石头难，找煤疙瘩易，煤疙瘩俯拾即是。有的煤疙瘩不知在河水中滚荡了多少年了，竟无棱无角，浑圆光滑，完全像卵石一样。而在有些河段，整个河槽竟都是黑的，赫赫然，彻头彻尾由完整的煤层构成，站到跟前如临大夜，看到了夜的走，夜的行，夜的黑衣飘动。但水多是浑的，水下又多沉淀着泥沙，这样的奇景很少得以一窥。但不管来到哪片河床上，只要把表面一层一两米厚的泥沙挖走，便是一个露天矿。人们把它亲切地称为"小露天"。"小露天"多如这儿的黑羊羔。

一些河段没有现成的煤，河边群众也懒得去远处搬运，只等河水送来。等到山洪一爆发，浪卷着煤，煤掀着浪，浪啸煤吼，似唤村村户户人："煤，送到了，收下吧！"人们自是高兴，便大呼小叫，男喊女嚷，从山峁上，从背沟里，从条条路上，一齐涌向河滩。只见那洪流中的煤疙瘩，若西瓜，若猪羊，若牛，若碾盘，若房子，甚而至于若黑色的巨轮，从滚滚的波涛中威武驶来。人们不管是张是李，只要有力气，就尽兴去捞。社会上曾几次掀起抢购风，抢购彩电，抢购冰箱，也抢购过煤。但这儿对于煤，既不是购，更不用抢，煤之流源源不断，用不着排队，用不着挤挤搡搡，可以一团和气，各取所需，皆大欢喜。那一年，有块其大惊人的煤块，不，煤山，被冲到一个村子的地头，全村二十多户人家用钢钎打碎分了，烧了三四年，有些人至今还没有烧完。

走到一些山村，恍若踏入黑色的城堡，使人惊诧不已。院墙是煤砌的，猪圈是煤砌的，厕所也是煤砌的。不知谁家盖新房，那新房的基础就是四方四正的煤块子。村办小学经费困难，学生娃娃坐在煤上，而用煤支起一块木板，就是桌子了。路畔塌了，用煤填；堤堰垮了，用煤补。煤，充斥在生活和生产的各个方面。也有些山村却不见一块煤，你这下以为这儿是缺煤的了，然而大谬，那反是因为这儿煤太多，煤太近，扬手可得，不必碍事绊脚地在身边储存。往往要烧火了，大人一边取火柴，一边才对孩子说："拾几疙瘩炭去。"孩子随便走几步，随便转个山旮旯儿，随便挖两镢头就是。这儿的煤燃点极低，烧着也不费事，一棵两棵黄蒿用来引火，便行。

冬季的西北风虽硬，因为煤多煤贱，谁也不须担心受冷。不论是机关单位还是普通百姓，都是煤天煤地；不论是主家还是客人，不怕麻烦尽管烧。这儿没有冻死鬼。烧死鬼却是有的。常见一些人不是把炕席烧着了，就是把被子烧着了，有的竟连人也被烧死了。人们烧的都是大块大块的煤块子，几十斤重，几百斤重。外地一般见到的那种煤末子，从来无人问津；绝不是夸张，送人都没人要。神木县发生过这样一个故事：煤炭公司的煤末子堆积如山，无法处理，公司领导熬煎得不知如何是好，幸好电厂答应要了，就赶紧让他们天天来拉。这样，电厂发了三年的电，燃料没花一分钱，而煤炭公司还千恩万谢，感激为他们清除了垃圾。国外流行什么黑色幽默，真正的黑色幽默，原在这里。

过春节与过元宵节，这儿除了和一般地区那样点灯笼之外，还要点火塔。火塔用煤砌成，大多一两米高。火塔点亮的时候，从城镇到农村，大街小巷，前山后洼，家家户户门庭前，都是一片辉煌一片明。机关单位气魄自要大得多，有的砌一个火塔，就要用去满满三卡车的煤。如此多而雄伟的火塔彻夜点燃，翌日看，天却还是蓝漾漾的，云却还是白生生的，空气却绝少污染，也留不下多少垃圾，每个火塔只化作一层白雪似的灰烬。这儿煤的品位之优，于此便可窥知一二。经科学鉴定，它低灰、低硫、低磷，瓦斯的含量几乎等于零。

窟野河的一条支流，叫做乌兰木伦河。沿着乌兰木伦河驱车飞驰，举目望去，连绵群山之上，如山花竞放，如朝霞尽染，尽皆泛着隐隐的红光。那是火烧山。近了看，一层一层的山岩，如热血浸透，如从炉膛滚出，还似散发着烤人的余温。那是火烧岩。火烧山和火烧岩，都是煤田自燃的结果。据说，有些地方上层燃了，底层还完好无损，有些地方则从上至下燃了一二十里深，不复存一块煤炭。几万年来，几千年来，朝朝代代，年年月月，已经燃去多少？多少卡车多少吨？够多少工厂多少家庭烧多少年多少月多少日子？纵有电脑，纵有史丰收的快速计算法，也很难算出。而有些至今还在燃，缕缕青烟飘出山缝。问煤田："汝成于何时？"煤田说了，说的却是庄户人家觉得非常陌生的名词，像从秦皇陵中掘出来的，像从太平洋中捞起来的。它说是"侏罗纪"。"侏罗纪"距今已有一亿四千多万年。亿万年的相思，亿万年的等候，亿万年的期待，怎不教它燃烧得如癫如狂！

但我们总算和它亲近了。但我们总算看清它的黑牡丹似的姣好容颜了。它半截脸在这儿，在神木、府谷一带，叫神府煤田；半截脸在内蒙古南部的东胜一带，叫东胜煤田。两片煤田合起来，完整的名字是神府东胜煤田，真真是个浩瀚的煤海。更可喜的是，海下有海，海下有海，海下有海，海，有五重。总储量相当于165个抚顺，可以说盖世无双，居于世界八大煤田之首。难怪一些前来考察的外宾，一边赞叹，一边诙谐地说："真教我们有点儿忌妒了。"哦，我们这块古大陆，我们这片如同我们民族一样经历过巨大灾难的土地，怎能不深蕴着如此丰厚的希望！

消息传出，整个地球为之一颤。美、日、法、英等十多个国家，都感觉到了，都表示了十分热切的投资兴趣。这片土地上的人们更不用说了，一个个像在生命中注入了新的活力，一个个奔走相告："从前总说咱们只有白宝（羊绒），现在，咱们又有黑宝啦！"

被灿灿发光的黑宝所召唤，万古苍凉之上，现代化的采煤队伍走来。在大柳塔，先来了38人，号称38军；尔后又是129人，号称129师。多么自豪的采煤大军！在大漠，在河道，在沟洼，采黑宝的宏伟场面铺开了，有如世界热潮舞的演出。一河为界，河西是陕西，河东是内蒙古，都干得大汗淋漓。因为有了煤矿，一些曾经是连30户人都不到的小镇子，现在骤增为三四万；一些从来不会卖东西的庄户人，也提起了鸡蛋筐子。饭铺、旅社、照相馆、百货商店、浴池……雨后春笋般拔地而起，一派繁华景象。

走一处：矿。又一处：矿。那些矿多是冲着山根凿进去，凿出平井斜井，平井是平卧的蟒，斜井是斜卧的蟒，巍巍高山用粗胳膊大手猛压着它们，它们就张开大口，吐，吐，吐出不尽的煤。而大型露天矿又是另一番壮观景致。十几米厚的煤层，如无瑕墨玉，无一矸石。那是精煤的悬崖，精煤的绝壁，精煤的高楼大厦。人都道，此精煤可气化使用，还可把这煤粉和水一道喷出去，像可燃气一般好烧。而这煤又是如此之多。天和地几欲合拢，是煤，才把它们远远撑开。站在煤顶上喊话，你必须细听才能听清，而那声音是被染黑了的。望着这庞厚煤层，你不由一番惊叹接着一番惊叹，你不能不为这块土地如此富饶而欣喜万端。这是一幅奇伟的中国画，只有中国的笔墨才能画出。画的时候，笔有多重墨有多饱多浓，即令花上八百年时间，也难以估透。钢铁的机械震响着，它似乎有些垂头丧气。它问："这么多的煤，何时方可采完？"矿长笑答："光咱这个矿，用不了多少日子，二百年吧。"看来，整个神府煤田，够我们放心采了。这个煤田已被列入"七五"期间国家重点建设项目，我国煤炭生产的重点，将要由东部转移到西部。愿一股大漠来风，将此信息，传遍祖国四方！

腿在这儿走，眼在这儿看，到处都是富饶的一片，曾在印象中的荒寂，荒寂，荒寂，将永远和这儿告别了。神府精煤源源出口，已经换取了大宗外汇。火车的汽笛已在这儿声声长鸣。希望在即。然而，这儿的煤层没有夹矸，煤田的开发中却含着隐忧。人们痛心地看见，如此宝贵的资源，却一哄而上：国家挖，省上挖，地区挖，县上挖，乡上挖，村上挖，集体挖，个人挖，弄不清来自哪儿的人也挖。如一群乱鼠，密密麻麻，挤挤挨挨，咕咕涌涌，在挖，在打洞，在抢噬。好多人都是看到什么地方得利快，就挖什么地方。表土和杂石乱堆。挖下半截就甩了。几年之间，这片煤田的许多地段，竟被挖得体无完肤，疮痍满目，破碎不堪。幸好，这种野蛮破坏资源的严重局面，已经引起有关部门的注意了，并且略有改观。但是，人们要说的是，还必须采取更加有力的举措，使它得到彻底止息。须知，损伤这片煤田，实在是无异于损伤我们心爱的祖国的黑黑的瞳仁啊！

火葫芦

　　这儿摇红、那儿溅绿的西安，一进入冬季，就几乎凝作一片灰色了。尽管年轻人执拗地炫耀青春——今天一件天蓝风雪衣，明天一方五彩花头巾——但那炫耀毕竟微弱得很，决然改变不了色彩的主调，而且全不过只是一闪，却又被灰色淹没了。

　　刮起西北风的时候，风把细碎的沙尘抛撒在钟楼上，钟楼也几乎要变成灰色的了。而钟楼原本是金碧辉煌的。它的金碧辉煌，现在只能费力地透露出来一点儿意思。

　　这灰的色彩，使人很自然地想起在这附近出土的无数文物。西安的文物是够多的。十一个王朝在此建都，遍地稀世珍宝。你随便去周围的农家院落走一走，在那院落的猪槽边或牛棚旁，无意中顺手提起一个陶罐，抑或捡起一块瓦片，经专家一鉴定，说不定就是一件文物。——人们如是讲。而冬日的一片灰色的西安，本身就像一件其貌不扬的出土文物。

　　日复一日，上下班走在西安的街上，抬眼望，一派繁华景象：高高悬起的各色衣物在商店门口迎风摆动，双卡收录机奏出朱明瑛等歌星的甜美歌声，羊肉泡馍馆香气四溢，而地摊上呢，还摆着洋芋刮刀、新武侠小说和据说能粘住特大老鼠的老鼠胶。南来北往的汽车、自行车飞驰的洪流中，有时可以看到三轮车小心翼翼而艰难地走过，上面载着刚刚买下的电冰箱或者款式新颖的大立柜。但是，我不想看这些，不爱看这些。在我眼中，这一切也都似乎罩着一层灰的色彩。看着它们，就像看一部老是演不完的艺术拙劣的黑白电影，使人昏昏欲睡。单调。枯燥。乏味。我的心里隐隐生出一种渴望。渴望什么呢？我也说不清。

有天上午我去新城开会，落雪不久，空气清新，阳光极灿烂。车驶过北大街中段的时候，猛地看见一大团火红的颜色，红得让人精神为之一振的颜色。再一看，是一辆自行车的后面高高挑着一嘟噜红灯笼，灯笼小而繁，足有百十个之多；骑车的是个农民。农民，自行车，红灯笼，完整地构成一只松鼠的形象。那嘟噜红灯笼，就是松鼠高高翘起的尾巴，鲜艳而肥大；而农民用力蹬车的姿态，则十分传神地显示出松鼠的活泼泼的生命。

我不舍离去。我像从寂静的丛林走出来，猛乍乍听见一阵大锣大鼓的震响。我的身心享受到了极大的满足。至此，我才知道我先前的渴望是什么了。

　　但当我再要看时，那松鼠倏忽一闪，余味无穷地逝去了。

　　一连几天，只要是走在街上，我总是期待着，但总也见不到那火红的颜色，见不到那松鼠。行人挤挤挨挨。我默默地走着，默默地想着。我想不清那嘟噜灯笼的色彩何以那么强烈，那么鲜明。它简直是从大地深处蹿出来的火焰。

　　忽然有一天，我又看见了松鼠，又看到了它高高翘起的鲜红动人的尾巴；看到的不只是一只，是三四只。接下去，我天天能见到，而且数量日趋增多。看见它们，我的心情总是愉悦的，畅快的。

　　我意识到，元宵节快要来了。

　　元宵节张灯，是一种古风。相传，汉代的长安就有这种习俗，到唐代，此风更为隆盛。那时候，或制八十尺高的灯树百枝，或作燃灯五万盏的灯轮，灿烂辉煌，照亮了整个京师。现在，西安花灯的品种十分繁多，有现代风格的，也有古朴典雅表现了强烈的民族民间色彩的，而后者以东仓巷的羊灯、周家巷的兔灯、李家村的五莲灯、三兆的大花灯、豆腐巷的狮子灯、特别是灞桥的火葫芦最负盛名。灞桥的火葫芦，在一切花灯中占了绝对优势。前面说过的那高高翘起的松鼠尾巴，那嘟噜红灯笼，就是火葫芦。

　　我喜欢火葫芦，喜欢由它攒成的松鼠尾巴，喜欢松鼠高翘着它在西安街上东奔西跑。我精神上有这个需要。你看，它红得那么坦诚，那么富有诗意，那么淋漓尽致。

我终于有机会站下来，仔细一睹松鼠的火红尾巴了。原来在自行车的后座上，一左一右绑着两根向后倾斜的很长的竿子，竿子上又绑着许多细枝，细枝上悬挂着火葫芦。火葫芦不只是红色，上下还配着两道绿色的花边儿。下面还吊着金黄耀眼的穗穗儿。我沉思起来：绿和黄不但没有冲淡红色，反而使红色显得更加强烈，更加鲜明。看来，制作火葫芦的民间艺人们，是很懂得点儿美学的辩证法的。

我看见干部模样的小两口，领着个刚会走路的孩子，给孩子精心挑选了一只火葫芦。孩子急不可耐地抢过它，那睫毛后面的小眸子，一亮，那脸蛋上的小酒窝，一闪，道尽了纯真的欢欣。

临近元宵节的那些天，西安城内城外，大街小巷，或行或站，几乎到处都在闪耀着松鼠的身影了，到处都是火葫芦了。每一只火葫芦都像一曲欢快的民间吹打乐，宣泄着瀑布般的激情。而在元宵节之夜，千万只火葫芦一齐飞上西安的南城墙，那璀璨壮观景象，实在教人开心。

由于这一层原因，虽然经过一个漫长的冬天，古城柳的初绿、花的新绽，似乎在我的心上再也掀不起什么波澜了。

哦，撩我情思令我舒心的火葫芦！

那夜的黑

可着嗓子高吼秦腔的太阳，终于唱完了它的最后一声，停了下来。天地间依次留下鲜红、浅褐以至于灰色的嗡嗡余音，越来越凉，越来越微。最后，那余音不知候地潜入哪棵树下，天黑尽了。

又突然乌云密布，连星星的窃窃私语也听不见了。

所以山间的黑沉沉的夜来了。确实来了，气势磅礴，席卷天地，一片漆黑。是的，这时候的山间之夜没有其他任何颜色，只有黑，黑黑黑黑黑，黑成了一切。黑简直是来了个突然袭击，瞬间就强占了四面八方。杆杆黑旗飘扬。黑色的兵马威风凛凛。人和万物都作了黑的顺从的俘虏。问俘虏何所见？俘虏们说：天地是一口古井，一个黑洞，一个无灯的海底隧道；或者是一个黑里黑面充着黑色棉花的大厚黑棉被，蒙住了一切。问俘虏何所思？俘虏们说：看不见鸡在哪个架上，牛在哪个槽前，狗在哪家院落，因为鸡、牛、狗都成了黑甲虫了；夜是黑的，黑甲虫是黑的，谁能看见黑色中的黑？伸手也不见五指，因为天地已经成了风钻正在隆隆采掘的煤井的掌子面啦，掌子面里煤屑纷飞撒落，手伸出的同时就被严严实实地埋住了。问俘虏可有诗？俘虏们齐声吟道：啊，到处是黑黑黑黑，黑挤着黑，黑重着黑，黑黑黑黑黑黑黑，漆黑难辨南和北。嘿，可真黑！问俘虏有些什么感想？俘虏们却再不吭声了，到处一片寂静，因为它们一个个横躺竖卧，全都抱头大睡了。

很久没见这样的夜了。多年来住在喧嚣的城市里，白天不像白天，黑夜不像黑夜。白天天不蓝，太阳不红。黑夜天不黑，和白天没有多少区别。城市的夜黑得太困难了，常常是好像要黑了黑了，却又忽然没有了黑的意思，却亮起了街灯，路灯，车灯，霓虹灯，白炽灯，在这些灯的搅扰下，就再也黑不下去了，黑，像一颗难产的蛋。要说黑，那是淡而无味的黑，温不啦及的黑，摔不响的黑，有气无力病病怏怏的黑。其实是一种昏黄，好像吸毒者的脸。其实昏黄的颜色还是东一沱西一沱的，好像一块婴儿的尿垫子。好像是为了应付差事，走一下过场。哪像这山间，天要黑就真的黑了，翻江倒海，拼尽全力，黑得那么彻底，那么痛快，那么健康。哪像这山间是真正的夜，黑出了极高的品位，豪华，醇厚，郁郁葱葱。仿佛只要随便伸手抓一把，就能抓来十斤八斤。仿佛只要损坏一寸，就会给历史留下十分深重的遗憾。

按照我们智慧的祖先的观点，万事万物，一阴一阳蔽之；

阴阳转化，乃是天地正道。因而既有严冬，也有酷暑；既有晴，也有阴；既有白天，也有黑夜。这样的环境才是一切生物的最佳生存环境。即以苹果而言，要是没有以上这些变化，它能长得甜吗？同样的道理，生活在一个没有白天和黑夜的明显区别的城市里，人的智慧和灵感也绝不会像喷泉一样地喷涌。

　　所以面对这样的山间之夜，我就很是兴奋了，我很想把它永留于纸上。但我现在没墨，没黑的颜料，只好从自己的躯体中寻找。眼睛算一宗。眉毛算一宗。头发本来是很可观的一宗，可是由于岁月的淘洗，有一些已经发白了，不过它仍然是最大的一宗。此外可以说还有一宗，那就是零零散散的几颗雀斑。遍搜全身，就是这一些了。那么，就让我一点一点地消耗它们，加以描摹

　　这夜啊，无月，无星，无灯火，甚至无一丝亮光。似三皇之夜，如五帝之夜。好黑！深邃的黑。古雅的黑。丰腴的黑。我张嘴，夜喂我一嘴黑甜。我竖耳，夜吟我一耳黑静。我举目四望，四面的夜湿淋淋的，有了三滴水的偏旁，应是液化了，潺潺自我的睫根流进，滋润我的眼睛。为了使我得到更大的休息，白天可以看见的上万种颜色，都消失了，都湮灭了，都归于黑。山是黑的，水是黑的。山长着黑草，水翻着黑波。黑波像黑草，黑草像黑波。所以所见唯黑，只有黑。黑成了黄宏和宋丹丹扮演的超生游击队了，已经生下那么多，却还在生。逃着生。躲着生。只

要有空就是生。而且，生下的黑在黑的枝头抖一下翅膀，就又落下一团黑了；生下的黑在黑的石头上鸣叫一声，就又使黑加重了几分。而夜雾中储饱了墨汁，墨汁滴落着，一层一层地重在黑上。好黑哪这夜！这黝黝黢黢的夜！这时候，只要有个萤火虫提个灯笼走来，就会掘出个红的窑洞。而萤火虫的灯笼一灭，红的窑洞就随之悄然坍塌，如无声电影，天地就更黑更黑了。

世间职业千万种，山间的夜哪，像哪个？天说：它像个收藏家。地说：它专门收藏黑。是的，它是个专门收藏黑的收藏家。它的收藏太丰富了。它不但藏有龙山文化中的黑陶，当代的黑色幽默，黑白电视中的黑，以及黑沙发黑皮鞋的黑，还把上下五千年一切图书中的黑黑的字，包括小篆，古隶，繁体，简体，都收拢到这儿了。或者，它干脆是一帧无字无画的远年拓片，上面没有一星一点的白，黑得浓浓酽酽，玄奥莫测。

不，山间的夜就是山间的夜。夜的反面是白天，白天有太阳，山间的夜是被太阳熏黑的。所以山间的夜，就像人们都把自家的锅底，一齐翻转在这儿了。锅底是瓷实的，夜是瓷实的。不信么？唐朝有个诗人贾岛，贾岛的诗中有个没写出年龄和容貌的和尚，他敲过。

不，不，山间的夜还应该是一个人——山间行人，山间行人走过去了，我们看见的是他的背影。他此刻在想什么？是欢乐还是忧伤？我们尽可以从容观察。不过这时候我们是不能喊他的，因为一喊他，他一回眸，就失去了宁静，一切就喧嚣起来了。那么，就让这背影照直朝前走吧。这背影晃动着，显出一种刚强而又勇敢的气韵，望着它，便不由使人想起"天行健"三个大字。

沐浴在这样的黑中，拘谨和做作全都烟消云散了，身心全都彻底放松了，随便怎么静处都可以，随便怎么思考都可以，精神领域真正做到了和谐，舒畅，真正是万类霜天竞自由了。而人们的最重要的隐私权也得到了温馨地呵护，所以新的生命便孕育，孕育，在芬芳如花的被窝中。

我奇怪，古今中外的文人，为什么没有认真写过一篇关于漆黑之夜的诗文？为什么人们总把黑当成苦难和邪恶的代名词？为什么至今没有创建一门黑的美学？这，是不是人类文化中的一大缺憾？

正因如此，我更要向这世界郑重宣布：我爱这漆黑的山间之夜。我爱它的浩茫之黑。我爱它黑到家了。我爱它黑得刚强严正，如睡熟了的黑脸包公的鼾声。我爱它的云层中即使露出几颗星星，那星星的微光也绝不会将它污染。我爱它黑得那么纯，那么美。我爱它就像一只静卧的黑天鹅，一朵悄开的黑牡丹。我爱它虽然黑，却不像有些年月和那些年月的某些人的心。这里的黑是温存的，美好的，令人愉悦和令人生出无尽的希望的。我爱它的原野上奔跑的每匹马都是黑马，马蹄哒哒，将闯上明朝的赛场、股市和一切领域。我爱这黑。

小洋槐

仿佛过春节的时候，看见叔叔伯伯们都在燃放爆竹，爆竹声噼里啪啦，传遍东南西北。看着看着，它眼热了，心动了，忍不住了，多么急切地希望这世界上也能够有自己的声音，于是，歪歪趔趔地跑上前去，伸出它的白胖胖的小手，也点响了一串鞭炮。

我说的是一株小洋槐。小洋槐，开了一串鞭炮声似的花儿。

展眼望去，别的洋槐都很高大。它们的树干都有一搂粗，斜枝横杈互相交织着，纠挂着，上面是层层密密的绿叶和重重叠叠的花串。有的树根裸露在顽石间，更显示了它们的有力和强悍。风吹来，它们的枝叶就像大海的波涛翻滚；如果走进林子里去，就像遮天夜幕降临，到处黑黝黝的。而这株小洋槐，实在是够小的了，够纤弱的了：树干不足一米高，筷子般粗细，赤条条的，上面还没生出一条枝杈，只挑着稀稀落落的几片叶子。可是，它却是十分好强的，当别的洋槐开花的时候，它居然也开了花儿！

显然，小洋槐是使尽了全身的力气，才开出这花儿的。

别的洋槐都有悲壮的经历，不屈的性格。雷电，轰击过它们；狂风，撕扯过它们；暴雨，抽打过它们。至今还可以看见，它们的身上伤痕累累，疤迹斑斑。有的粗壮的枝条不知在什么年月已被折断，枯死了，却依然悬在树上。但是，它们却不曾倒下，反而以虽然衰老却越发顽强的精神，挺立在山河之上，蓝天之下。而这株小洋槐，压根儿不知世间还有什么磨难，它的心灵明净得就像一颗露珠。但是，它们都开了花儿，尽管那花儿的数量悬殊是那么巨大。

要说少，小洋槐的花儿真够少了，只有可怜兮兮的一串。不过，这一串花儿硬抵上一个神奇的砝码，使天平的那边立时失去了分量——人们纷纷把目光调离别的洋槐树，而一律投向这里，议论说：花串上有花儿，还有待放的苞儿。说：花儿通体雪白，苞儿是些小角角，底部淡绿，上端才泛了白色。说：这花儿多可爱，啧啧！

游人走远之后，其中一人忍不住回过头来，只见一只小鸟落在小洋槐上，小洋槐被压弯了腰，抖动着，抖动着，像是要折了的模样，但是，最终还是挺住了。

它站得笔直。

小鸟在唱歌。

化　蝶

　　站在西安的钟楼下，看车流奔涌，人潮波动；看最新的时装——看帽，看衣，看裙；看胳膊挎着胳膊的情侣的优雅，看骑着摩托蓄着一脸大胡子的青年艺术家的无羁的浪漫。看餐厅。看发廊。看方便快捷的的士。这时候，你想到了什么？如果你是一个刚从偏远的农村来的老人，你难道不是在心里暗暗羡慕：这西安人哪，这西安人可把福享尽啦！

　　然而且慢。那边过来一个骑自行车的姑娘，她穿着时髦，化妆讲究，俨若从海外归来的小姐。她的家离这钟楼很近，就在紧挨着的西南边，一转弯就到了。那儿叫涝巷。你不妨跟着她随便到她家的周围和她的家里看看吧。这一看，你惊诧了。你惊诧得瞪大了眼，张大了嘴巴。你怎么也把这姑娘和这么差的居住条件联系不起来。这叫什么地方呀？要是放在农村，是连叫花子都不愿住的！你不能不动一个老农的恻隐之心了，便叹曰：唉！可怜西安人了！外面光，里面受凄惶啊！

　　是啊，里面受着凄惶。窄窄的、只可以通过一辆架子车的巷子。到处是污水和垃圾。横七竖八、挤挤挨挨的破瓦房。也有近些年才修起来的二层楼，但楼的一层却深陷于地面之下；地面之下还有许多破瓦房。进了家门，家里窄小得转不过身来。一个接了边的单人床，是哥嫂住的；一个架子床，下层挤着爹娘，上层的墙上贴了一些印着歌星相片的画页，不用问，那儿就是姑娘的栖身之所。一切物什都散发着一股潮湿的、霉烂的味道。

姑娘正在花季。然而，这屋里屋外，前后左右，哪儿可是她花枝招展的地方？

姑娘正在恋爱。然而，这屋里屋外，前后左右，哪儿可是她和情人相依相偎的所在？

姑娘快要结婚了。然而，她情人的家也住在这里，而且其住房条件也和她家差不了多少，这一对新人的大红喜字，可该贴在哪儿？

但是在目下这种日子，你为此焦虑、为此耗费感情是很不合时宜的！因为还有更为紧迫的事情。这些日子适逢多雨，而这儿地势低洼，一下雨，就家而不家了。家被淹在水里。家在风雨中飘摇。"床头屋漏无干处，雨脚如麻未断绝。"爹是退休了的中学教师，这是爹平时最爱读的诗，杜甫的诗。杜甫的诗就放在床上，床湿了，杜甫的诗也湿了——箱子湿了。面袋湿了。电视机湿了。心里急出热盈盈的东西，眼睛也湿了。湿了灵魂的窗户。湿了血肉的精密仪器——一切全湿了。而湿得最厉害的是鞋，是袜，是裤腿。滚滚的河。不露天的拍天的水库。澎湃在家里的汪洋大海。姑娘的乳罩漂在水上，如被风浪撕碎的船帆，刺目的惨白。门口筑起了堤坝，全家人如水手般动员起来，从早到晚，一脸盆一脸盆地往外刮水⋯⋯

涝巷，涝巷，可真是涝巷啊！

谁说不是呢。这涝巷，原本就是和"涝"字连在一起的。相传，明朝洪武年间，兴修西安的钟鼓楼，这儿就在它们的近旁，所以就在这儿大量取土。这样，钟鼓楼修是修成了，这儿却低洼下去，流进雨水，形成一个很大的涝池；后来挨着涝池住了人家，有了巷子，巷子便得名涝巷。现在涝池是早已没有了，但是涝巷还在，"涝"还在。一下雨，巷子便涝了，涝巷便名副其实，到处湿淋淋的，到处是泥是水是沼泽了。

按说，像涝巷这样的低洼地方，该不缺水了吧？哪里！鳞次栉比1500多户住在这里，人丁黑压压5000多个，却只有三个自来水龙头，你想想！不过，平时紧张是紧张，倒还可以凑合；可是一旦到了三伏天，用水多了，为用水排队，但排队也没水！姑娘下班回来，黑汗水流的，想喝口儿，想洗洗；也饿了，想饱餐一顿；却还要跑上老远的路，去南院门挑水。"什么鬼地方！"姑娘便一边闪着担子，一边恨恨地骂。难道不该骂么？一个如花似玉的姑娘，被累得爬在床上了，爬在床上抽抽噎噎地哭。来串门的邻人自然知道，这儿不但缺水，其他方面也很困难。没有垃圾台。只有三个公共厕所。每天早晨上厕所简直尴尬透了。他不由一阵心酸，却自我解嘲地说："咱们真活成个人了！"他劝姑娘别哭了，姑娘不听。他便逗姑娘："看这孩子，咕涌咕涌的，像条毛毛虫儿！"

其实，整个涝巷就像一条毛毛虫儿，只被几幢临街的豪华大楼遮着，就咕涌在钟楼底下。烈日下，它痛苦地蜷缩，抽搐；夜深人静的时候，明月照窗，照床，照脸，照微微起伏的安睡的心，它便酷似心中抖动的瞎子阿炳的二胡，那二胡发出了多么凄楚的声音……

但忽然有那么一天，姑娘欣喜地跑了回来。那是1992年的一天吧。对了，天已凉下来了，是10月初的时光。那一天，姑娘气喘吁吁地跑了回来，一把关了爹正在看着的电视机，又一把搂住娘的脖子。爹娘猜不出有什么喜事，爹直眨眼，娘以手戳曰："疯丫头！"娘又问："到底是啥喜事么？"姑娘这才说："市上办十件好事，把咱们这涝巷也办进去了。要实行低改工程，要把咱们这低洼危旧房，折价拆了，平了，再盖起新楼，优惠价卖给咱们。"

爹娘既高兴，又多少有些不放心。这辈子经的事可谓多矣，惨痛的教训实在不少，谁知眼前这事儿，祸兮，福兮？可别到头来弄得鸡飞蛋打，连这总算可以当个窝儿的破房也抓不到手了。

　　一家人怀着复杂的、不同的心情，去开动迁大会了。会场在东风剧院。涝巷的好几千人都坐在那里。房地一分局的领导们坐在主席台上。市长亲临大会，在主席台上谈笑风生。

　　口很渴，姑娘出去买了些汽水，给爹娘兄嫂一人一瓶，自个儿也喝起来，并说："会后还放电影呢——《一网打尽》。""什么什么？""《一网打尽》。"爹娘的心便抽紧了。细心的姑娘看出来了，问娘，娘说："什么不能放，偏偏要放个《一网打尽》！""娘这又不是迷信了？片名嘛，有什么关系！""反正不是好兆头！"爹的脸色也不好。

　　但随着局长的讲话声，爹娘的心却逐渐松动了。而且逐渐心潮起伏。而且逐渐笑逐颜开。

　　他们静静地听着。

　　局长又讲了一句。

　　哦，刚才，就是刚才，局长说了句什么？不是"保证18个月回迁"么？是呀！一听这话，全场欢腾起来。爹娘欢腾起来。姑娘更欢腾起来。但唯恐是梦，是风，是一片虚空。不，响当当的声音刚刚落地，怎么会是呢？但这样耐听的声音怎么能让它一下就溜过去了？"再说一遍！"全场高呼。"保证18个月回迁！"局长放大了嗓门，又说了一遍，并且把手臂用力一抡。这一抡无异于扣响了春雷，掌声抛掷起来，经久不落。

　　要放电影了。"娘，你还看吗？""咋不看？""放的可是《一网打尽》呀！""网再大些，连你北关舅家都打去才好呢！"于是，笑的红花，便顺着娘的脸，爹的脸，姑娘的脸，兄嫂的脸，呼啦拉开过去了。

　　当天晚上，动迁组进了涝巷。十几天以后，搬迁得如火如荼。到元旦的时候，已经是三通一平了。

　　速度无疑是很快的了，但谁人知道，它却倾注了一分局干部们的巨大的劳动，无数的心血汗水。动迁组每天都要忙到夜里12点。好些人不出几天就掉了七、八斤肉。一分局的一个副局长担任总指挥，他进点前刚从东仓门拼搏归来，并且刚刚做了手术，喉头还严重水肿，却又上火线了。那当儿，他仍然需要去医院打吊针，不过，一打完，他就马上返回工地。但面对他的，是政府不拨一分钱；是数不尽的问题、纠葛和扯皮的事情。然而，为了老百姓的企盼，他知难而进，不屈不挠，挥汗如雨。十多天过去，他的头发全部脱光了。一个浓发倜傥、风度翩翩的中年领导干部，转眼间成了一个十分滑稽的笑星般的光葫芦了。

　　姑娘的家虽然临时安置在别处了，但他们无时无刻不在关注着工地。他们很快知道了这种情况。他们感动万分。娘说："现在这号干部，不多。"爹说："真共产党！"姑娘说："咱们送面锦旗去吧！"大家一致赞成，就让哥哥上街买了面锦旗。

　　一家人捧着锦旗，来到工地指挥部的楼上。原以为这面锦旗会十分显眼地挂在指挥部的楼上，却谁知，指挥部的楼上楼下早已是锦旗的海洋。"一，二，三，四，五……"数吧，数到五六百了，还有。而且有很漂亮的，很大的。最大的，足有一丈长啊！相比之下，他们送来的这面锦旗太小了，太寒酸了，简直无地自容。姑娘赶紧把锦旗卷起来，悄悄拉爹："爹，咱们另买一个去吧。"但姑娘的话早已被工作人员听见了，马上前来劝阻。爹只好拉住工作人员的手，说："真不知该怎么感谢你们！"他们还想向总指挥表示感谢，可总指挥那里围着一堆人，正忙着。大热的天，他的头上却扣着顶牛仔帽。为了咱早日住上好房，他拼死拼活，把头发都拼光了啊！老人们的眼睛便潮潮的了。

　　工地上开始砌砖了。姑娘过几天就来看一回。有时逢上没多少事情，爹娘兄嫂也来。看一回一个样子。但临近竣工的时候，配套设施，诸如供水供电等等，却遇到了极大的障碍。大家正在着急，市长知道了，他亲临工地，现场办公，终使问题迎刃而解。到了1994年冬天，一幢幢配套设施齐全的大楼完全落成了，可以回迁了。

　　那是一种什么日子啊！1500多户人家，家家都像过节。到处鞭炮声炸响。携全家，去看好楼房；扔破烂，购置新家具；

雇工人，客厅细装修！

汗流浃背。手忙脚乱。忙得高兴。笑不住口。这边喊，那边应。老街坊遇在一起，"大伯"一声，"小哥"一声，都是那么欢乐。说着说着不由瞅瞅高大的新楼房。瞅瞅看看就是享受，就是幸福。谁不说政府干了一件功德无量的事情啊！

终于，回迁的汽车开来了。姑娘坐在驾驶室里，思绪如彩云纷飞。迁出的时候，窄窄的巷子，只能艰难地使用架子车；现在回迁，大路多宽展，载重汽车隆隆响。迁出的时候，望一眼多年住的贫民窟，勾起多少辛酸的记忆；现在回迁，马赛克贴面的新楼好气派，憧憬无限心中生。而更高兴的是，不但家里有了宽大的新房，而且凑巧哥哥在单位了也分下新房了。这样，她办喜事的新房就一点也不用发愁了，并且绰绰有余：爹娘为她准备下了，婆家也为她准备下了，左右逢源，八面来风，锦上添花。问这街上来来往往的父老乡亲，你们也有过青春的时候，办喜事的时候，可你们谁人可曾有过这样的超级的优越条件？

不几天，家具摆好了，窗户擦净了，液化气炉子放妥了。一家人喜滋滋地坐在沙发上，看着这两室一厅，看着这宽敞明亮的住宅，品味不尽。风从窗口吹来，吹欣喜的脸，吹幸福的心，吹欢乐的谈论之声。风哗啦哗啦地翻开的是什么？哦，杜甫的诗。但眼前晃动的不再是"屋漏"之类的字眼了，而是

"广厦"、"广厦"、"广厦"。使人想起杜甫的哀叹。无数代子孙的希冀。艰辛。苦难。奋争。但现在，改革开放的年月，说快也快，哗地一下电闪，几乎来不及看清变化的过程，人已住在广厦之中了。伟大的人道主义诗人啊，你可以展开愁眉，畅怀豪笑了！

姑娘趴在阳台上，一片美景尽收眼中。当年的涝巷已不见了，代替它的，是幢幢美丽迷人的楼房，是有着马赛克彩色壁画的童话般的小学，是整齐的纵横交织的街道，是姹紫艳红的花园。姑娘情不自禁地欢呼："咱们涝巷可真漂亮啊！"

但"涝巷"这两个字，没过多久，就没人再叫它了。因为当年的涝巷，当年的毛毛虫儿，已化作一只美丽的蝴蝶了。说什么庄周梦蝶，梁祝化蝶，那些都太虚妄了，唯有眼前才是真的。摸得着的建筑摸得着的蝶。而很凑巧的是，它的外侧，临着南大街的街面，原来就有一座被称作蝴蝶楼的建筑。蝴蝶楼上画着一个蝴蝶的图案。它好像早已在预示着这儿要变成蝴蝶飞舞的地方了。现在，那蝴蝶就高高飞着，飞在钟楼近旁。翩翩。翩翩。翩翩。翩翩翩翩翩翩与金碧辉煌的钟楼交相辉映。与姑娘的笑脸相映。与爹娘兄嫂左邻右舍的笑脸相映。"涝巷"这个地名，已经像搬家时扔破烂一样，扔入历史中去了。钟楼脚下从此表里一致了。里边完全可以和外表相媲美。如果再走来一个人，如果他仍然是一个老农，那么，他将会产生什么感想？相信他将会说：就让我今夜睡在这院里吧；睡在在院里，干净，清爽，比在家还舒坦！他分明看见体现着城市文明的蝴蝶了。而蝴蝶载着自豪的城里人飞舞。当年愁眉苦脸的涝巷众街邻，今日变得多么开心。翩翩。翩翩。翩翩。多美丽的蝴蝶啊。翩翩。该把它称作什么呢？

在大家的一致要求下，市长亲自给它起了一个名字。

那名字正从姑娘的唇间飞荡出来，带着琴声诗韵，像流行歌曲一样好听。

——钟楼小区。

草色遍野

　　一踏上延安的山路，看见路上羊蹄蹄敲打下的白痕，嗅着青草和羊粪蛋蛋的气息，就感到无比地亲切了。想儿时，一双不愿受束缚不肯穿鞋子的小脚片儿，曾经踩在这样的路上，踩在这样的路上东瞅西瞅，羊羔羔似的，想着怎么能够趁八路军不注意，偷吃一颗他们种下的西红柿。想羊羔羔渐长，学过了"X+Y"，也是在这样的路上，与同学们一起，缅怀着先辈立下的不朽功业，指点江山，激扬文字，一个个立志此生不成龙则变虎。也袒露心灵最隐秘的一角，谈论爱情，印象最深的是，一个苦钻古典文学的同学，心里却充满了罗曼蒂克，他说整个延中的姑娘他没有一个能看下的。那么，哪儿的姑娘他才中意呢？北京？杭州？"不！"他说，"苏联！"热爱老大哥，便爱上了老大哥的妹妹，但妹妹如花隔云端。大伙笑了，他却不笑，而是认真又执著："即使最终只是泡影，也起码要和苏联姑娘恋上几天爱！"今日我来，又走在这样的路上，想起桩桩往事，怎能不暗自微笑？但往事如烟，今日的我已不是昨日的我了。没有了儿时的天真。没有了青年时代的壮志。廉颇老矣，羊儿老矣，羊儿备尝世事的艰辛，黑毛落上了白霜，白霜冰冷着抑郁的思绪，脑子里经常乱哄哄的，今日走来，已经甚感气力的不足了。然而，这脚下亲切的山路，还是使我的心湖澄澈了许多。好了，且让我尽情享受这延安山野间母亲般的温馨吧。

山路两边，崖上洼里，槐花开了，丁香花开了，山丹丹花开了。就连叶片很小，满枝是刺的灌木狼牙刺，记忆中经常用它烧火，好像是不开花的，却也开了那么美丽的花儿：半白半蓝，白白蓝蓝，蓝蓝白白，像我儿时常见的一种民间织染的花布。一群黑白间杂的羊儿，自由自在地啃嚼着茂盛的青草，而拦羊老汉任着它们的性儿，不理，不管，只顾自己舒展地躺在地畔，轻声哼唱着古老的民歌。几个背着柴火的后生从山梁下来，看样子，心头一时兴起，亟欲宣泄，便随地放下柴捆子，捡了土圪垯朝沟里乱扔，一边还呜儿喊叫。哦，这种种亲切的情景，把我的心儿引入哪一片艺术境界中去了？是古元的木刻？是李季、贺敬之的诗歌？抑或，是丁玲的小说散文？李季和丁玲是已经长眠于地下了，但古元和贺敬之还在。还在，他们就会一遍一遍地回来，一遍一遍地"手抓黄土我不放"，一遍一遍地把黄土"紧紧地贴在心窝上"。对家乡延安情深如我，却远远比不上他们。我毕竟是当年的羊羔羔，是后来人了，没有在那个时代开荒纺线，没有把青春搅在那个开辟新世界的浪涛之中。我心中的延安，家乡的成分多些，革命的成分少些。他们则不同，因而他们的心中能喷出那么深厚的真情。几十年间，我常以感激的心情怀想着他们，一如怀想着也曾在延安留下瑰丽诗篇的杜甫和范仲淹。由于他们的艺术创造，使我的家乡干巴巴的土地上，增添了一层灵动的无穷的魅力。而我，延安母亲的土生土长的儿子，既然涂鸦日久，怎能不更加发奋，也给家乡的艺术花环上，增添几滴红艳和馨香呢？

延安的淳朴憨厚的老百姓，对"公家人"实在是太好了，有一种特殊的爱心，我不论走到哪个村庄。不论路过谁家，他们看见，就是一脸笑容，就忙喊"快回来"，"吃了饭再走"。好亲切的笑容，好亲切的喊声啊！仿佛我就是他们家的人，仿佛我就是他们的至亲骨肉，仿佛我就是他们家孩子的舅舅或者姑父。草色遍野，"草色呐喊连绵的鲜碧"，迎羊儿回来，迎我回来。大概由于离开家乡好多年了，对这样的热情，我很有点诚惶诚恐，而延安当地作家却显然习以为常，处之泰然。甚至，他们到了老百姓家里也竟像回到自己家一样地随便和理直气壮。领我访问青年作家高建群就是这样。我们走进一户人家的窑洞，主人是位年轻的妇女，她的丈夫在乡政府工作，不在家，身边有个孩子。聊了一会儿，建群说："给我们做点饭！"那口气，那神态，俨然像她的丈夫。我大为诧异，很怕得到的是一种难堪，便忐忑不安地观察女主人的反应。不料女主人却说："你看我这个死人，连你们吃饭没吃都忘了问了！"她慌忙放下手中正纳的鞋底，又烙饼子，又熬米汤，让我们吃得很香，还抱歉地说："那碟酸菜你们吃惯不？叫你们受屈了。要是早知道你们来，我瞎好也得准备一下，上街买上几棵鲜菜。"哦，快不要说了！我肚子早已装得满当当的了，怎么还能盛下你这么多的情意！？自然，我这也是一片真心。多年来在外面学下的虚假和客套，实在抵挡不住你的真挚，几乎在你放下鞋底的时候，就完全崩溃了。你使我想起了你的也是我的先辈。他们当年就是这么对待"公家人"的。在他们心中，"公家人"意味着什么？先锋，楷模，全心全意地为人民服务。他们对"公家人"一往情深，不但捧出好吃好喝，而且不惜以鲜血和生命加以保护。当年形成的鱼水之情，浅白地说，是惯了，一直延续到今天。难怪无数老革命，一回到延安，就感到十分温暖，而其中一些人一旦身处逆境，更是急切切地想回一回延安。当年的羊羔羔呢？我们这一辈呢？我们这一辈没受过延安老百姓的恩泽吗？不！就说说我的那个想"起码和苏联姑娘恋上几天爱"的同学吧，"文革"中，他被扣上"企图里通苏修"的帽子，遭到批斗。那时他在一所农村小学教书，批斗他的人什么粗野的话也能说出来，有人这样吼叫："你那肉武器就比别人的劲大？陕北还×不下了，中国还×不下了，还想×到西伯利亚去，就不怕西伯利亚的大森林把你那肉武器划烂了？"他自知自己曾经想入非非是不好的，现在也只娶了个农村姑娘为妻，常常痛悔读书时的狂妄可笑；但他受不了这蹂躏人的尊严的侮辱，愤怒了，扇了那人一耳光。后来批斗升级，他潜逃而去，造反派到处搜寻。是善良的富于同情心的延安老百姓，隐藏了他，使他免遭大难。每当想起这些，我们怎能不像那些老革命一样，对延安的老百姓，产生一种深深的爱戴和感激之情？

山路漫漫，路漫漫其修远兮，在我的脚下延伸，延伸。向南几百里，是轩辕黄帝的陵寝；向北几百里，是李自成的生身热土，是成吉思汗纵马飞驰又折戟荒沙的地方。南北之间，便是这宝塔高耸的延安，便是毛泽东的延安，便是革命圣地延安。一代伟人选延安作革命大本营，实在是选对了。我们古老的自强不息的民族精神，弥漫在这片土地上，如此浓重。那是云雾一样飘浮的可燃气体。火种一旦触上了它，便是千里雷声万里闪，便是天翻地覆。好像是很轻松了，不，那火种也来之不易。曾经踏破了铁鞋。曾经拍遍了栏杆。那是马克思主义的圣火。我们找了五千年才找上了。因为有了这火，伟人便自豪地朗吟了："俱往矣，数风流人物，还看今朝！"今朝的风流人物又数哪里呢？伟人没说，但民歌却透露出这片长着五谷子田苗子的土地的自豪，连一十三省的女孩儿也要数延安的蓝花花好啊！其实伟人在另外的文字中也说出了他的厚爱，他说延安的老百姓对革命是有巨大贡献的。延安老百姓是在血与火的考验中，充分显示了他们的风流的极致的。一个小小的延安，一些数得见的老百姓，在解放战争中支前所投入的民工人次，与整个陕北解放军的人数相比，硬是翻了好几十番！如果说这还有些抽象的话，那么，我这回在山路边听到的故事，却不能不使人受到震撼。那故事说的是七只羊。老人说，那会儿战争打得紧，前线等着军粮，村里就男女老少一齐动员，大小牲口，一鞭子吆上，背，驮，运输。风雨无阻。没明没黑。挣断骨头不叫苦。可是尽管这样，还是赶不上军队的需要，有人就出了主意，让各户仅有的七只羊，也奋蹄上阵。哦，羊！上天生它，本来是让它给这世界提供肉和皮毛，除此而外，便没有它的任何义务，而让它尽情地享受清福，尽情地品尝水草的香甜，尽情地沐浴明丽的阳光，尽情地呼吸新鲜的空气，尽情地唱它的"咩咩"的通俗歌曲。开天辟地到如今，羊的老祖先可以作证，辈辈羊儿都可以作证，它们从来没有驮粮的本事。让它们驮粮，就像打着鸭子上架一样。然而，为了夺得战争的胜利，人们还是狠着心让它们这样干了。可怜这些羊了！它们举步维艰。它们趔趔趄趄。它们浑身腾着汗气血气。它们走几步便望望主人，发出痛苦的声音。几天驮下来，每只羊的脊背都是血肉模糊，惨不忍睹。末了，乡亲们把这些羊送到野战医院，想让伤员们补补身体。可是羊宰了，伤员们却不吃，因为他们看见，那剥下的羊皮，一张一张都是驮粮磨下的窟窿！他们不忍心再吃这些羊肉了！老人说得眼泪汪汪的。老人本来想通过这七只羊的故事，让我从一个侧面了解延安老百姓当年的壮烈风貌，而我觉得，我延安的父老乡亲，那时候，就是那七只羊啊！他们曾经为革命忍受过多么巨大的磨难，付出过多么惨痛的牺牲啊！他们当然不是那七只羊：羊儿是被动的，甚至还发出乞求怜悯的哀嚎；他们则是主动的，自觉的，被时代召唤到他们本来干不了的战争上，觉悟在胸，义无反顾。他们当然是那七只羊：像羊儿一样，一直坚持到最后，死了也把躯体献给了革命。怎能不是羊呢？这片土地上的民歌早就唱过："羊群走路靠头羊。"这是个起兴句子。那么，下边一句呢？"陕北起了共产党！"共产党是头羊，他们是羊群，是靠着共产党指引前进的方向的。头羊高大聪慧，羊群跟着走，走得坚定、豪迈、充满信心。而这片土地呢？虽然贫瘠却不乏好草，既养肥了头羊，也养肥了羊群。反动派眼急了，因而发动了那场战争。

我是当年的羊羔羔，现在不只长大了，已经说过，而且有些老了。不过毕竟还不是廉颇，还没有到"尚能饭否"的时候。岁月的风雨，不曾剥蚀完我的记忆，而今天，在这山路上，即使是已经剥蚀掉的那些，又奇迹般地得到了复原。哦，那是既遥远又切近的情景。羊羔羔吃奶双膝膝跪。羊羔羔吃奶脸贴着娘。羊羔羔吃奶娘喜欢。我知道，我曾经吸吮着的，是沾着青草气味的带血的奶头。也许就是那七只羊的奶头。哺育过我的先辈，以他们惊天地泣鬼神的大气磅礴的精神，辉煌了整个一个时代。摔倒在地上的中国近代史，由于他们的奋斗和牺牲，终于续写出了站起来了的骄傲篇章。我的先辈是伟大的。有时候我晕头转向，老夫聊发少年狂，觉得自己能写点文章，也是蛮伟大的，但事实恐怕并非如此，连老妻都说她还没有看将出来。我曾在杨家岭的大门边栽了一棵洋槐树，几年过去，洋槐树长得高大挺拔，枝叶婆娑，心想这洋槐树长在伟人住过的地方，便可以和伟人的故居一起永存了，但不料那年再去看时，早已没了影踪。我想我的文章也是我栽下的洋槐树，虽然写了伟大的先辈，却不能因此而得到长青。文如其人，其人还没有大写出自己。五谷里数不过豌豆圆，人里头数不过我平凡！庄稼里数不过糜子光，平凡不过刘成章！我知道，在老一辈的羊群面前，我只能自惭形秽。我即使忘却自我，意气风发地全力奉献，奉献出自己所有的全部的肉和皮毛，也很难抵上他们的万一。而现在，首要的是，我不能郁郁寡欢，不合群。虽然在外面生活了那么些年，然而，卧在黄土地上我不应该嫌脏，见了青草我应该有很好的食欲。我虽然气力不行了，但也应该振作精神，跟上踏青的队伍，并以自己发痒的嗓子，唱一曲跟上时代节拍的"西北风"。绝不能让人家指着脊梁说："那是一只乏羊"。我想我儿时的伙伴、中学的同学，也都会是这样。我想当年的羊羔羔繁衍下的又一代羊羔羔，也都会是这样。我有三个可爱的羔羔。老大的雄心胜过我的当年，到大洋彼岸吃草去了。为了吃草，羔羔不得不洗碟子，端菜盘，相当辛苦。他说，他曾在电视荧屏上看到延安，那一刻，他哭了。他说，他想延安。

布达佩斯夜景

看见布达佩斯的第一眼，心就怦然而动。古堡耸于山，铁桥横于河，两旁超市商品层叠的干净的街道上，新潮小车一辆又一辆箭一样射过。她是山与水的结合，古与今的结合，本土和外风的结合，小巧，美丽，又充溢着时代气氛。

与之相比，东欧的另外一些都城就差多了，那些都城的建筑单调平板，商品匮乏，脏，乱，小车都是国产，又都跑得慢悠悠的，一副很不走运的样子。

布达佩斯明显地盖过了她们。当然，布达佩斯也有她的阴暗的方面，比如物价奇高，失业的人很多，等等。就拿流经她的市区的多瑙河来说吧，也很有点令人沮丧。原先头脑中的多瑙河，总是和蓝色相连，蓝色的多瑙河，好神奇，好美丽！可是实实在在地走到她的岸边，大失所望，她哪有蓝色可言？期望值的过高，使人真正看到她的时候，感到她竟是一河的浑浊！

但从主要方面看，布达佩斯毕竟是生气勃勃的，美丽的，而她的入夜景色，更加迷人。

当燃烧了一天的太阳被山头撞灭了她的火焰，蒸腾的热气骤消，人们还来不及擦掉额头的汗水，随着一股突如其来的寒意，满城的灯便亮了。到处是灯的山，灯的河。到处是闪光的诗，透明的画。灵动到处，鲜活到处，奇葩到处美到处。在这样的地方徜徉，谁都会流连忘返的。

宽阔的坡路一旁，是路灯。路灯照耀着居民院落的栅栏、大门和大门边的信箱。升上去十米、八米，屋舍的灯光灿烂。你的屋照着我的屋，我的屋照着你的屋。照出了褐的、红的瓦。各色的墙。照出了阳台上摆放着的盆花，那花或一溜排的黄，或一溜排的蓝，一溜排一溜排流淌着灯光。

小巷中，石砌的高楼上泻下琴声，也泻下灯光。在琴声和灯光的爱抚下，奔跑了一天的小车，就像一群玩累了的孩子，都头挨头地睡了，静静地停满一侧。也有迟睡的孩子迟睡的小车才回来，才跑进巷口，才寻找自己的铺位。目光炯炯，车灯炯炯。

一进入大街，就像一失足掉进大海，不待反应过来，灯光的浪涛已把你淹没了。头晕目眩，眼花缭乱，天花乱坠。灯，在前，在后，在左，在右，在头顶，在脚下。灯，连成线，织成网，编成花。商店如灯砌，道路如灯铺，行人如灯塑。飘拂的秀发飘着灯光，情侣的眼睛含着深情。厚重得出奇的皮鞋。

脑后留着的一撮毛。作为时髦装束的烂兮兮的短裤。这种种种种，都在灯光中闪烁。看看手中的购下的商品，商品厚了，厚在沾上了盈寸灯光。

奔驰的小车是奔驰的灯，灯灯相连，灯灯奔驰，奔驰成一条高科技时代的硕长龙灯，以每秒量着呼啸的速度，遇坡，一弓身就过去了；遇弯，一扭身也过去了。站在龙灯啸过的地方，纷飞的夜气冲来，纷飞的乱光冲来，强烈地感到了夜气和乱光的撞击力量。眼看着龙灯啸，啸，啸，想横穿街道，那是万万办不到的。也有胆大的人曾经试着闯闯，但留下来的，是一摊血迹，一个关于眼泪的故事。这儿不像在东欧别的国家，速度和光结构着她的躯体。

看到了多瑙河，才看到了最美的灯光，最美的景点。那是星空的浓缩。那是宝石的汇聚。那是梦幻的再现。想必有一个超尘脱凡的天才的艺术大师，蘸着地球那边的艳艳阳光，画亮了河的两岸。无论是老布达还是新布达，无论是老佩斯还是新佩斯，都成了一个壮观的灯的花园。千朵盛开者，是灯；万朵竞放者，是灯；无数吐艳飘香者，也是灯。灯飞上宏伟的铁桥，铁桥被串串明珠勾勒出闪光的轮廓，凌空高矗，无比瑰丽；灯落进轻荡的游船，游船以叮叮咚咚的光的打击乐伴着欢歌，徐徐前行，妩媚多姿。而透过串串明珠阵阵欢歌，引人瞩目的极度辉煌处，是超级灯光衬出的古堡和教堂。那么高，那么明晰，那么令人感动。它是全城最敏感的一点。光和影在这一点上做了最和谐的艺术的统一。

这些美景，都是上下对称，成双成对。铁桥如此，游船如此，古堡和教堂也是如此。而下边的一个，像微风摇花，像薄云遮月，更具无限韵味。那是多瑙河中的景致。多瑙河使布达佩斯总是带着2的乘数，给了布达佩斯双重的美丽。而多瑙河，也一改日间的浑浊模样，如原先想象中那样蓝茵茵的了。一河灯光，一河灯光装饰着的建筑，一河的波波荡荡的诗情画意。

像看见久别的亲人一样，居然在河边，在灯下，看见一排中国槐了，亲切感油然而生。便进而亲切地想起眼前这个伟大民族的历史了，想起他们善骑射的先祖，也是从中国那边过来的。我们的根子曾扎在一起，或者，竟是同根。想到此，一颗本来有着隔膜的心，心上的细细钨丝，便亲切地通上了布达佩斯的电流，哗啦一下亮了。在灯的海洋中，它虽然显得微弱，却是真诚的祝福。

看麦熟

　　肥沃的关中平原，向以盛产小麦著称。从头年冬到次年春，走到田野上，那儿十有八九都铺着日渐加厚的小麦的绿毡。而到了清明节呢，农谚说："清明麦子埋老鸹。"麦苗儿比站着走着跳着的乌鸦都高了。于是，田野处处，不再是绿毡了，而是厚可盈尺的绿绒被了。而清明节又好像只属于唐诗人杜牧。自从杜牧吟了一句"清明时节雨纷纷"，千百年来的清明节，就总是打着杜牧的印记，含着杜牧的声息，就总是杜牧的诗和雨啊，纷纷，纷纷。现在，几乎说不清是杜牧的诗还是清明的诗，杜牧的雨还是清明的雨，反正它纷纷，纷纷，纷纷上午，纷纷下午，纷纷晚上，纷纷第二天早晨的七八点钟，把一块又一块的绿绒被儿，纷纷成了贵妇人的床上之物，绿光闪烁，好不喜人。从此小麦就可着劲儿长了，那绿绒被便膨起来，膨起来，一天一个高度，一天一个样子，直至像隆起的海浪碧波，涛声震响。这时候，一群天真烂漫的娃娃，不知从什么地方逮到了信息，说大海最是好耍处，便一齐相约跳入小麦的波涛里，游泳啊戏闹，戏闹啊游泳。但高站于云端的太阳喊道：那哪里是娃娃呀，那是风！

风，大概被太阳的喊声所烫，不再是浑身湿淋淋的娃娃似的清凉的了，扑在人怀里热烘烘的。

忽然有那么一天，人们热得都想剥光了衣衫，转脸看时，迎风摇摆、一浪推着一浪、有时候还发出哨音的麦稍儿已经黄了。

而麦稍儿本来是绿色的，像韭菜那么绿，像柳树那么绿，像野草那么绿，像它自身的叶叶杆杆那么绿，但是现在却变成黄的了。麦稍儿有了金子一样的颜色。最金亮的是那从裹着麦粒的苞皮间直刺上方的麦芒，根根都像正在放电的金丝，电火花在它的尖端闪耀。

麦稍儿的这一变化是一种信号，一种大动员的信号，一种磨拳擦掌的信号，一种龙口夺食的信号，一种即使是80老翁也不能不下床的信号，它强有力地触动了每一个庄稼人的心。每颗心跳动的节律都加快了。而跳得最快最欢最美丽的心，却都装在婆娘们的胸脯里面。

婆娘是关中农村特有的名词，一般都理解为已婚妇女。但据这儿的一些秀才们说，在表述上还应有点儿限制，应该在"妇女"前再加上"较年轻的"修饰语，即："已婚的较年轻的妇女"。他们说，对于另外的妇女，关中农村自有另外的叫法，具体地说，是把未婚的叫姑娘，把结婚日久的叫老婆。他们又在深入研究中发现，这样叫，大有深意在焉。姑娘，姑且在娘家之谓也。婆娘，一半在婆家一半在娘家之谓也。老婆，就老在婆家了。他们为自己家乡语言的博大精深感到骄傲，说，这些称谓简直是妙不可言，它们十分准确地揭示出女性在不同的人生阶段上的不同特点。按照他们的界定，婆娘不期然地闯入此文中了。此文的作者从生活中看到，把自己的一颗心分做两半儿的婆娘，负重最多爱最多，应是女性人生乐章中的最绚烂的一曲，最具有人情味和人性美，是一种极致。

这不，看见麦稍儿黄了，婆娘们的心跳得最快最欢最美丽了。她们中有20多岁的，有30多岁的，也有的已经上了40大几。她们立即想到了娘，想到了娘家的麦田。她们既关心娘又关心娘家的农事。她们都准备去看望看望辛苦了大半年的爹娘和兄嫂弟妹，同时分享娘家麦子即将成熟的欢乐。于是，她们都忙碌起来了：蒸馍馍，烙锅盔，采拔菜蔬，买香蕉点心。而丈夫也理解她们，公婆也理解她们：要置办什么，就让她们置办去吧；要什么时候走，就让她们什么时候走吧。咱关中不是有这样的俗话吗？"麦稍黄，女看娘"呀！辈辈沿袭如此，今天到了改革开放的年代，更应该由着她们的心性去行事了。她们则小曲悄唱，加紧了手中的活儿。前村的大伯找我干啥呢？商量一起引进新树种的事吗？大伯！过些日子再来吧。俺看麦熟去呀，忙得没一点点空闲！大伯刚走，哎呀，宝贝蛋怎么尿到炕上了？哎，我说咱家的那口子！这时候还看什么电视呢，你就不能帮俺一把么？丈夫赶忙过来了。多顺从的丈夫！她不由满意地抿着嘴笑了。接着手疾脚快地找篮篮，装礼物，梳洗打扮。——家家屋中大体都是这样。她们恨不得转眼间就能扑到亲娘的怀里。

过不了多久，广漠的田野上，村与村之间，大路小路，就到处都闪耀着她们的身影了。她们的肌肤有的粉红，有的微黑，有的如春萝卜般的细嫩，有的如秋白菜般的健康，真是摇曳多姿。她们有的去赶班车，有的去搭顺路的拖拉机，有的骑着自行车，有的步行，真是风情万种。于是，这麦黄天，野外，人都惊叹关中路。为什么？关中路上多婆娘。关中路上多丽人。关中路上多娇艳。但不管是婆娘也好，丽人也好，娇艳也好，反正是一次爱的出巡。田野是大片大片的黄的色块，她们是红的绿的花的波漾的曲线。色块不动，曲线飞逸；色块染曲线，曲线染色块；色块有了曲线的喜悦的旋律，曲线有了色块的成熟的神韵。而这一切是被馨香所浸透了的。要是这时候天上飞过一架飞机，那飞机上的驾驶员、空姐、乘客，也是可以闻见一股一股的香味的。尽管他们可以弄清香味来自何处，从而一齐把鼻子凑向下方，但他们哪能分得出哪是麦香，哪是婆娘们的体香心香？

实则天上并没有飞机。天是那么蓝，那么纯，只有几只鸟儿偶尔跃上跃下。蓝的天空的衬托之下，布满麦田的大地显得更黄了。大地焕发出我们民族的原色，它那么丰盈，那么辉煌。婆娘们就走在那原色之中。

因为丰收在望，到处的庄稼人被它所燃烧，田野上便此起彼伏地飘荡着吼唱秦腔的声音。婆娘们就踏着秦腔的节拍。

就是在那原色中，就是在那秦腔的节拍中，一个声音说："父兮生我，母兮鞠我。拊我畜我，生我育我。顾我复我，出入腹我。"哪来的声音？《诗经》。婆娘们虽然不懂得《诗经》，但《诗经》里的这些意思，早就存在于她们的心坎里了。所以与其说这声音来自《诗经》，不如说是从她们的心坎发出来的。现在，她们就是奔着父母去的。那么，去去就行了吗？不！一个中学毕业的婆娘说，谁言寸草心，报得三春晖！于是她们想起了电视里常唱的流行歌曲《烛光里的妈妈》。那迷迷离离的20世纪的烛光，不就像千百年来的三春晖一样，使女儿们永远回报又永远无法回报得完么？

奔着爹，她们在走。奔着娘，她们在走。她们的急切的沾着轻尘的布鞋、皮鞋、胶鞋，她们的这些鞋踩下的脚印，千姿百态，千姿百态都是情，都是爱，情和爱南来北往地撒布在旷野里，一如总也开不败的夏的花朵。

一片胜似一片的麦子，常常逗引得她们不能不停下脚来。

她们或者静看半天，或者干脆上前折下个穗穗儿，放在手心把颗粒搓下来，吹去皮皮，数数一共是多少颗，然后挑一颗胖嘟嘟的颗粒，轻巧地扔进红唇，用雪白的牙齿咬咬。只这么一下，她们就能估摸出眼前这片麦子能产多少斤上等麦，能磨多少袋特级粉，能擀多少案好面条了。心地高贵聪颖的她们，被关中大丰收的景象撩拨得晕晕乎乎的，竟至忘了此刻身在何处，以为自己的满口已是娘家麦子的芳香，所以已泼洒出千吨万吨的情意。终于恍然大悟，这哪是娘家的麦地呢，便独个儿笑了起来。嫣然一笑，如歌似的灿烂。但绝不吝惜泼出去的情意，娘家爹和丈夫都不是常说么，人不能太自私了，天下农民是一家。是的，也应该为别人喜欢喜欢。何况，娘家地土好，人又勤，麦子一定不会比这儿差，虽然现在还离了十里八里，还没亲眼看见，也应该提前为之开怀一乐了。

满怀的麦香。满心的快活。满鬓角的汗珠满眼睫的光。她们的身姿是大小雁塔上的风铃，引得这儿那儿的正干农活的男人们，不时凝神瞩望。男人们都知道她们是干什么去的。她们不是歌星影星，不是富婆，不可能给爹娘送去一叠存款单。但是她们的行为比存款单更加可贵。如果娘家的天塌了，她们便是女娲。如果婆家的天塌了，她们还是女娲。男人们都为她们而感到自豪和充实。由于她们的存在和她们的举动，即使今年的麦子歉收了，他们也是会不住地唱着秦腔的。世界上有什么比美好的心灵更令人舒心的东西呢？

　　婆娘们又喜滋滋地迈开脚步了。现在，娘正在做什么呢？是不是早站在村口的老椿树下等着我了？那么，爹呢？爹又在做着什么？爹性子急，一定是风风火火地联系收割机去了。但他也不会忘记女儿这两天要回来，一定会早早地赶回家的。爹娘都上了一把年纪了，女儿多么想能这回多住上几天，好给他们凑一把力，把麦子颗粒一粒不剩地收到囤子里头。可是，他们会答应吗？爹一定又会厉声吼叫："哪有这种情理？快给我滚！"娘一定也又是柔声相劝："好娃，听你爹的话吧，回去吧。麦忙天，谁家不是等着人手用哩。"而着实说，自己也不会放心得下婆家的事啊！婆娘，婆娘，婆娘的心里有多少牵挂，有多少矛盾啊！

　　那么，只能是回娘家看麦熟了。当然，这期间一定要敬一份孝心，要尽量多帮爹娘干一些事情，比如光场（把打麦场碾实压光）呀，比如缝缝补补呀，比如领着患老年病的爷爷上医院诊治几回呀，等等，等等，都给它干得妥妥帖帖，以期达到离开时可以少一些牵肠挂肚。

　　不知什么时候哼起了歌谣。再好的歌谣唱上三遍，就觉得有些厌倦了，但是，脚下的这条路，连接着分成两半的心儿的路，已经走过百遍千遍了，却愈走愈亲切，愈走愈爱走。自从缘分里亮出了这条路，这条路就是推土机械也铲不断的路了，就和她们的生命紧紧地连在一起了。而且总是一边走一边在心里悄悄呼唤：娘啊娘啊，我回来了！

现在，广漠的田野上，村与村之间，大路小路，她们在走。无边麦田的金黄的底色上，她们的脚步编织着一幅最古老又最鲜活的关中农村的风俗画。传统和现实，古风和新意，在她们的身上结合得那么和谐，那么完美。她们望着麦子。她们也是麦子。她们是一株株能思考、有感情、会走动的麦子。她们呼吸着大气，装饰着田野。她们的心里盛满了沉甸甸的可以磨成粉、做成饭，可以营养上下左右的物质。为了感谢阳光雨露的深恩，她们急匆匆地前行。她们心灵的麦芒在前行中颤动着，辐射出最亮丽最动人的色彩。

定 边

　　很长很长的时间，车在夹缝中驰骋。缝是沟壑，夹者是大山，大梁，大峁。突然间"大"字如鹰飞走，才准备睁大眼睛细看，那些山梁峁已缩成了一片虚无。而虚无中已有了新的存在，令人兴奋，令人筋骨舒展：那是大原野了。平平坦坦，空空旷旷，一望无际，如关中平原。自然不是关中平原。关中平原盛产小麦和玉米，一年到头的色彩只是绿与黄的转换，而这儿是满目的粉红。像霞落原野。像蝶飞大地。像姑娘们把她们的嫁妆，一齐从家里搬出来了。那是什么？说个谜语你猜："三页瓦，盖房房，里头坐个白娘娘。"日本人非常喜欢吃那个东西。他们经常从这儿进口。如果还猜不着，听首陕北民歌好了，那民歌是挺有名的："××圪坨羊腥汤，死死活活相跟上。"荞面圪坨。那是荞麦了。对。荞麦是紫红的杆杆。紫红杆杆上开着繁盛的粉红的花。

　　粉红的花，粉红的奇幻的海洋。奇幻的海洋中又偶尔间杂着糜子和洋芋，更显得斑斓夺目。但除了庄稼地。还有广阔的旷野。一眼望不尽的老黄沙。沙梁梁高来沙梁梁低。稀疏的植物是开紫花的沙打旺，沙蒿，以及沙柳。沙柳有惊人的细细长根，风把它吹得裸露出来，如平铺在地上的十丈八丈的铁丝（应是大地的筋吧神经吧）。一种叫做"地雀雀"的小鸟，这儿一飞，那儿一飞。那真是一种稀奇的生灵，沙子般的颜色，头上羽毛形成独角耸起，耸一根调皮和美丽，挑逗人。

旷野里还有人们汗水浇灌出来的防风林的方阵。方阵座座，如座座城堡。筑作城墙的是高高的白杨树，守城的将士是高高的白杨树。可有敌寇来犯？折臂的白杨倒了的白杨，叙说着一次次战斗的残酷。

但真正的县城，是没有城堡的。迎着车，闪过房舍，闪过工厂，闪过拖拉机，人们如我，我如人们，都知道定边到了。

城不大，街不宽，铺面也都低低矮矮，但却如熔炉出钢，一派红火烂溅。人流涌动。人潮起落。人群熙攘在琳琅的商品之中。而商品，从家用电器到锅刷刷，从装饰材料到红头绳，交汇着，掺杂着，斑驳陆离。稀罕的是蔬菜。蔬菜像产自巨人国：菜辣子一个半斤，洋芋一个一斤多，西红柿大得就像小西瓜。这个定边，这个在人前总是吊着干瘪乳房的定边，怎么却留了一手？好憨厚好狡黠的定边！

南来北往的人，男的高大壮实，方墩子脸，黑红肤色，女的则曲线楚楚，丰满白嫩。男多骑摩托，女多着坎肩。男女皆有不少戴眼镜者——使粗粝的世界多了点温柔感的有色眼镜。他们的身影连着平坦的原野，连着早晚和正午悬殊的温差，连着时起的扬沙黄风，特异的地理环境塑成了他们特异的浪漫风姿。街上没有交通警察，没有什么规矩；有的是自由王国的遍街自由；人便成了一群乱羊，摩托车自行车便成了一群乱羊。其实摩托车自行车更像一群乱狼，狼入羊群，横冲直撞，真教人担心危险，危险，羊的厄运临头了，却不料，总是相安无事。他们都有敏捷躲闪的本领。

女子们放任着自己的天性，如野花疯开，最是无拘无束。在她们明亮的眼睛中，这世界纵然布满雷池，但她们荡开的脚步，层层叠叠踏下脚印如印下一街的厚厚字典，那字典中却没有"不敢"二字。到了车少人稀的街上，她们就十几个人排成一把梳子，梳向前去。她们要是二人横穿街道，就用胳膊互搭着肩，还要用另外两条胳膊互搂着腰，并且说说笑笑，招摇过市。对这些，周围的人们都习以为常了，不去注意。但我颇感殊异，还有一个从乡间走来的老太太，也驻足久视。不过，我站的是现代都市的角度，老太太持的是正被历史逐日遗失的目光。这时候，老太太心中泛溢的是些什么呢？是不是一首她年轻时常唱的民歌？如果是，那民歌悲悲切切就像历史的抽泣声了："黑风顶住个上水船，多会儿教我抬头展腰活几天！"但歌声已渺茫了，如衬托着定边的深远背景：夕阳外，关河冷落，寒鸦数点。数点憧憬数点梦。

今朝好繁荣！人们喜笑颜开，心满意足，说：老先人没吃过的，咱吃了；老先人没穿过的，咱穿了；老先人没见过的，咱见了！困难自然还是有的。困难一数一些还不能温饱的农民，二数一些机关单位。机关单位穷起来穷得就像原始部落，不但发不了工资，连办公费都没有。但公总是要办的，于是有的干部就到人家单位转一转，要几页纸，吸一点蓝墨水。回来的路上，下班的时间还没到，他就被人拉走了。拉他喝酒。定边人爱喝酒。只要口袋里还有几个钱，就喝。不是借酒浇愁，因为他们心里打根儿就没愁。酒浇的是朵朵乐天红花。菜很多，还有主食。主食是开过粉红花的保持了白娘娘白皙肤色的荞面饸饹。但他们主要是喝酒。"喝着喝着狂放了，逗乐的酒曲唱上了。"——他们唱酒曲。他们唱酒曲。酒曲，这承袭着唐宋元的当代民间小令，又注入了诙谐的生气。酒曲骤然唱起。酒曲。酒曲。酒曲纷飞。男的向着女的唱：

说你是个婆姨你没结过婚，
说你是个女子你刮过宫。

自然是一片哄笑。而女的毫不脸红，十分机敏，如刘三姐易地而来：

说你是个老驴你不长尾巴，

说你是个人儿你说的是牲口话。

又是一片哄笑。哄笑如冲天爆炸，摇天撼地。颤颤碗碟。颤颤餐桌。颤颤脸和衣。颤颤屋和瓦。颤颤门两侧的木制红底金字楹联。颤颤楹联的上联下联。颤颤"年年十八"。颤颤"岁岁潇洒"。这颤颤的八个大字如被揭开的什么，如深藏于人体中的谜，如他们的精气神。

但也有冷落萧疏的一隅，那是新华书店。书店如歉收的瓜园，虽然有瓜，却是稀稀拉拉十颗八颗。有的也是凶狠的瓜，泛黄的瓜，缺乏营养的傻瓜一样的瓜。没有巴金的瓜，没有王蒙的瓜，更没有我的瓜。我虽然整年整年地辛勤播撒种子，但这儿没有我的位置。而瓜园被服装占了，被罐头占了，被日用百货占了。哦，定边，这时候，你是否察觉一个外来人一个散文作家心头的深重悲哀？然而我不怨你不怨定边。全国大风呼呼，你的瓜园何能避开？

但我终于看见满筐的上好的瓜了。不过那是真正从土地里长出来的瓜。卖瓜的是一个小女子，大约十一二岁吧。'她穿着一身花衣，头上又扎个花箍，使人眼花缭乱；一望而知，是从乡下来的。忽听远处传来一个声音："噢——翠翠！日你先人的你的瓜卖了多少啦？"寻声望去，是一个汉子。翠翠便答："噢——干大！日你先人的我卖了四五斤啦！"这"日你先人的"骂人的话，掺和在问答声中，像歌曲中"呼儿咳呀"之类的衬字。衬字毫无意义。毫无意义却透出了一股泥土杂草的热乎劲儿。我笑问翠翠："你刚才怎么喊？"翠翠显然一下子便明白了我的意思，羞涩地笑道："就那么个说法嘛！"翠翠卖的是一种长得很好看的香瓜，说叫"白玲脆"。哦，白玲脆，多好的名称！引人食欲勾人发馋的名称！这名称出现在粗俗之中，显得那么精致灵秀，如翠翠的不开口的容颜，如她的眼睛和嘴唇，如诗。不过名称虽好瓜虽好，我身上没带钱，只想看看便走。翠翠却突然挑出一个来，在衣袖上擦了擦，硬往我手中塞："不是卖，教你尝尝。"我自是推让。翠翠说："看这干大！到我瓜摊前了，还能不尝？"我只得双手接下。接下的是天真女孩的厚道情意，是淳朴定边的不朽民风。

到了另一处，街道边，树荫下，围了一堆人，围了一堆人躬身俯首，看下棋。下棋的是一个老汉和一个瘦弱的中年人。中年人虽然瘦弱，却精神饱满。特别活跃，发出阵阵朗笑之声。一盘下毕，中年人下赢了，拍拍胸脯，自豪如胸前挂满了勋章，勋章叮当作响。正欲又开一局，中年人忽然瞥见了什么，站起身要走："你们谁先下，我就来。"说着就走了。人说，他去买棺材。果然，那边一辆架子车上，拉着棺材。"给谁？""给他自己。""什么什么！？""他害癌症了，知道活不了几天了。"他走了。他走得雄赳赳的，买棺材去了。他自己给自己买棺材。平平静静，乐乐呵呵，甚至也有几分潇洒。他去了，去买棺材，如给自己购置新房。

哦，乐天的定边！知天的定边！与天浑然一体的定边！

走进纽约

　　看纽约，看这世界上首屈一指的最大都市，我扬起大西洋的浪花，以东方的古老语言发出一声滚烫的惊叹：威赫赫，何其伟哉壮哉！是啊，好像全球五大洲的将近二百个国家的一切山，一切岳，一切岭，一切峰峦，都一齐汇拢到这儿来了！而眼前是身在庐山中吗？横看成岭侧成峰，远近高低各不同，只是，无法超尘脱凡地领略它的全部壮丽和风采。人走在阴森森的峡谷之中，天显得那么窄，那么狭，常常成了纵横的蓝线。人走在阴森森的峡谷之中，显得那么渺小和孤独。到了大名冲天却短而又短短得只有500米且还弯弯曲曲的华尔街，山好像在那儿举行着一场盛大博览；山一繁，沟壑也便随之增多了，因而左看是沟壑，右看是沟壑，目光前移后移，仍然是沟壑，沟壑，沟壑。走进每个沟壑都给人以山重水复的阻塞，以致令人闭气而终又柳暗花明之感。不过不管是山也好，沟壑也好，它们之中都没有真的巉岩怪石，都没有真的山泉飞瀑，都没有真的苍松翠柏。可是有窗，窗有千千万万，镶遍每一寸山崖。

可是有人，人如蚁，隐于窗中静无声。可是也有云，云就飘在那些重峦叠嶂似的高楼大厦的扇扇窗前。一座玻璃的峻岭映照出金属和水泥的悬崖绝壁，也映照出朵朵白云。那是我的小儿媳晓薇刚刚去工作了的地方。旋转门在旋转。人，被旋着吞吞吐吐。分明看见她那么一闪上电梯了，也可以想见那电梯在升，在升，却难以猜见她已经到了哪一片云里……

但与横空出世的帝国大厦和双子的世贸中心的三座并肩大厦相比，这些建筑又统统显得微不足道了。它们是一片蒿草，而帝国大厦和世贸中心是三棵擎天的椰子树；它们是一堆玩具，而帝国大厦和世贸中心是三只啃食月中桂叶的长颈鹿。登上帝国大厦和世贸中心，有如越过雪线，登上了珠穆朗玛峰、乔戈里峰、干城章嘉峰。虽不见白雪皑皑，气温却骤然降至寒气砭骨。万里长风如透明的长天巨龙正以七八千里的时速掠过，龙爪和龙鳞，碰撞着、撕扯着每个人的衣裳和头发，使每个人都狼狈如龙的掌中玩物，无法站稳。你以为你来到九天之外了，其实，你还没离开纽约，只是，容光焕发力大无穷的纽约站起来了，纽约这个超级巨人站得好高，而你，是站在纽约的肩上。你的脚掌分明还能感到纽约的体温。俯首望去，周围那些一下变得谦卑起来的摩天大楼都是上肥下瘦，上宽下窄，上粗下细，向两边歪斜。俯首望去，只见那无数的大楼小楼，无数的长街短街，无数的繁华闹市，与沼泽、海湾以及哈德逊河互相穿插浸淫着，并且杂着无数的车和些许的船，它们都像被一只神奇的大手推得很深很远，如化作小人国的物事。而环顾四周，目力所及，茫茫苍苍以至于无，而一切无不皆与我等距，纽约的疆界如被圆规画成，活脱脱是一个大圆。于是，纽约这个最国际化的大都市，就很有些象征意味，很像一颗画在纸上的地球了。

我知道我不属于纽约。我的家乡在地球的那一边。我出生在北中国的一个飘荡着最美的民歌的地方。那是一片被老镢头和暴风雨剥夺得缺少生命之色缺少植被的黄土高原。我出生的那个年代，一个叫做埃得加·斯诺的著名美国记者正在那儿感叹，正像我此刻正为纽约发出感叹一样。斯诺当然不久就回到了他的美利坚，我却在那儿长大，因而深深地打上了那儿的烙印。此刻，万里迢迢跨洋过海走来，被浪涛洗过，被长风扫过，被纽约的手轻柔地拍打过，我的身上却还带满了那儿的红旗、炭火、黄土、米酒和野艾的气息。那儿曾是中国革命的堡垒。但革命的烈焰发展到六十年代又曾烧得革命的人们死去活来，死里逃生的也都惊恐万状，不可终日。奇怪的是，正是在那样的日子，我却梦到过高楼摩天的纽约。醒来后我战战兢兢，不敢向任何人透露。但我不知道我是怎么会做这样一个梦的。我谴责自己的罪过：怎能梦见纽约是那么的繁荣？！是的，是的，我绝对是有罪的。然而我的祖国终于走出迷雾也把我带出了迷雾。然而眼前才是真实的美国真实的纽约：既不是棺材瓢子，也不是无病的神仙，而是一个活得挺旺的海明威一样的时有灵感的汉子。怎能不庆幸在春天的故事里，中国哗啦啦敞开了门窗，让我们看到了真实的整个世界。摇滚乐赞美着："大苹果！大苹果！"纽约这颗纽约人心里的大苹果挂在枝头，生机勃勃。纽约的第1街……第10街……第142街……以及第2大道……第5大道……它们像电子计算机的数控系统一样，每给它一个指令，它就做出比生命还要鲜活还要灵敏的反应。啊，纽约，这就是纽约！面对它的奇崛、伟岸和生命力勃发的现代文明，我必须调整我的乡野放羊人一般的呼吸和脚步。

乘电梯耳膜受着强压，人不是自由落体，所以能速度均匀地降落下来，降落下来立即坠入喧嚣。顾客的嘈杂。黑人的鼓声。警车和救护车的锐叫。各种声音滚滚滔滔，波澜起伏，令你又是蛙泳又是仰泳又是蝶泳又是爬泳又是侧泳又是自由泳，招数使尽，也无法游出涯岸。而地铁又哐当着呼啸于地表之下，就像每秒钟都要发生十次以上的有感地震。纽约的每一条街道因此而在抖动。纽约的每一条街道因此而在摇滚乐的节奏中摇滚。因此，纽约的街道便似乎成了世界上最大的按摩器了，谁要是脚腿有病，尽可以坐在街心岛上享受免费按摩。但是在这里，人们即使脚腿有病，也都走得风风火火，大步流星。因为每个人都是奋斗者和竞争者。因为每个人都是拼命三郎。因为每个人都争分夺秒地追求着更高的工作目标和更高的收入。也许只有小松鼠没有追求，没有压力。小松鼠跳向树下长椅上坐着的退休老人或外国游客，跳上他们的股掌，小天使小精灵似的，享受他们的爱抚和面包之类的赏赐。人们远不像小松鼠那么轻松自在。于是只要办完事情，就旋风一样钻进汽车如钻进甲虫的肚子，甲虫心急火燎地奔驰而去。整个纽约是一个快速奔驰的甲虫的世界。甲虫以铁为甲，以轮为脚，以汽油为液体面包为牛奶为可口可乐。大街小巷，甲虫密密麻麻，五彩缤纷，尽显美丽的风姿。归我的幼子劲劲所有的，是一只低贱而病残的黑色甲虫。人家的甲虫动辄价值好几十万美金，而劲劲的还值不到两千。因为劲劲还在哥伦比亚大学就读，穷，无产者一个。我们坐在这黑甲虫的腹中，可以看见它的内脏破破烂烂，缺这少那。也可以听见一种咝咝的极为难听的声音，那，也许是它的一节气管吧，它也许患了挺严重的气管炎啦。但纽约是大度的，富，固然有炫耀的地方，穷，却也没人小觑于你。所以我们的黑甲虫用不着自惭形秽畏畏缩缩，而是大摇大摆地走进了甲虫们的行列。路。直线。交叉线。弧线。拱起的线。隐没的线。圆圈。还有重叠的线，甚至，缠在一起的线。甲虫们在上面时而追逐着，时而并行着，时而倏地一下分道扬镳，又忽然有高有低地跑在几层复杂的立交桥的盘道上，沿着令人眼花缭乱的螺旋曲线，跑成了一朵光与影发育而成的旋转的五彩莲花。忽而，一座斜拉桥一只躺卧的竖琴赫然出现，甲虫们争先恐后地跑上去，被一只看不见的大手弹成了音符和旋律，美丽动听。

如茵的绿色草坪之上，巨碑一样耸起的，是联合国总部大楼。高高抛上蓝天的2000吨重的大楼的大理石石墙，显示的应是和平和发展的力量。前苏联的"铸剑为犁"的青铜雕塑置于墙下。我们中国的巨型青铜鼎置于墙下。还有许多国家的大型艺术品也置于墙下。一百五十多面会员国的国旗在大门前一字儿排开，被吹了亿万斯年的大西洋的海风吹拂着，它们哗啦啦的声音，如歌如唱，如泣如诉，如欢呼如抗议。但并不是每声泣诉每声抗议都真诚而有理。我看见，在大门对面的楼墙底下，国际乞丐一样，就坐着三四个我们国家的西藏人，他们想从长江和黄河的浪涛上掰下一块。办公于大楼三十八层的秘丰长安南先生显然是忙碌的，他整年面对着种种危机，面对着分别表示赞成、反对或者弃权的绿灯、红灯、黄灯，力图将它化为和平的春光。

长长的竟29公里之长的百老汇大街，灯红酒绿，溢光流彩，有数不清的剧场、戏院、舞厅和夜总会；阔阔的竟有340公顷阔的中央公园，湖水荡漾，山岩嵯峨，古堡谯楼，引人遐想。但看了它们，又忍不住要再看一次华尔街了，虽然华尔街是那么短狭。因为华尔街真正是一片云霞明灭的仙山。也许诗人李白的在天之灵曾在梦中来过。所见者何？诗人挥笔将旧作《梦游天姥吟留别》题写于纽约的晴空："洞天石扉，訇然中开，青冥浩荡不见底，日月照耀金银台。"金银台上，每天流不尽淌不完的是金是银是比金银还要贵重的信息信息信息。因为它是世纪大腕的风云际会之地。美国十大银行中的六家总部就设在这里。美国许多最大的经纪公司就设在这里。美国许多大财团的保险、铁路、航运、采矿、制造业等总管理处就设在这里。全球最大的证券交易所也设在这里。跨进证券交易所大厅，风和浪花迎面劈来。虽然算不上浩瀚壮阔，但它却是比海洋还要海洋。变幻不息的海水波荡在电子显示屏上。海里潜伏着数不尽的礁石、险滩和漩涡。道琼斯指数潮起潮落，影响着世界上各个角落的经济气候。走出大厅再看华尔街，华尔街的每一块砖石都像一只拓荒的蛮牛在猛冲着嚎叫。不，华尔街是一颗多棱面的硕大钻石，它以它多彩的奇幻光芒，吸引着人们争相拥向这里，幢幢建筑被挤得越来越高。然而，就是在这寸土寸金的土地上，却保留着十七世纪修建起来的三一教堂，教堂的墓地，墓碑块块，高高低低，剥剥落落，看着它们有如回眸历史，历史的河流中，凝固了一片疲倦的桅杆。

屹立着自由女神像的纽约港，水天之间，弥漫着浓重的母性气息，且温温热热，绵绵软软，辉映着霞光就像展露着血色，它应是美国的子宫。千千万万的美国人，就从这儿生出。人常说人是赤条条地来到这个世界上的，然而美国人不是，美国人呱呱坠地之时，都穿着风尘仆仆之衣，都提着大包小包，甚至还扛着木箱藤箱。他们一个个又累又饿。这，我是被劲劲和晓薇领着，从位于港内埃利斯岛的移民博物馆知道的。美国人刚脱胎于母体、刚从纽约港爬上岸的时候，无不喘息奔波于社会的最底层。过上一些年，他们忽然觉得舒服起来了，惬意起来了，有了自己的草坪，有了自己的汽车和别墅，低头看时，他们的脚掌之下，一片人影蠕蠕而动，那又是新一批的移民了。新移民已经取代了他们原来的最底层的社会地位。一批又一批的更新的移民不断地涌来，不断地垫底，顶得上面的先来者渐次升高，升高，升高，而由于才能和机遇的不同，升高中又有了缓慢和迅疾之别，终于有的成了白领阶层，有的成了让天下仰慕的亿万富翁，当然，也有不幸的落魄之人。而几十年来高科技移民的被倍加欢迎和转瞬融合，给腾飞的美国增添了逼人耀眼的灵性，使它的巨翼富有真正的活力和耐力，可以搏击雷电，而少有磨损。美国完全成了一个民族博物馆。海纳百川，有容乃大。美国便大了，大得如前所述，简直像一颗地球了。这颗地球上布满了齿轮、电脑和现代思维，还有扬起轻尘的滚滚车轮，还有手中的牛排、比萨饼和爆玉米花。这颗地球上的白黑红黄各种肤色凝成的挣脱了传统惯性的神奇魔力，波澜壮阔，气势凌厉，完成了一个壮举。

劲劲和晓薇目前连绿卡都没有，就是说，连新移民都够不上，当然是处在底层的底层了。然而凭着他们的才智和刻苦努力——不独他们，整个华裔甚至整个亚裔留学生的骄傲都在于此——他们信心十足，甚至有些野心勃勃。那一天，他们开着他们的破车，带着我，悄悄地去长岛看了一次富翁们的豪宅。我懂得他们心中的秘密。返回的时候，他们一路设计着明朝的彩霞。他们笑得多么开心。

车过肮脏、拥挤的哈莱姆了。哈莱姆就像时代投下的一个巨大阴影。我们的神经霎时都有些紧张，车便开得极快极快。最担心车坏在这个地方。因为这儿的治安状况最可怕了。

不知什么时候，暮色已从纽约的每个墙角每棵树后钻出，苍茫迷蒙，并逐渐浓重起来。曼哈顿、布鲁克林、布朗克斯、昆斯和里士满这五弟兄一样的五个街区，都从衣橱拿出了黑礼服，准备穿在自己的身上。但它们还没来得及伸胳膊，街灯和商店的灯就像争春的植物一样，一枝一枝地开成了万紫千红的鲜花。这时候最好看的是街上的车子，左边的一行全是白炽的首灯，右边的一行全是红亮的尾灯；白炽的首灯是一条银盘串成的长链，红亮的尾灯是一条樱桃串成的长链。然而我虽从东方远道而来，纽约却完全没有让我品尝的意思，因而绝不会有一棵樱桃会放在银盘中，被端到我的面前。蝙蝠飞上飞下，以英文或者汉字草书，写着很难懂的朦胧诗。教堂的顶尖，钟声当当嗡嗡，播散荡开的全是墨染了的传言。一阵杂沓的脚步声响过之后，都看见夜之军已然把大街小巷都占领了。可是，仰起你的模模糊糊的头颅吧，你看，在那高高的帝国大厦和世贸中心大厦上，它们的上半截，昼的军团还固守着，都还是一片明艳的阳光。

问 候

好像有一双神秘之手推开了曼哈顿的繁华和嘈杂，一座巍峨的巨碑，独享着醋甜的幽静，高耸于白云蓝天，了无声息。碑是无字碑，任半个世纪的海风频吹，也剥落不下其上的一丝一毫的意思。碑下，万紫千红的野花烂漫地盛开着，簇拥着，播散着清香。是谁说，是谁说那是旗呢？

但它们是旗，是象征了全球100多个国家的尊严的国旗。而那无字的巨碑，应是我们所生活于其上的这个茫茫大块的化身了。化身脱胎于旋转的地球，凝固为立体的长方。球形和薄而长的立方形，作出了绝唱般的转化。

但我站在这伟岸的巨碑下面的时候，仍然不由自主地将它还原为圆，还原为浑圆，还原为圆球，还原为生机勃勃的我们的地球家园。它的上面，是有群山的雾岚的，是有大海的浪痕的，是有森林的鸟韵的，是有新城和废墟、欢笑和眼泪的气息的。如果有一双慧眼，就会看到举凡我们这颗星球上的一切，在它上面都有显影。那显影或为浩歌勇进，或为艰难地跋涉，或为炮火硝烟，或为频频碰杯。而显影的里面，透过大理石的厚墙，影影绰绰看见的便是坐在会议厅的各国的代表们了，他们的表情时而震惊，时而欣慰，时而沉思，时而唇便是枪，舌便是剑，在争，在斗，在申辩自己的正理或者歪理。

得道者多助，正理总是赢得热烈的掌声。

它消解了许多危机。它维护了全世界爱好和平的人们的心愿和利益。它对整个人类是有不可磨灭的贡献的。

我是万里迢迢自东半球而来的。记得出发的日子，我肩披我们古老神州的明艳阳光，脚携我们古老神州的缕缕土香，当然更主要的是，我带着我的父老乡亲们对它的深深的祝福。我胸中充溢着一种庄严的心情。但此刻，当我听说游人都可以随便购票登临并可以旁听会议的时候，我觉得它虽然伟大却是一个谦谦君子，于是忽然全身放松了，我对它生出一种比庄严更美好的亲切感。面对它，我就像面对我的家乡陕北的一架山。那山上是一个村庄。村庄里的村长，电视上常见的，黑黑的脸膛，短发和胡子都花白了，一个忠厚沉稳干练而又充满智慧的长者。他叫安南。

大西洋是山下的一条小河。

我于是想站在小河边，仰着头，望着那高高的山坡上布满窗户的村庄，一声一声地吼叫："噢——老安——！噢——老安——！"我想如果真是在陕北，只要我这样喊上三声两声，

　　总会有村里的娃娃或正在推碾磨的婆姨们听见的，他们立时喊村长去了，村长老安不久便会出现在他的窑门之前，向我应声，问我有什么事。那时候我便会说："也没什么事；只是我临走时，我叔和我哥他们，千安顿万安顿，叫我问候你一声。我们都祝你工作顺利，阖家幸福！"

　　可是我终于没有。这儿毕竟不是陕北的山，不是陕北的村庄。安南也不是一个村庄的村长。

　　我不能把我们中国乡野的粗犷民风带到这儿。我不能干出令路人瞠目的事儿。尽管我如果那样做，完全是出于一种真挚淳朴的美好感情。

　　然而，我的心意已经到了，我感到极大的满足和愉快。

　　我依依不愿离去。我久久地望着这巨碑般的联合国总部大楼，然后，平静了心绪，为了一种纪念，从各个不同的角度，照了几张相。末了，还是在心中忍不住地默念：镇日为和平而奔走操劳的联合国秘书长安南先生啊，一向主持正义的国家的代表们啊，请你们保重，保重！

　　一天残照光芒四射，照得大楼有如包上一层黄中泛红的金箔，分外壮丽。大楼的一侧，几只海鸥优雅地飞翔。

压　轿

　　陕北的花轿，现在是早已绝迹了，早已用汽车、拖拉机代替或者根本不要它了；但我小的时候，却常常能见到，常常给我带来无限的乐趣。

　　每当花轿过来，必有吹鼓手领头，咿咿哇哇地吹着；必有迎亲的以至送亲的妇女（称作"硬姑"），穿得花枝招展，骑着牲口，以花轿为中心，走成长长的一串。这支队伍的两侧，也必有娃娃们跟着，跑着，他们有时会不小心被石头绊倒，灰土抹靥地爬起来，胡乱地拍上两把，跟着又跑。这娃娃们里头，往往就有我。

　　要是花轿到了娶亲人家的硷畔上，噼噼啪啪地放起炮来，我们就更乐了，没命地抢那落在地上的哑炮。有时可以抢到好几个，还带着捻子，我们就再往地上东瞅西瞅，拣起一个还没熄灭的烟头，顾不上再看花轿，走到一边自个儿放起炮来。

　　看蒙着红盖头的新媳妇下轿，看拜天地，那自然是更有意思的，我们就使劲儿往人缝里钻。被挤撞了的大人，无论脾气多么不好，此刻也不会骂我们，也会把我们让到前边去。等这一套结婚的礼仪全进行完了，人们入席吃起来，我们又会凑到新媳妇身边，而新媳妇往往又会悄悄地给我们手里塞一块冰糖，于是我们受宠若惊地拿着跑开了。至于新媳妇穿着什么衣裳什么鞋，她的脸蛋是俊还是丑，我们却是不怎么注意的。我们只是为了凑热闹。热闹上这么一天，晚上睡得极香极香，有时候还会笑出声儿来呢。

　　使我十分高兴的是，有一年，我的一个叔叔也要娶媳妇了。那期间边区刚刚进行了大生产，到处丰衣足食，喜事都操办得非常隆重。我家也不例外。我记得，几乎是一年以前，家里已忙活开了：打新窑，喂猪，做醋；到了临近婚期的时候，推白面呀，磨荞麦呀，压软米呀……样样项项，真有忙不完的事情。我年纪小，重活干不来，零碎活却总要插上手去。我高兴啊！

　　喜日，鸡叫二遍，全家人就都起来了，都穿上了新格展展的衣裳。到鸡叫三遍，前来帮忙的亲戚也都陆续进门。于是，大家烧火的烧火，切菜的切菜，扫院子的扫院子，家里家外，灯火辉煌，忙成一片。接着，踏着上午暖堂堂的阳光，亲友们，拖儿带女，在相互问好声中，也都上了碱畔。

　　花轿要出发，人们喊叫着，要我家的一个男娃娃去压轿。所谓压轿，就是坐在去迎亲的轿里，及至到了新媳妇的娘家，才下来，再让新媳妇坐进去。这是陕北的风俗，不能让花轿空着。我一听，高兴得简直要疯了，呼踏踏跑过去，就要上轿。谁知管事的大人硬是不让我上，而把我的堂弟推进轿门。我于是躺在地上，打滚搏躅地哭闹起来。

他为什么这样？为什么不让我去压轿？

尽管只有六七岁，我却联想着平时听到的一些事情，心里倏地明白了。原来，我不是这个家里的人；我一岁的时候，爸爸便死了，当时妈妈很年轻，过了几年，她后走到此，把我带了过来。平时。一家人对我还好，所以没有什么明显的感觉；而在这种关键时刻，在堂兄弟中，虽然我的年龄最大却不让我去，事实上的不平等表现出来了。想着这些，我委屈透了，躺在地上越哭越厉害，别人拉也拉不起来。

为我历尽艰辛的妈妈，使我至今一想起来都不能不下泪。她当时看着这个场面，一定极度伤心，以至没有勇气走到人们面前来，哄我两句。我猜测，那时候妈妈或者在炸糕，或者在洗碗。她的泪水花花的眼睛抬也不敢抬一下。多少年来，每遇到伤心的事情，她总是这样。她不喜欢把自己的辛酸讲给别人，哪怕是自己的亲生儿子。那时候，我的每一声哭嚎，都像在她心上扎了一刀啊！

就在这种情境下，一个邻家姑娘走上前来，双手拖起脸上满是泪水泥土的我，跟管事的人力争，要叫我也压轿去。她名叫秦娟，比我大十岁，梳着一根长长的单辫子。她父亲是卖瓜籽花生的。我常见她每天都起得很早，不是拣蓝炭（煤渣），就是和弟弟一块抬泔水。

秦娟动了感情，高喉咙大嗓子，争得面红耳赤，但终于在众口一词的情况下，没有争得任何胜利，眼看着花轿抬走了。她气鼓鼓的，当着众人的面，忘了姑娘家的娇羞，把搭在胸前的黑黑的辫子往后一甩，对我说：

"听话，别哭啦。到了我的那一天，保证叫你来压轿！"

她这句话，引得人们哄堂大笑。她一拧身走了。她没有坐酒席。后来人们打发娃娃三番五次地去请她，她到底没来。

由于这一层原因，我以后见了她，心里便泛溢着一种特别亲切温暖的感情。她也对我格外好，常常从家里拿出瓜子儿和花生，大把大把地塞到我的衣袋里。有次来到我家，和妈妈一起做针线活儿，她笑得甜甜的，望着我，让我喊她姐姐。我心里虽然很乐意，嘴却像生铁疙瘩，叫不出来。她佯装生气了，眼一忽闪，头一扭，不再理我。

这年的冬天，秦娟家搬走了。搬得并不远，还在延安市区；但在我当时想，却好像搬到另一个世界去了，难得再见面了。为这事情，我心里很难受了一阵子。

我常想她。特别是遇到不愉快的事情，更想她。

过了两年，一个傍晚，我在外边耍渴了，跑回家去舀了半瓢凉水，咕噜咕噜就是个灌。忽听有人喊我，扭过头来，却是一个脸盘红扑扑的女八路，坐在妈妈身边。看了好半天，我才认出，她竟是秦娟！妈妈告诉我，秦娟到了队伍上的剧团，当演员了。秦娟兴奋地笑着说，马上要办个喜事，叫我去压轿。我问：

"给谁办喜事呀？"

"给我！"她响亮地说。

"好！我压！我压！"

妈妈却笑道："别听你秦娟姐姐瞎嚼！"她又对秦娟说："你当的是八路军，可又坐上个轿……"妈妈说着笑起来，笑得前仰后合，用手擦着笑出的眼泪，最后好不容易才又吐出几个字："像个什么！"

秦娟脸上虽然带笑，却非常认真地说，她已决定了，同志们也很支持，一定要这么办。她说，不是为了别的，只是为了让我压一回轿。她还说了些什么，我现在印象很模糊，但中心意思是十分清楚的，就是要让我一颗稚嫩的、受到伤害的心，能够得到平复。

秦娟结婚的时候，我去了。我是下午去的，大概怕影响太大，晚上月亮升上山头，才闹腾起来。

穿着灰军装的人们，这个给我塞一把枣子，那个给我塞两个苹果，然后把我领到花轿跟前。花轿不像老百姓那样的，很简陋，是用两个桌子腿对腿扎成的，上面缠绕了一些演秧歌用的红绸子。他们嘻嘻哈哈地把我抱进花轿，又嘻嘻哈哈地抬了起来。花轿前头没有吹鼓手，只由三个人拉着小提琴。

　　那晚月光很好，他们抬着花轿，抬着我，沿着山腰，喧闹着向秦娟住着的山那边走去。没走多远，忽然有人报告，一个很厉害的首长上山来了。大伙慌了，赶紧把花轿抬到月光照不到的暗处，悄悄地蹲了下来。

　　过了好大一阵子，看着首长还没离去，闹不成了，大伙正准备彻底收拾摊子；却不料又有人前来报告，说是秦娟亲自找上首长，说明了情况，首长居然笑呵呵地同意这么办了。于是，寂静的山坡，又喧闹起来。于是，人们再一次抬起了花轿，抬起了我。

　　月光洁白得就像牛奶，而我所乘坐的花轿，红得就像花；花的红颤悠着，颤悠着，连同提琴之声欢笑声，连同我的心上的欢愉，浸润开去，于是，牛奶般的月光粉红了，浅红了，大红了，载着花轿载着我，流向山的那边……

　　这情景，以后常常出现在我的梦中。

　　儿时的我，只像一片小小的树叶，这树叶只碰伤几乎看不见的一点儿，却被牢记于心，以至终于引起整坡森林温存关注的颤动——让我压轿。

　　这回压轿，虽然不在白天，虽然没有吹鼓手，但那红红漾漾的热闹劲儿，那重若宝塔山、清似延河水的情意，那革命圣地的春风般的抚爱，却是我终生难以忘怀的。

夏夜精灵

　　暑气正随夕阳离去。月亮带着湿润和清凉，正从我们住着的山头慢慢升起。不管是我们的白人邻居还是亚裔邻居，他们都像我们一样，正在灯下吃着晚餐。这时候，沉寂了一天的虫子，突然，唱起来了。

　　起先好像是在调弦试音，好像还有点儿害羞，总之，唱出的声音是滞涩的，缺乏光彩的，而且相当拘谨，接着，就唱得非常圆润非常动听了。

　　起先好像只是一只两只，接着有了三只五只的回应，继而，十只二十只，八十只，一百只，千千万万只。只只唱和，只只不歇，直把整个山头，唱成了一座歌声连天的音乐世界。

　　起先曲调很简陋，很单调，除了"咀——咀——"，还是"咀——咀——"，接下来就不一样了，有的"唧格，唧格"，有的"唧唧令，唧唧令"，有的"哑哑哑哑哑哑哑"，有的"格哩哩，格哩哩"。有的低吟浅唱，有的纵情高歌，有的，像唱着调皮的谐谑曲。真是旋律各异，流派纷呈。

被虫子们的精彩演唱所诱惑，我再也耐不住了，三口两口刨完碗里的最后一点儿米饭，与妻子拉了宠物犬牧牧，匆匆走出门去。

妻子说："嗬，今晚月光这么好！"

是的，月光好极了，还有一丝两丝的风游来游去，草尖上闪着颤颤地露珠。但对我来说，它们仅仅是一些可有可无的背景，一些无关宏旨的陪衬，在这里，我倾心的焦点只是虫子的歌唱。

在我的内心深处，虫子的叫声不但美，而且有着十分重要的内涵。生活在这远离故国的地方，由于人家都讲英语而我不懂英语，和任何邻居无法交流，感到非常憋闷。而虫子不讲英语，这儿虫子的语言和我们中国的完全一样，我句句听得懂听得动心。我并且惊喜地发现，虫子也仿佛乐见我，它们仿佛为我的来到而举行盛大的艺术节。那么，就让我在这清风明月之中，怀着一种至纯至真的美好心绪，尽情享受乡音似的艺术的爱抚吧！

啊！——

真是每一家的台阶下都有虫子的音乐会。真是每一步路上都有虫子的琴声和歌声荡漾。真是每一块石头下都飘出欢乐之声。山野草际间，无处不是乐池，无处不是舞台，无处不展露着艺术才华和生的喜悦。

我一边走一边默默赞叹——

给小路镶了花边的虫声啊!

又密又厚铺满了房前屋后的虫声啊!

大潮一样在山上喧啸澎湃的虫声啊!

热烈、自由、浪漫和慰我乡愁的虫声啊!

据说这儿会振翅而鸣的虫子有好多好多,仅类似蟋蟀的就能数到七八种,如墨蟋,金铃子,油葫芦,等等。然而它们全都是只闻其声不见其形。现在,在我们跟前叫得这么清脆的是什么虫子呢?我和妻子很想知道,牧牧亦然或者更甚,它不待我们弯腰察看,已经蹑蹀蹀爪地侦察着了,继而将头伸向草丛,屏息搜寻。不过,虫子却像魔术师一样,已经跑到那边叫了,但牧牧追到那边我们刚追到那边,它却又返回到原来的地方。后来,我们又追,这时候它不但跑,而且变换着嗓门进一步挑逗我们,粗一声,细一声。哦,这淘气的东西夏夜的精灵!

这一晚我们在外边走了很久,待了很久。返回家里的时候,满身心都是难以言状的愉快。我开了卧室的灯,瞥见白色的地毯上有一个什么黑黑的小玩意,好像是纽扣之类的东西。弯腰一看,竟是一只蟋蟀。哦,只闻其声不见其形的虫子啊,它知道我因为不能一睹它的芳容而很有些遗憾,现在,它终于撵来向我展示着它的丰采了!它拢着黑得起明发亮的腿和翅,静静地趴伏在那儿，似乎在等待我向它发出一声动情的欢呼。但当我的欢呼声刚刚响起的时候，它却猛然弹起身来，一跳一跳地跳出屋门，又沿着楼梯跳下去了。——跳下去发出一声美丽的短吟。

妻子催我睡，但我兴奋不可自持，遂坐于台灯之下，电脑之前。于是，虫子又在我的键盘上鸣叫了。

羊肚子手巾

　　记忆深处的陕北农民，不论是老汉还是青年，几乎人人都会有一条毛巾。陕北盛产山羊绵羊，人们常吃羊肉，表面布满绒毛的毛巾就像羊肚子（羊胃），所以我们陕北人都把毛巾称为羊肚子手巾。不过那时候的人们不是拿它洗脸（洗脸用一块破布就行了），而是把它当御寒、遮阳、挡尘的帽子用。每当吃了早饭，汉子们去上地的时候，都是顺手从墙上或炕头拿了羊肚子手巾，往头上一扎，然后扛犁，牵牛，甩鞭子，走进一天的辛劳。羊肚子手巾是明度最强的颜色，汉子们在暮色四合中踽踽走回，婆姨们也许看不见他们的身影，却能从那远远晃来的一点白中，感知他们饿了的模样，于是赶紧往灶膛添柴。转脸便见汉子们早已到了窑门口，用羊肚子手巾拍打着肩上腿上的泥土草屑，然后进门脱鞋上炕，顺手把羊肚子手巾放在哪儿，自在地等着即将端上的酸菜洋芋小米饭。羊肚子手巾好像一首绝美的小诗，年年月月，点缀着他们的"日出而作"和"日入而息"。

其实羊肚子手巾也点缀着苍莽的陕北高原。陕北高原少雨少河流，更距大海很远很远，但连绵起伏的山峦就像一望无际的滚滚波涛，而山野间处处晃动的羊肚子手巾，就像片片白帆。如果天就要下雨，滚滚黑云仿佛就要压到地上，在一片迷茫混沌之中，天上忽然划过一道闪电，这时候你看吧，这儿那儿，或者背着柴，或者挑着粪，或者开着手扶拖拉机，陕北的庄稼汉，庄稼汉的头上，就像闪耀着一段一段的小小闪电。若是逢集，眼前便成了羊肚子手巾的世界，白花花一片地躁动喧嚣。

陕北是闯王李自成的家乡。遥想当年李自成率众出征的时候，那些衮衮勇士的头上，只能是裹着家织的粗布方巾。那么，我想问，以羊肚子手巾取代方巾，始于何时？是谁第一个把它扎在头上？群山默默，无人可以说清。但是起码可以说，机器的轰响应该是它的源头。羊肚子手巾应是我国近代纺织工业出现之后的产物。可以想象，羊肚子手巾出世之后，就逐渐有了让人眼花缭乱的花色品种，其中不乏阔人们使用的奢侈极品。但贫穷的陕北汉子购买力是极为低下的，这就决定了他们使用的羊肚子手巾的上面绝无什么繁复的图案，只是两端各印有两三根或蓝或红的彩色的线条，略加装饰。但那白的底色上的几根异样的线条，浮漾在满目荒烟蔓草的情境里边，就足够销魂的了，其中每一根都像一条当年的不曾被污染过的倒映着野花的小河，流淌在历史的大野间。

羊肚子手巾是有味道的：风的味道，雨的味道，太阳的味道，男子汉的味道，渴望着过好日子的味道，广交朋友和克险犯难的味道。戴着它，即使在大旱之年，人，人的头上，总是充盈着湿淋淋的雨汽水汽，仿佛近谷谷绿，近豆豆嫩，美得就像一朵朵盛开的牡丹，白色的雄性的牡丹。哦，令人眼馋令人迷醉的羊肚子手巾！

而生来就是光着脑袋的娃娃们，已经八九岁了，十二三了，还是光着脑袋，这时候就往往由不得要向大人的头上瞅瞅，眼神里充满了艳羡之光。大人便笑眯眯地捏一下他的小脸蛋："娃呀！你才多高！急个甚！好生长吧，一棵草终究要开一朵小白花哩！"当娃娃们确信自己已接近于成为后生的时候，大人们也几乎在同时就默认了这一事实，就把用旧了的羊肚子手巾给儿子郑重地往头上扎去，这时候茫茫环宇的纷繁风景中，一定有这左近的树的舞蹈河的歌唱，这儿就几乎等于在举行着一场极富于文化意味的陕北式的成人礼了。这时，娃娃的膝上也许还有恶作剧落下的擦伤，但他心上已是青葱一片。过不了多久，当他们自己的手中有了几个钱的时候，就想买一条崭新的羊肚子手巾；而一旦买来扎在头上，则地上多了一团雪，天上多了一朵云。以后的日子，他总要常常把那羊肚子手巾那小小的白雪小小的白云放在河水里，揉揉搓搓，让那白雪白云漂白着美丽的浪花，使之益发新颖鲜亮。当小伙子每天出门的时候，那一尺多的薄薄雪团云朵，就任由他拽着两端，任由他先裹住脑后，然后随着他的手指线条流畅地在额前绕着花子，最终打成一个漂亮的英雄结。英雄结所强化和突显的，是陕北后生的帅气和悍勇。

广袤苍凉的陕北是爱情的浪漫沃土，那些曾经热恋过的青年男女现在也许老去了，也许永远离开了这个世界，但信天游却记下了他们的动人镜头："一个在那山上一个在沟，啦不上话话咱招一招手。"而在招手的时候，为了把一肚子的情意都表达出来，小伙子往往就会情不自禁地从头上摘下羊肚子手巾，久久地挥在手中，那羊肚子手巾上的情意的光波，一圈又一圈地在山间播散。而当有一天情人们近距离相会的时候，那羊肚子手巾一般绝不空着，里头或者包着一把酸枣，一块冰糖，或者包着一颗木瓜（陕北所谓的木瓜，其实指的是文冠果），一颗香瓜，甚或，里头会是一层一层的纸，纸里拿出来的竟是一只从街上买来的卤猪蹄蹄。这看起来虽然没有现在的新潮青年手捧一束鲜花的高雅，但那爱情的纯与真，却是惊天地泣鬼神旷世少见："只要和妹妹配对对，狼吃了哥哥不后悔！"

然而爱情并不是生活的全部内容。陕北汉子更多的还是要为生计操劳不息。所以羊肚子手巾除了有浪漫的一面外，还常常饱经着酷日的煎熬。人们总能看到，在锄地的山上或砍柴的崖边，疲惫的汉子们常从头上解下羊肚子手巾，去擦掉脸上膀上滚滚欲落的汗水。羊肚子手巾一尺八，拧干了汗水再来擦。寒冬的西北风放肆嘶吼的时候，连泥土都能冻成石头，但它吹到羊肚子手巾上边，经羊肚子手巾一滤，冷便被滤掉大半，那风到脖子，到脚尖，到全身，已几乎没有丁点的冷意了。要是哪天干活时受了伤，羊肚子手巾就又成了包扎带。他们一生总会用上十条八条的羊肚子手巾。每一条羊肚子手巾都会紧贴着他们的发肤，陪着他们哭，陪着他们笑，直到白生生的颜色变黄了，变褐了，也烂了，用它补了袜子或纳了鞋底，最后，在某一个多云的早晨或某一个霞光四射的傍晚，它终于成了细碎的粉末，与敦厚无垠的黄土地融为一体，黄土地终于又增加了些许营养五谷和草木的物质。

　　我虽然自小生活在陕北的城市，但因为从上小学到上中学一直是秧歌队的成员，甚至担任过秧歌队的伞头，出演过好多秧歌剧，所以在我的头上，也无数次地被羊肚子手巾艺术过，生动过。每到那种时候，我就感到自己跨入了另一种境界，甚至感到自己就是淳朴勤劳善良的同义词了。我初中毕业时曾经到照相馆照过一张半身相，主要装饰品就是脖子里的一条羊肚巾。好多年之后，北京知青来陕北插队了，我曾见他们中有人头上扎起了羊肚子手巾，甚为激动，因而写了一首很不错的诗，此诗曾经被人谱曲传唱。我对羊肚子手巾有着极为深切的感情。

大概在改革开放之后我回到延安的时候，蓦然发现我的农民乡亲们头上的羊肚子手巾，栖息了二三百年的白鹤，徒留鸣声，一夜之间全都飞得无影无踪了。但后来经过深入探访，却发现那些白鹤并未远离，反而是数量和种类更多了，只是都在人们家中筑了巢；巢在洗脸架上，枕头套上。这时候，乡村羊肚子手巾的功用和城市完全一样了。同时发现陕北农村有了大鬓角和休闲帽，有了丰富的五颜六色。我对此一方面感到非常高兴，一方面又稍稍有些失落，心情复杂。时代的恢宏大书上，陕北曾经拥有的一页韵味深长的文化图景，是无可挽回地翻过去了。

好在由于与此相伴的是文艺舞台的空前活跃，羊肚子手巾因之以更阔的领域和更强的亮度出现在世人的视野了。龙腾虎跃的安塞腰鼓。如泣如诉的陕北民歌。众多的电视剧。频频举办的美术展览。到处都能看到或感受到头扎羊肚子手巾后生的影子，它们鲜活依旧，美丽依旧，气韵依旧神依旧。我百听不厌的信天游还是那首《羊肚子手巾三道道蓝》，每当歌手一张嘴的时候，就像地上突然裂开个泉眼，一股白色的水柱喷射而上，优美地直冲蓝天，久久地摩挲着云彩，使得云彩也在抖动。我心里明白，歌手口里唱出来的其实只是我们老祖先留下来的五个普通的汉字啊，但此刻里，它却以一种满含陕北黄土香和糜谷香的亲切意象，就在那高高天空展示着它的无穷魅力，其旋律仿佛充满了我们神州大地上的整个天空，荡气回肠。那时候我便想：哦，羊肚子手巾！你已经是一个最为美丽的历史符号了，将永远存留于我们民族大脑的记忆元上，并且越来越显出你的经典美质。

七月的雷雨

登上山顶看陕北，最是壮阔。无论向哪个方向看去，都是一样平的茫茫山顶，一样密的层层叠叠，浩瀚无边。

这时候是七月，七月流火，太阳像一个喝酒猜拳的莽汉，他喊出的每一声酒令，都使高原滚着烈焰。

然而天上没着火，天还是蓝的。在蓝色天空的很远很远的地方，飘浮着几片云彩。那云彩像坐在纽约街头的流浪汉一样，他也许在打盹，也许在弹琴，但因为很远很远，应该和我们没有什么关系。

山畔上的野花蒿蒿地开着。野兔急急地寻找着食物。一只土黄色的小蜥蜴，哧溜一下窜进浓密的马茹子丛中去了。

牛在低头吃草。放牛的庄稼汉光脊梁躺在柳树下边，忘情地听着半导体收音机里的戏曲节目。

忽然间，天上格巴巴响了一声雷，干硬的雷。

望晴朗碧蓝的天空，雷是从哪儿响起的呢？

格巴巴！隆……它的第二声又响了，仍然干硬干硬。这下看清楚了，雷声伴着闪电，它就响在很远很远的那几片云彩上。

接下来，在那几片云彩上，每隔一半分钟就格巴巴隆格巴巴隆地响一声，如折裂一根根奇大无比的干柴。茫茫山顶平展展地无遮无拦，干硬的雷声便特别地浩大，满满地充塞在天地之间，震荡着千里万里。那是天震啊——天震！

天震！与之相比，世界上的一切声音都显得微弱苍白。

但寻思，不会下雨的，干响。

遂继续欣赏风景。格巴巴的雷声伴奏着，黄土高原的每一道梁，每一座峁，都元气沛然，紧绷肌腱，一副亟欲弹跳的模样。

但雷声更紧更响了。抬头看时，那几片云彩已变成了黑的，又凭空生出许多黑云，都向这边跑来。跑马云彩。云彩跑马。马蹄何铿锵，踩出八千闪电；马背何巍巍，驮着十万雷声。哗地一亮，轰隆，格巴巴巴巴！哗地一亮，轰隆，格巴巴巴！

那云，才知那云绝不是纽约街头的流浪汉，而是躲闪在我们身旁的超级大侠。它们一朝啸聚，威震八方。

天刹那间黑了，起了风，并且叭叭地开始落雨。

跑吧，赶紧找避雨的地方，或者村子，或者荒野石庵。但已经来不及了。雷声就像炸在脑门，闪电就像劈在脸上。脑门和脸上墨汁一片，那是被黑云所涂染。黑云那么厚重（如大山一样），那么低矮（似离地三丈），只是眨眼工夫，已经填满了整个天空，压在头上。雨也随之倾倒下来，浇透了衣衫。慌忙蜷缩在什么地方，要多狼狈有多狼狈。

随着格巴巴一声，一个绯红的火球在山峁上迅急滚了一下，照得天地贼亮，倏忽炸得粉碎，无影无踪。天又昏暗如前。雨点子如黄豆，如杏核，如核桃。它们摔下来，砸下来，捣下来，汇成凌厉军团钢盔滚滚冲向前，势如破竹。眼睁睁地看着一座山崖，还有山崖上的一棵小树，哗啦一下跨落下去了。

好一个瓢泼大雨！好一个倾盆大雨！但风声阵阵在说：何止瓢泼何止倾盆，简直是一滴三桶！问风：云层上正在何干？是仙女们在过泼水节？是海龙们在开奥运会？抑或，是羽化了的陕北后生们在打安塞腰鼓，把天河踢开了窟窿？但即使是闪电在云层上划开一道那么长的缝子，风也难窥其一丝眉目。

反正暴雨如倒。反正雨脚如麻。

雨脚跳珠，珠随水流去；水流滚滚，难扯断雨绳；雨绳成帘，雨帘成网，雨网网住了一切；云，山，树，只能隐约看见。

雷。闪。惊雷如核弹爆炸，闪电似金蛇狂舞。惊雷闪电中，平地起水三尺；惊雷闪电中，坡上都是激流。茫茫高原，千山万山，处处溪涧，处处瀑布，处处奔流处处河。

最豪壮的是山底下的大小沟渠，它们一条条都是大浪汹涌，怒涛澎湃，气吞云天。

它们流入黄河，黄河一时成了亿万富翁。

而雷电疯了，雨鞭疯了，雨鞭借着风势，以万吨之力，一个劲地直扫横抽。好像这世界，恒定是雨的天下了。好像人们将永无重见天日之时。

孰料这雷雨说停就停。孰料瞬间又还你一个晴天丽日。实在难以想象，雷雨怎么只在三四十分钟的时间里，就把它石破天惊的能量挥发干净了！

然而风真的住了，云真的退了，天真的晴了，雷雨真的说停就停了。再要找它，只有翻开大自然的编年史了。

拧干身上的衣衫，为没出什么岔子又领略了如此壮观的一幕而庆幸，同时再度欣赏风景。壮阔的黄土高原静悄悄的，好像什么事也没发生一样。只是，天更蓝了，悠悠地四散着一些云彩。太阳撩开云纱脚步轻盈地走出来，变成一个新浴的美人。她一笑一个清新，一颦一个凉爽，一举手一投足一个无尽的优雅，光彩照人。

白天鹅洗翅

没有三秋桂子，也没有十里荷花，这湖，既不大也说不上怎么美，但因为它离我的居所只有一箭之遥，我每天至少都要绕着它的堤岸散步一回。

我散步的时候，一路所见，尽是些俗人俗事。有各种族裔的钓鱼人，常常见他们把渔竿用力一甩，渔绳飞成一个弧，噗地一下，渔钩和鱼饵遂入水了，他们就眼巴巴地瞅着；有长了很长胡子的年龄并不算太大的无家可归者，他有时百无聊赖地坐在睡袋边，独个儿数着一副扑克；有我们中国的三个五个的老妇人，见到她们的时候，她们总是坐在长椅上或石头上，身边都放着婴儿车，婴儿车上的花花朵朵们或睡了或睁着眼睛，她们则啦着家乡旧事或来美观感，偶尔还长长地叹息一声："唉！我实在想回国了！"

湖里也不见得有多么浪漫。水里有鸭有鸥有龟有鱼，还有两三种叫不上名字的水禽，它们都在为寻觅一些可吃的东西，游来游去，忙忙碌碌。有时岸上的孩子们向水里撒下些面包屑或别的一些什么食物，它们就立即鸣叫着，加快了游走的速度，从四面八方蜂拥而至。它们有时游到湖的南端一个漂满了垃圾和鸦粪的浅湾里去，搞得一身肮脏。湖里还有个湖心岛，岛上虽然有树有草，但当其中一些叶子枯黄了的时候，那儿就显得乱糟糟的；这岛的主要用途看来只是供鸭子和龟们上去做窝产卵，繁衍后代。

有一天，我正散步走过，蓦地听一阵洪亮的声音削顶而下，同时眼前迸射着一片白光。怎么啦？在最初的不足一秒钟的时间里吧，我的脑子咋能反应过来？反正疑似片片白云歌唱着落在水面，那些天上来客，那些云，一片比一片歌声美丽，一片比一片白得耀眼；或疑似是哪里的雪莲飘来了吧，一朵朵硕大的雪莲，一朵朵欢笑着欢舞着的雪莲，迅忽降落，边落边叫！当我明白之后环视四方，只见所有的人便惊异地把目光聚焦于那儿了，包括钓者，包括长胡子，包括我们中国的老妇们，甚至包括婴儿车上的黄皮肤黑眼睛的小家伙们。

"啊，天鹅！"人们惊叫。

"啊，好白的天鹅！"人们欢呼。

那真是一些从蓝天飞来的绝美使者，它们周身雪白得没有一丝杂色的羽毛，它们宽阔的携着天风的双翼，它们修长的曲线楚楚的颈项，它们黑的又在上方镶着橘黄的喙，立即和湖光水色交融在一起，透出了无限的高雅和华贵。它们使我想起了大海上的风帆，想起了月宫里的嫦娥，想起了雪后的茫茫大野。它们的身躯差不多有一米高，看来体重也足可以等同于一只小肥羊吧，但是它们每游动一步，都尽显着轻灵和柔曼。它们美得就像一首歌曲，一个梦。

我看到鸭子和鱼的时候，常常会立即把它们与餐桌联系起来，但是看到白天鹅这仙子般的禽类，心中只是一片纯净。

天鹅们从此落脚不走了。一个昔日平淡俗气的湖，从此平添了无限的诱人气韵。不断有人跑来观看。我当然高兴异常。我增加了来湖边散步的次数。我的来湖边散步，实质成了每天的几次地对白天鹅做贪婪地欣赏。我的心和眼睛，因而得到了如醉如痴的甜美滋养。

我发现白天鹅非常珍惜自己的洁白羽毛。它们总是高扬着头颅在水中游弋歌唱，从不到污浊的湖的南端的浅湾去。有一次我看见它们中的两只竟然上了岸，静静地卧在绿草地上，把头插进翅膀里边，睡着了。它们白得如同一团温热的雪。那当儿我多么想伸出手去，轻轻地抚摸它们一把。但我后来压抑了自己的那种欲望。我怕我的凡人之手，会弄脏了它的羽毛，引它伤心。

有一天地上下霜了，湖里冒着袅袅热气。整个湖水波光粼粼。当阳光射来的时候，金光万道中，热气蒸腾为雾，雾的透明白纱帐撑起，撑起，而鸭黯然失色了，鸥黯然失色了，鱼和龟也黯然失色了，只有白天鹅在透明的白纱帐中大放异彩。人们看见的是，白天鹅，白天鹅们在洗翅！它们快捷地侧身半仰——先是向左半仰，继之向右半仰——洗涮翅翼，又快捷地恢复本来的静凫姿态。这样反复多次之后，它们居然一个个以脚蹼站在水上，展开了宽阔高洁的双翼。啊看那双翼！那是白菊花的花瓣，一瓣瓣排列有序，搧着拍着水花四溅，阳光中，漫天的率真在飞，在跳，在闪闪烁烁。刹那间我想起一首古诗了：《春江花月夜》。此刻，再没有比这首诗更能反映出我心上的美的感受了。海上明月共潮生。美丽精灵共潮生。轻歌曼舞共潮生。我看见白天鹅们一只只尽情尽兴之后，飞到湖心岛上了；我的目光也跟着移至岛上。我忽然发现，不知从哪天开始，湖心岛也变得美丽起来，上面有一种灌木的浆果结满枝头，如画家蘸了浓艳的红色，在枝叶间挥笔无数，而那画笔仿佛刚刚离开，耀眼的艳红滴滴答答往下流着。岛的边沿有开蓝花的长藤垂吊下来，浸入水中。再看上了岛的白天鹅们，只见它们大都缩起一只腿，只见它们灵活自如的美颈卷曲游动，它们开始用自己的喙梳理双翼的羽毛了，里里外外地梳理。

无比惬意的小南风在吹。

蓝天映在水里。白天鹅的倩影重叠在蓝天上。

小南风属于白天鹅。碧蓝的天属于白天鹅。清湛湛的水属于白天鹅。白天鹅是一种不凡地带着仙气的鸟儿。它们的翅翼尽管洁白得一尘不染，但是它还是要洗一洗的。它们实际洗的是自己的精神和灵魂。那是来自生命的高贵和优雅。

滚滚红尘，雅和俗互为依存，相辅相成，各有各的生存空间，各有各的存在价值。但雅，优雅，高雅，毕竟是这世界的魅力所在。

曲高和寡么？非也。白天鹅并不孤独。深谷幽兰，无瑕白玉，五彩云霞，它们都是白天鹅的知音。它们有白天鹅的华彩，它们有白天鹅的气质，它们有白天鹅的心灵密码。应该说，它们都是白天鹅。

人里头也有白天鹅。他们生活在世俗世界又超凡脱俗。他们坚守一方净土，在时代的长河里永远不忘洗翅。

俗不可耐的人却也是客观存在，尽管它们常作洗翅状。

中国屋

　　一间平顶屋，紧挨洗衣房，坐落在大路边，门前有一棵枫树。

　　在美国这所大学的千间万间的屋中，它比别的都小，都平常；是一间很不起眼的屋。纵然大路上的汽车总是川流不息，它也不应该引起任何人的注意；按常理，更不应该成为写作题材。可是，我却把它和它跟前的景物，一股脑儿揽到我的文章中来了。我文章的字里行间于是有了嗡嗡之声，那是洗衣房正在发出的轻响；这字里行间还有那么显眼的几个斑点，那是枫树上刚刚震落的几片叶子。

　　我为什么要如此？为什么要给这屋子浴上文字的光辉？

　　因为它总是牵动着我和我的不少同胞的情感，因为它被人称做中国屋。

　　那么，就让这屋子随着我的文思，在我的手中渐渐鲜活起来吧。

　　每当星期二和星期四，天一黑，这屋子的灯就亮起来了。

屋里放着一排桌子，桌子四周是一把一把的座椅。有人早早地就坐在这里。而屋外，东南西北，大路小路，都有人踽踽走来。有的独自一人，有的三五结伴。有男的，也有女的。不一会儿，小屋子就被我们塞满了。我们大多有了白发。我们通是来自中国。我们中有北方人，有南方人；有教授，有医生，也有农民；而我，是作家。可是由于一种特殊的机缘，我们一起来到北美的大地上了，并且变得亲如家人。"每到聚会的这天，我就早早地做晚饭，生怕误了。""谁说不是？我是饭一吃就把孙子交给他的爸爸妈妈了。"两个老太太说着笑了起来，笑声洪亮得就像敲锣。即使是暴雨暴雪的天气，也阻止不住我们的到来。我们凭着一把伞，任雨雪揉搓。

　　一来就围着长长的桌子，坐下。我们坐了一圈。我边听别人啦话边想，我们是一圈虽然老了却永远爱生活爱人生的人。我们互相欣赏地望望，就像欣赏某种稀世玉器。就在这一瞬间，大家都会想起退休前的好几十年的岁月。谁没有这样与同事们坐在一起，一次次地开会，学习，讨论？可是眼前的情景毕竟和当年的情景很不一样了。虽像开会，却没有主持人；总在热议着，却没有任何主题；一会儿是全场听一个人口上滔滔；一会儿是三三两两地交谈，众声喧哗。往往大伙正聊得起劲，谁家背着书包的儿女路过这里，便进来瞧瞧，说："嗬，你们在开会哪？"有人便说："是啊，我们在开会！"我更玩笑地说："我们这是学习'三个代表'呢！"大家自是笑个不住。接着便七嘴八舌："嗨，咱们也真是，开了一辈子的会还没开够，现在竟开到美国来啦！""咱是开惯啦！""不，不是惯不惯的问题。就像万里迢迢地前来看儿看女一样，是精神需要。"

人说，我们都有值得骄傲的攻读硕士或攻读博士的好儿女、好女婿。其实我们中的一些人，在国内工作的时候，也是很不简单的，或者是单位的领导，或者是某方面的重要专家，有的甚至还是全国著名教授。后来虽然退休了，正如一位快人快语的湖北佬所说，也是人退威不倒啊。是的，一直以来，我们都处于家庭舞台的中心位置。可是来到这儿不一样了，我们一夜间都成了边缘人物。好难受啊！甚至是一种痛苦！整天干的是寂寂寞寞的事情：带孩子，做饭，打扫屋子。"而且，一切还都得听着人家小两口的指挥。""咱们也不知道是怎么啦，放下国内的清福不享，跑到这儿当保姆来啦！""网上不是说了吗，美国有十万贱骨头，这十万贱骨头指的就是咱中国的探亲族。咱们啊，真贱！"其实，上了年纪的人都是些恋乡狂，我们这些人一个个都成了一团解不开的乡愁。"好想回去啊！""你一家几口不是都在美国啊？""是啊，我们家现在只是一座空房子，可是不知是怎么啦，还是想回去。""那就是想空房子啦。"于是都笑。笑后想想，当然不是想空房子。

想的是那片土地，那片土地上的诸多熟人和特殊的亲切氛围；想的是每天一清早就相跟上左邻右舍，去农贸市场采买最新鲜的菜蔬；想的是每晚一到七点，就打开电视机，收看中央电视台的新闻联播和电视连续剧。可是现在眼前是一片洋鼻子洋眼。可是现在的蔬菜都是在冰箱放了很久的。可是现在一打开电视，就是呜里哇啦的一句也听不懂的英语。"嗨，说实话，一听见满耳朵的英语，我就真想一脚把电视踩碎！"一个倔老太太说。她的鼻尖上老是亮着一滴汗水珠儿。

就是在这样的背景下，我们便有了每周两次的在这儿的聚会。聚会中忘情地说说中国话，聊聊中国事，交换交换各自得到的中国信息，这对我们每个人，都是一种难得的享受。人都说望梅可以止渴，来这儿聚会聚会，也可以慰藉思乡之情。于是大伙儿对这屋子有了特殊的感情，就把它称为中国屋喽。仿佛一进入这屋子，就进入中国啦，就可以看见黄河长江，就可以呼吸家乡的略带黄尘却沁人心脾的空气了。但这屋子毕竟不是中国。谁都知道，这屋子是坐落在美利坚的土地上的，是人家美国的屋子。但不，不。但仍然觉得这屋子与自己同着冷热，因为进了这屋子就能从同伴的嘴中听到有关中国的种种情况，就好像自己的手指呼地一下触摸着中国的血脉了，就能感知中国强劲的心跳。"也可以这么说吧，"头常仰到椅背的老教授说，"这屋子就像小小的中国领事馆。""这比喻很好。"笑靥如歌的胖同胞说，"我每次路过，都想进来坐一坐。"

我们一天虽不闲着，这屋子却比我们更忙。每天都有好几拨各种族裔的人在这儿学英语，学绘画，学电脑。就是到了晚上，还常常举办一些搞不清名目的活动。我们这中国探亲族之所以能来这儿聚会，完全是由于一些热心人的奋力争取。社区办公室保管着屋子的钥匙，该着谁们用，谁们就去取，用完了还得立即送去。这就还需要一些热心人承担这一任务。于是无形中产生了小组长之类的人物了。就让我们正式确认这一"官衔"吧。每当小组长要回国的时候，便会认真物色他的继任者，而大伙也认真推举。因为我们知道，如果没有小组长在每次活动的时候取送钥匙，活动便不可能终年不断，而只要中断几次，就可能失去屋子的使用权，中国屋便会不复存在。"它已有五六年的历史了，可不能断送在咱们手里！"大伙都有这样的责任心。所以，尽管我们今天这个回国了，明天那个又从国内飞来了，后天说不定一下子全然成了新面孔，可是那间屋子呢，却像伟大祖国伸向海外的温暖臂弯，永远温暖地搂抱着我们，慰藉着颗颗游子之心。

在这里，我们还常常交流烹饪技艺，垂钓技艺，旅游心得。还曾一起切磋过书法。别的家长里短的事情，更是说起来没完。但也不是从来不议带点政治味儿的事情。一次社区举行感恩节活动，我们大多都随了儿女们去了。在那里吃了社区各家带去的许多亲手做下的美食，看了一些文艺表演，本应十分快活，可是我们中的几个人却皱起了眉头。原来，那大厅悬挂的各国国旗中，我们的五星红旗被遮去了多一半。连五颗星星也没有全露出来。于是聚会的时候，他们都提出了这一问题，大家热议不息。最后决定选出二人，由此二人第二天去向社区办公室反映意见。结果，社区负责人不但立即差人把五星红旗亮丽地显露出来，还在我们又一次聚会的时候，专门来到中国屋，郑重向我们道了歉。那一刻，涌动于我们身心使我们忘却一切俗务的，是一种勃然大气。我们都觉得，我们和这间屋子，就是整个的中国了。

黑豆打架

　　我还在上大学的时候，一个暑假，为了写一篇报告文学，来到家乡的一个叫做折家圪梁的村子。第一天，我就被一个后生的惊人的力气吸引住了：他左右肩分别挑着两担水，竟能从沟里一歇也不歇地挑上山来！人们都把他叫做二狗子。

　　二狗子的家世很神秘，爷爷和父亲都是阴阳。爷爷的绝招是收毛鬼神。人们记得，每到二月二的晚上，他就提着一个口袋到野地里去了；待半夜回来，毛鬼神就被装到口袋里了，口袋还一动一动的。他用鞭子狠狠抽打那毛鬼神，使村里满年无灾无难。父亲就更神了，他把头上扎的毛巾摘下来往地上一扔，就变成了兔子，那兔子还直往人们腿底下钻呢。有一年一家地王欺侮了一个讨吃的，他看不过眼，就在大年初一的早晨给地主家使法。地主家煮了一锅饺子，揭锅一看，饺子没有了，一锅老鼠蛤蟆活蹦乱跳；而倒在粪堆上，却又变成了饺子。现在，二狗子的爷爷和父亲都去世了，只给村里留下了一些永远谈不完的奇闻怪事。如果有人不信，一些老年人便说：

"那还会假吗？我亲眼见过！"二狗子虽然没有继承祖上的衣钵，却也会一种本事。那本事是；"黑豆打架"。人们说："可神呢，他真能教黑豆打起架来！"

我真想见识见识"黑豆打架"。但二狗子脾气很倔，我说了几回，他却像没听见一样，根本不理我的茬儿。有一天，二狗子和别人发生了争执，我说了几句公道话，这使二狗子很受感动。他终于主动提出为我表演"黑豆打架"。只见他拿来一个碗，往炕上一放，然后往里面丢了两颗黑豆。二狗子说："黑豆，黑豆，你们给我打将起来！"话音刚一落，黑豆就打起来了。两颗黑豆冲来撞去，碗里响得乒乒乓乓；有时候退，有时候冲；有时候一个又压住了一个，而被压的忽然又翻起身来，又占了上风。我正看得入神，兴致勃勃的二狗子又喊："黑豆，黑豆，你们给我脱了袄儿打！"也真奇了，两颗黑豆的皮皮立即脱落下来，露出通体的黄色，就像两个光着脊梁的汉子，又厮打起来。这回打得更激烈，简直看不清它们怎么动作。后来它们竟也像人一样的打累了，似乎可以看见它们身上淌着汗，也似乎可以听见它们嘴里喘着粗气。哦，这哪里是"黑豆打架"，分明是一场激动人心的拳击比赛。两颗黑豆是两个势均力敌的拳击健儿。但它们比拳击健儿更加奋不顾身。后来我看见，它们直打得粉身碎骨，只在碗里留下一些豆渣渣。

我不迷信，知道这只是一种带着泥土气息的乡间魔术。但它留给我的印象极深极深，以至过了三十余年，至今一想起，还活灵活现。

从那以后，我再没去过折家圪梁，也多年再没有见过二狗子了。可是"文化大革命"中，在一个小镇子的街上，我又遇见二狗子了。然而虽然相遇，他却没看见我，我也无法和他打一声招呼，因为他搅在一派手持棍棒的农民中间，正在和另一派同样手持棍棒的农民武斗。他们武斗得真凶，呜儿喊叫，棍棒乱抡，从东头卷到西头，又从西头卷到东头，直把好些人打得头破血流。我立时想起了二狗子表演过的"黑豆打架"。但眼前打架的黑豆，不是两颗，而是黑压压的一大帮。他们有人真也是"脱了袄儿"打的，露着满膀子的肌肉疙瘩。后来，对立派被打得逃跑了，二狗子他们取得了胜利，并且抓住了一个"俘虏"。二狗子是很厉害的，他打了"俘虏"两个耳光，又恶作剧地大吼："你给我磕个头，叫我一声爷！"那俘虏浑身打战，也真这么做了。

以后武斗升级，没出两个月，农民也拿起了自动步枪。听说二狗子越打越勇敢，脚脖子上的一条跟腱被砍断了，一瘸一拐的，还不下战场。到"革委会"成立的时候，二狗子因为曾经打死过人，被关进了监狱。监狱里也关着另一派的罪犯。戴着手铐的二狗子，在这样的情况下还和对立派辩论，骂对立派是"老保"，而且还厮打了几回。二狗子后来终于被枪毙了。

二狗子一定至死都认为，他表演的"黑豆打架"和他参与的武斗，是完全不一样的。黑豆没有灵性，没有头脑，之所以打架，是因为有他在那儿操纵；而他参与武斗，是作为万物之灵的人的自觉的行动，是为捍卫无产阶级革命路线，是为不遭二茬罪，不受二遍苦。他压根儿没有想到，他参与武斗也是有人操纵着的，只是他没有条件发现罢了。而回头想想，在当时，我国有多少人成了被戏耍的黑豆呢？也许我们的后代无法理解，然而，在我国九百六十万平方公里的美丽土地上，确确实实出现过这样的奇怪事情！外国呢？外国就不会出现吗？难说。我们似乎已经看到一些胡蹦乱跳的黑豆了。人啊，人啊，千千万万的人啊，什么时候才能富于更多的灵性呢？

一场龙卷风

远远天边的最后一缕阳光，也忽然被乌云毫不留情地吞没了。那乌云很黑，很厚，而且很低，好像比树梢高不了多少。金蛇一样的闪电，就在那乌云上时明时灭。与此同时，雷声隆隆地传过来，风也更大了。

一棵枝繁叶茂的大树哗啦啦作响。大树的下边，一对青年恋人站着搂抱在一起，正在接吻。风吹乱了他们金色的头发，他们好像浑然不觉。可是，一阵突如其来的尖利的繁响，却使他们为之一惊。他们寻声望去，是高高的七层楼上，一户人家的窗玻璃被风打碎了，主人在窗口晃了一下。原本宁静祥和的这一美国小镇，陡地有了些不安气氛。狗汪汪地叫了起来。

风越吹越大。树木大幅摇摆。

跑在街上的人们开始弓着腰，用胳膊挡着头脸。风吹得人们举步维艰。那对青年恋人也狼狈地跑过来了，小伙子一边跑一边向姑娘指着远方。

远方，不知什么时候有了三条竖挂的长带，那长带里旋着绕树乱鸦似的物什，一端连着天上的乌云，一端连着地面，像三条肩并肩的巨龙，在缓缓地旋转，摇摆，推移。其中两条逐渐靠近，靠近，后来，终于那么互相一碰，就合成一条了。于是这新的一条又和另一条肩并肩地旋转，摇摆，推移。

人们惊惧地喊叫起来：啊，龙卷风！

可是，也许因为龙卷风目前离这儿尚远，也许因为别的一些什么原因，几个路过此地的旅行家，却似乎并不觉得有什么可怕，他们反而很是兴奋，拿出相机连连拍照。

然而就是在这个时候，不知从哪儿又冒出一股龙卷风，它携着大夜似的黑暗，威威赫赫，腾腾挪挪，已经逼近到小镇的跟前，发出十分恐怖的声音。狂飙骤起，天摇地动。沙起石扬，一片混沌。男呼女叫，乱物横飞。电线如鞭，空中狂甩。乒乒乓乓，屋瓦落地响连声。

转眼间，人迹杳然。小镇上的一切老老少少，包括那对青年恋人，包括拍照的旅行家们，全都钻入坚实的地堡之中。

但也许地堡的铁门还不曾关紧，人们从耳畔传来的声音中，还能揣测到外面的和中情景。大雨和冰雹就漫天横倒，就像天上发生了兵变，雨库和雹仓的看守者全都仆倒一旁，任大雨和冰雹随意乱泻。于是平地涨水好几尺。滚滚小镇。滔滔街道。滚滚滔滔的东边西边南边北边。小镇像摆放了十万个音箱，到处都震荡着可怕的巨响。

啊，龙卷风！龙卷风！

龙卷风终于显现了它凶神恶煞般的面影。那是一个直径五六米的黑色圆柱。黑色圆柱旋转着向前推进。构成它的好像不是空气和空气卷起的杂物，而是钢铁，而是刀，刃。触上房舍的一角，房舍的一角噌地就被削了下来；触上大树的树冠，大树的树冠唰地就没了多半。墙被掀倒。电线杆被拔出。牛被卷上天空，垂着四条腿，嚎叫着，飘来飘去。栅栏上的木条被吹离栅栏，鸟群一样密密麻麻地凌空飞去，遇上墙壁又全都是锋利的刀子了，全都扎了进去。

但是，更重的东西呢？它能不能卷起来？比如，一辆汽车。

那么，面前就是一辆汽车，一辆载货用的十轮大卡。十轮大卡毕竟太重了，它颤悠着悬空了，却又落回原地；颤悠着悬空了，却又落回原地；但当它第三次颤悠着悬空的时候，竟嗖地一下腾空而去，融入旋转的风中。

龙卷风咆哮着，洗劫着，如一头史前野兽，如恐龙。或许，它就是一条恐龙啊。——一条最大的恐龙。一条最凶的恐龙。一条恐龙之王。尽管都说恐龙早已灭绝了，但你能说那个曾经统领天下的恐龙之王，就没有灵魂？

它是狂暴的代名词，残酷的代名词，毁灭的代名词。它形迹所至，纷乱随之。一切都移了位置，一切都在旋飞，一切都发着声，带着响，迸射着反抗的力量。

有序成了无序。无序重新组合。相摩擦，相碰撞，相扭结。一个个俯冲而又重新升起。隆隆爆响。哗哗闪光。携着一切。朝着同一的方向。旋转着推进。推进着旋转。一柱黑色的通天风暴，一个恐龙的精灵，踩着隆隆节拍，在歌，在舞，在抒发情怀！

它的歌舞不停浩劫不停。

一座完整的小楼滚了过来，里面的柜、床、浴盆之类的东西随处掉落，又跟着飞走。

花园里的草皮毯子一样被风张起，贴在谁家的门窗之上。那门窗乱绿瘆人，如一张妖魔的脸。

咚咚两下，天空掉下一只黄狗和一只汽车轮子，黄狗再没有起来，车轮则像一只捕猎之狗，一直向前滚去跑去奔去。

那辆十轮大卡也终于跌落下来了，在300米之外，但它的形影只闪了一下，就轰的一声，化成一片红色烈焰了。

一切都在动荡。一切混乱不堪。迸飞又散落。堆积又断开。火。光。影。擦音。爆音。破裂音。血迹和粪土齐飞。一切都是发烫的，拼搏的，激昂的。一切都在露出它的本真面目。因此，什么事情都在这儿发生着了。但这发生，绝不包括发霉和生锈，即使原先是发霉生锈的，也都在此刻全都不再持续发霉和生锈了，中止了生命的颓势！

当龙卷风离去的时候，劫后余生的人们走出地堡，小镇已面目全非，一片狼藉，惨不忍睹。灰头土脸。泪花闪闪的眼。震惊，无奈，惶惑。老太太哭嚎着。一个男人看他的胳膊，那胳膊不知何时被谁的眼镜扎透了，眼镜还晃在上面（不可思议）。丈夫寻找妻子。片刻之后，一个个在哀伤中忙乱起来。那对青年恋人也许抢救伤员去了，再没有看见他们。几个旅行家看样子却仍然很高兴，又忙着拍摄这难得一遇的灾后景观。嚓，嚓，very good！但他们忽然发现，龙卷风并没有销声匿迹，于是他们撵了过去。

是的，龙卷风还不肯远远离开。它还在小镇西北边的旷野里，旋转着，摇摆着，推移着。它还像先前一样逞着凶，发着威。它的黑色的通天圆柱使一棵又一棵的大树连根拔起，随后又绕着黑色圆柱飞转。然而不知怎么一下，大树就全都落下来了，像下着一阵树雨，而黑色圆柱就像被什么人一下子抽尽了骨头和肉，立时没了神，没了力量，只剩下一张烟雾的皮，飘飘游游，缭缭绕绕。

一张白色的塑料袋，孤独地飘在空中。

域外迎春

终于盼来这一天了，大年三十。

远在一个多月之前，我就开始了暗暗的期盼。我的邻居皆"非我族类"，不是美国人就是法国人、澳大利亚人，每天与他们碰面虽然总是互问安好，但是他们哪里会从我的脸上读出殷殷之情。他们当然对我们这个不平常的日子都无动于衷，就像这冬天的加州大地，冷冷清清，冰冰凉凉，唯有我的心是热的，烫的，是冒着火焰的。我的如此表现，好像回到了童年；童年的我确乎是这样的。可是有了一把年纪之后，记得，再也没那样的激情了。那大概是因为一直置身于国内。现在的我是多么的不同！已经是有几个孙子的人了，却酷有孙子似的稚气心性。其实孙子的心里并没有我心中那个大写的年字，他盼的只是多吃一次汉堡包，多玩一会电脑，我便不断掐着指头告诉他，还有几天几天，就要过年了。孙子虽然反应平平，我却反复述说。述说的时候我心里是最快乐的。但概而言之，我的期盼不露声色，越不露声色心里的喜悦越多。我真切地感受到了这喜悦的重量。我悄悄地独享着这份沉甸甸的喜悦。

现在大年三十终于到了。我们早已置办好了种种年货。我们已把大红灯笼挂在房间。冰箱塞得快要关不住门儿了。由我主厨，已炸好了丸子，做好了粉蒸肉。家里弥漫着浓浓的年的味道，年的气息，年的色彩。这些味道、气息和色彩，于开门关门间，早已播散出去了。连邻居的狗也好像逮到了什么信息，汪汪地叫。这叫声宛若声声祝福，教人听了心里滋润得就像喝了一杯好酒。万事俱备，只待晚上看赵本山、彭丽媛们从电视荧屏上走出，只待明晨全家人一起动手包饺子了。但我忽然想起，怎么忘了买韭菜了？家人都说，不是有白菜吗？白菜做饺子馅也很好。我说，白菜馅不如韭菜馅味儿长；况且，以往咱们年年正月初一吃的都是韭菜馅的，这时候韭菜正嫩，今年也别破例。大家正好也想出去转转，于是就决定开车去中国超市走一趟。

中国超市门前的辽阔的停车场上，车早已塞得不见一个空位，我们绕来绕去地跑了好几圈，费时20多分钟，总算将车泊好。此时虽然知道今天超市人特别多，但进了超市，还是吃惊不小。那简直是一锅沸腾的粥，一池难游的鱼，一地没有缝隙无法在风中摇摆的庄稼！在美国，在这个中国超市，我都从来没有见过这种景象。但回忆在我们中国，这种情况却是总会看到的了。我们中国向以人口众多著称，每个人都是生活在拥挤中的，无论是北京还是西安的副食市场，只要逢到节假日，便是一派拥挤壮图。年三十当然更是如此。那么，我们这里现在应该是和我们亲爱的祖国接着轨了：同样的拥挤，同样的碰碰磕磕，同样的理解和宽容，当然其中还有一条：同样的甜美心绪。而比起国内来，我们这儿的人员构成绝对是多姿多彩的：不但有大陆人，台湾人，港澳人，还有欧洲华侨，印尼华侨，以及其他已经不会说中国话的各色华侨。是共同的血脉，共同的文化，共同的中国心，把大伙紧紧地系在这儿。我边挑韭菜边想，我身边肯定会有一些台湾的所谓"深绿"，他们尽管宣称他们不是中国人，但他们也挤到这里来了。说句我们陕西的粗话吧，就是他们有日天的本事，也无法甩掉祖先留在他们身上的文化烙印。

每个人都推着购物车，车子都装得满满的。推车的多是青年男女，青年男女身边跟着老头老太太——那一定是他们的父母或公婆了。也有人领着小孩，把小孩放在购物车上，或高高地掂在肩头。但每个人都寸步难行。可以说，是一分一厘地往前挪。我们一家可以说是人群中最轻松的人了，只由我拿着一把韭菜，可是，我们仍然走不前去。眼前好像不仅是一池稠得无法涌动的人流，而且是一部字迹密密麻麻的美国版本的中文字典，《中国人大字典》。在这部字典里，分不清张王李赵，看不清各人面目，只知道每一个人都是一个汉字，横，竖，撇，捺，勾，每一笔都多么遒劲。但这每个汉字里深藏了多少节日的欢欣？哪里是这欢欣的源头？是夏是商是先秦两汉还是青藏高原的当曲、扎曲、卡日曲？它的上空飘着多少苍凉的歌多少奇异的云？我问熙熙攘攘的美丽汉字，熙熙攘攘的亲爱的同胞们，谁又能解释清楚？

也有几个白人来到这里。他们的表情说明，他们有一种新奇感。因为这里和他们的白人超市大不相同。这里有风光殊异的色香味。是四川腊肉的色香味，东北酸白菜的色香味，湖南豆腐乳的色香味，上海年糕的色香味，北京烤鸭的色香味，台湾高粱酒的色香味，还有花椒的色香味，香醋的色香味，猪下水的色香味，甚至还有鞭炮的色香味和大红对联的色香味。这种种色香味合在一起，在美国，在加州，在这一间祥和的大厅，一个世界热热腾腾红红火火美艳绝伦，中国人的喜迎春节的世界。

我们总算排进付款的队列了。但那队列还叫队列吗？它哪儿有队列的形状呢？它根本不是一条线了，完全是面，是人的一片，挤挤挨挨，或者是一个人头人身组成的喜悦而又焦灼的人群的庞然团块。虽是这十冬腊月的天气，我身上已微微出汗了。孩子们抱怨：今天实在不应该来凑这个热闹的。我也稍稍觉得有些划不来：只为了买一把韭菜，在人群中挤了快有一个小时了，还挤不停当！

我们后来终于走出超市，大大地舒了一口气。都回头望一眼，笑着，大发感慨。就在这时候，忽然有一个人凑上来，问我："你是西安来的吗？"是一个青年，和我一样，满口的陕西话。我后来知道他是从关中平原来的留学生，在加州理工学院就读。他分明是听见乡音才前来认老乡的。那一霎，那青年是那么兴奋，我们也是那么兴奋，我们就如两条长途跋涉的河流忽然相遇了，溅起了千丈万丈的浪花。那浪花应是溅起在生命深处的，我们的眼睛都潮潮的了。亲不亲，故乡人哪！暖心不过故乡音哪！一声何满子，双泪落君前哪！来美国好几年了，我还是第一次遇到真正的老乡。我家不是住在华人区，平日里别说见老乡了，见个中国人都难。我们的邻居中有一户韩国人，因为彼此都是亚裔，我们之间就有一种特殊的亲近感，就几乎互认老乡了。我虽然和韩国人语言不通，但是见面总是亲切地打打招呼。我家和他家还经常互相馈赠一些鱼虾菜蔬之类的东西。现在，在这红火热闹的超市门前，居然遇到真正的老乡了，哪能不十二万分地高兴！

直到晚上坐到电视机前的时候，我还难以平静。我默默地回忆着那十几分钟的乡音交响，在那十几分钟里，三秦大地，三秦大地上生长的白杨树、冬小麦、蒲公英、牛羊、喜鹊，以及无数朋友，以及仙逝了的母亲坐过的石头走过的路，以及思想和文化，以及云霞，一齐在我心中闪现，让我忘情依偎。那是多么美好多么舒心的十几分钟！

十几分钟我已知足了，已经够我享用一两年了。

天天看日落

我曾在旧金山左近的赫沃山上住了一些日子。那儿拔地而起却又平平坦坦，恍若踏上我家乡陕北的高高山塬，但毕竟不是陕北——大树森森，巨石累累，且长风不时吹过，而向山下望去，看到的是，遍地的绿树、洋房、车流以及人影，还有碧湛湛的一湾太平洋的海水，万顷琉璃辉映着轻若薄瓷的雪白鸥翼。

赫沃清晨总是有雾，那雾就像是由千万张雪白的鸥翼织就了的，白得触目惊心，往往直到十一二点，太阳才勉强能从那鸥翼中挣脱出来，且带着一身的慢慢才能褪净的白色点痕。人们都喜欢看日出的壮丽喷薄，而在赫沃所看到的日出，竟是这样地令人沮丧令人不堪。

可是赫沃的落日却总是让人惊喜不已，血脉贲张。我看着那涤荡心魂的落日，虽然老了，却由不得诗化自己，浪漫自己。我由不得纵臂狂呼一阵。啊！那是多么瑰丽的落日啊！那太阳的经典版本，那红极一时的太阳！它人杰似的热诚率

真，并且光彩夺目气象万千。我感到这时候整个大地都在微微
震颤。因为有一种穿透力如壮士手中之剑，因为有一种感染力
胜得过一切绝唱。我下意识地揉揉眼睛，反复纵目凝视——它
隔着开阔的硅谷谷地，定定地站在对面的山的峰巅，热情豪放
地注视着辛劳了一天的世间万物，眉梢眼角都在演绎着一个洪
亮的声音：拜拜！拜拜！拜拜！于是山在回应，它说拜拜！水
也在回应，它也说拜拜！天底下的一切生灵一切物体也都在回
应，它们也都说拜拜！拜拜！拜拜！啊！火一样的声音啊！钢
水一样的声音啊！岩浆一样的声音啊！

好一个难分难舍的场面啊，这落日时分！

——是火花流转迸射在眼眸的时分！

这时候我忽然想起杜甫的写在我家乡的"日脚下平地"的
诗句了。太阳本来无脚，可是由于我们民族美学熏陶出来的杜
甫的激发培养，太阳终于有脚了。现在正是太阳的脚走下平地
的一刻。感觉里，这一刻太阳的脚是分明出现在那里的，它硕
大有力，筋腱富于弹性。现在你回想回想这一天吧，回想回想
这一天的太阳，这一天的太阳虽然有着活力勃发的脚，可是它
却总是一派懒汉似的不肯前行的样子，我们抬头看看它，它不
动；我们又抬头看看它，它还是不动。可是现在却不一样了。
作为宇宙间最伟大的行者，它这一刻才展示出了它的行者的全
部风姿！你看它那脚，走得何其显赫，何其快捷！它此刻的沉

降的速度是以分、以秒来计算的。你得不断伸长脖子，再踮起脚尖，与它争分夺秒。这一刻你绝不可任意眨眼，如果眨一下眼，说不定它就弃你而去，甚至你连它的背影也看不见了。我多次遇到过这种倒霉的事情。我倏忽间就被暮色所笼，如雾失的楼台。咳！

但我又多次变身为后羿，多次追日而去。当然我的追日，不是向前，而是急转身，向后看，向山的高处，山的艳红处，飞步而上，气喘吁吁。那儿还在燃烧。一脚踩到那儿，便红了全身，我当然是又看见太阳了，还有拱托着太阳的彩缎似的云霞，以及云霞中的珊瑚般的鸟翅机影。

那时候，我完全沉浸在一种庄严的洗礼中去了。我停止了思维。我的眼里消失了世界上的一切苍白、颓唐和想入非非。我后来曾想，天地灵魂就是在这样净化着吗？有几分可能。此刻我知道黑夜将至，我心里却一片通明。啊！我的太阳啊！辉煌的太阳啊！我仿佛听见大胡子的帕瓦罗蒂在唱。他的绝尘高音和胸腔共鸣，使千山万壑都发出了回响。于是，到处是帕瓦罗蒂，到处是落日的轰鸣不息的光线。光线中的千般物质，万种色彩，或者在飞扬，或者在飘散，或者在上升，或者在沉淀，或者在旋转，或者在迸射。啊这日落时刻，这发酵不安的时刻，这高高天空最活跃的时刻，这个时刻每个分子都在跑呐，漫天裙钗漫天舞。燃烧着的天，涅槃着的地，燃烧涅槃里显露的是巨笔挥写的一行昂扬大字：说什么落日寒鸦断肠！夕阳你落吧落吧落吧快落吧，你落进墨汁的深潭里，滚一身黑，当你明朝再次跳出来的时候，却又是一球的鲜红，如一支更美的序曲，而序曲的演奏者，层层滔滔，是无尽的山河无尽的交响乐团！

那一些日子，我几乎天天一到傍晚就急忙跑到赫沃的山畔畔上去，去看落日。我看落日如挚友，料落日看我应如是。那些日子我总是处于亢奋状态。我时时怀着一种向往。那向往时时挑逗着我。那日子是我天天总是不忘总是急于要去享受一顿精神美餐的日子呀，无比奢华无比富有的日子。

而这样的日子，在我生命的里程中，也是曾经有过的。那是在从满洲里出发，去莫斯科的路上。火车哐哐哐地在广袤的西伯利亚飞驰。一直不住气地哐哐了六天。骨头架子都快要被哐哐散了。唯一让人喜欢的，是可以饱赏西伯利亚壮阔的风景，可以看到随风起伏的一望无际的草浪，可以看到勾起心头淡淡哀伤的苏武牧过羊的贝加尔湖畔，还可以天天看到多姿多彩的日出和日落。但早晨我们一般醒得较迟，因而还是看日落多些。

六天六夜的超长行程中，看落日有另一番奇特的感受。头天是下午六时看的落日。那落日就像俄罗斯人手里摆弄出来的一切：笨重而粗宏。哦，大哉此日！那落日简直像七尺大锅正炒的一锅辣椒，弥散着一种逼人的呛味，尽管它距离我的列车不知有多少光年。那呛味竟辣出了我一脸的汗水。当第二天六点我又准备接受那辣椒烤炙的时候，奇怪了，那太阳却又像中国式的碾盘在半天高悬，迟迟不肯挪移。一直到了七点多，血红碾盘才终于咚的一声滚落到地平线上，而它溅起来的晚霞特别绚烂，就像是俄罗斯不朽画家列宾的调色板，随意而又抢眼。大风吹来，地平线上热草贴着晚霞沸腾，一群酽红的骏马就埋首于其间。第三天日落时间却又晚至八点多了。看着这样的日落，让人明显意识到经度像条条绳索一样竖绑着我们这颗老地球，它唤起的是一种科学的观念。但我不愿意多想地球在怎么围绕着太阳旋转，而是沉迷于我的审美之中，每天一到午后，总是臂倚茶几，早早地守望，守望。我天天看着落日以各式各样奇重奇大却又美轮美奂的辉煌姿容，怎么成吨成吨地挥霍着色彩，怎么在漫天燃烧的晚霞中，或者沉没于山巅，或者沉没于江河，或者沉没于苍茫辽阔的大森林之中。这时候我曾想起统治过这片大地的无数君王，因为他们大多都曾被称作为太阳，令人畏惧令人无言的太阳，但是曾几何时，他们都一落不起。与此同时，我又想起了被称作俄罗斯诗歌的太阳的普希金，只有他有升有落，往复无已。我听见车厢里正在播送着他的迷人诗歌。这颗太阳是爱的太阳。

　　说起诗歌，我云遮雾罩的记忆中，便踏歌阵阵，《诗经》

的优美旋律便不期而至。那是我们古老祖先的咏唱之声："鸡栖于埘，日之夕矣，牛羊下来。"它穿过两千多年来的风霜雨雪烽火烟尘，却至今光华不减，也没有语言阻隔，一如唱在我的童年。而我童年听过的陕北歌谣，简直是它的翻版："日头擦山了，牛羊回来了，快揭锅快拿碗，咱们要吃饭了。"这些歌谣中的落日，都算不上壮丽，算不上华兹，算不上灿烂，特别是我家乡的落日，从来未被我所珍视，只能尘封于我大脑沟回中的一个旮旯，可是于今把它翻寻出来，细细品味，它却是那么地令人惬意令人心醉！

日头擦山了，牛羊回来了。

那是一种平平凡凡的场景。那是一种温温馨馨的氛围。那是一种亲亲切切的韵味。记忆中，先是发现那日头偏了，接着隐约感到日头加快了脚步，光和影便交替变幻，明明灭灭，黑黑红红，花样百出的光线渐次扫过了一架架山，一座座峁，一道道梁，一条条沟壑；再接着，凉气从石底、从泉眼、从云缝悄悄逸出；再后来，日头便出人不意暮鼓一声地擦挨到山疙瘩上了。一瞬间晚霞金光四射——有的山成了瓷，有的山成了铜，而更多的山则成了金子，白金黄金赤金，而窑洞，崖畔，街市，以及灰布军装三八枪，以及羊肚子手巾老皮袄，以及从山里回来的牛羊，以及正准备上架的鸡，以及烟囱里升起的炊烟，以及一个叫做章娃的疯跑野奔的孩子，也都宝石似地色彩斑斓了。这时往往就有粉红脸颊的母亲出来喊章娃吃饭了。那时母亲还年轻，她脸上的汗珠如滚动在花瓣之上，连声音都带着落日的色彩花瓣的香味。章娃问："吃什么？"她说："黄米捞饭。"章娃说："我还不饿！""这碎鬼！"母亲急了。但章娃一转头就跑了，落日照耀下，如一点飞飘的火苗。这碎鬼常常耍得忘了一切，所以他当时从未留意过那夕照是怎么在倏忽间就从山头沉落下去的。但夕照也在不管不顾地沉落。所以当母亲回过头来再喊他的时候，他哪里再是火苗，他随着落日的沉没，已经变成一个熄灭了的火柴头了，或者如一粒黑芝麻。而这时候要是看看对面的蓝天下，却依然是夕照半山。

及我年长，及章娃郑重打出了刘成章的旗号，因为叶帅的一首诗，凡是老年人的组织或活动，几乎统统名之曰"夕阳红"了。家乡的老人们也分明喜欢这个称谓。我邻家的一个大婶是夕阳红的积极分子，常常去参加活动，跳舞呀，唱歌呀，扭秧歌呀，喜气洋洋。而她们的活动大多安排在晚饭之后，而晚饭之后正是红日沉落的时候，真是无意中的美丽契合。一日我回到家里，问邻家大婶哪里去了，大婶的老伴多少有些不满地回答："还能到哪里去？连饭碗也没洗，就夕阳红去了！"老人的一句话逗得我几乎笑出声来。我由不得抬头望了一眼搭山的落日，想，夕阳呀，夕阳呀，你庄严神圣的色彩上，居然又被我们的老乡添上了幽默诙谐的一笔，这一笔何其精彩！

落日装饰着人，人又丰盈着落日。

那天呼吸着美国太平洋港湾的清新空气，正在观看着一天也离不了的中文电视，忽然又看见我们陕北的落日了。看见陕北的落日有如我血管里通上了电流我眼里冒出了火花，而更让火花飞溅的是上面的演唱的音乐作品，居然是由我作词的信天游歌曲《圪梁梁》，歌子是由被称作声乐女王的歌星范琳琳演唱的。范琳琳唱到最后一句了："快快来到这圪梁梁上砍上两摞摞柴，咱二人一人一摞背回来。"当我听到这里的时候，我发现那里竟含蕴着我不曾意识到的东西。那含蕴着的东西，断然不是别的任何什么，而是落日，世界上最美丽的落日，信天游萦绕着的落日。落日在落，在落，在落。大地在应和着范琳琳的歌声，微微颤动。落日照红重重山，山山有草草色红。落日照红重重山，山山有石石色红。落日照红重重山，山山有人人也红。山山有如出生在这里的花木兰和蓝花花，此刻里，她们就像信天游曾经描绘过的一个女子的打扮了啊，她们悉是红袄红裤红头绳。

啊，家乡的落日！

那落日不断变幻着，不断变幻有如魔术师的绝世表演。千般模样。万种容颜。它照耀着也变幻着下山的牛，照耀着也变幻着下山的羊，照耀着也变幻着含情脉脉背柴下山的三哥哥和二妹妹，而牛是一片万花筒般的碎霞，羊是一片万花筒般的碎霞，三哥哥和二妹妹也是一片和另一片万花筒般的碎霞。每一片碎霞都如翻飞蝴蝶乱纷纷。而与此景象隔着浩渺大洋的我，应是一首诞生于黄土坡洼上的信天游，应是一首曾经飘飞在陕北千山万壑间的信天游，应是一首云游在外地白了鬓发的信天游。云游途中，霜雪洒头途中，我曾被许多洋山洋水中的落日照过。音调里虽然有几分骄傲，却也难掩道不尽的苦涩和痛楚。浮云游子意，落日故人情。现在我实在想神游万里，赶着去看家乡的落日。我深知那落日的脚步是迅忽的，稍纵即逝的，到了那里，我必须用我作为信天游的全部的歌词和旋律，我必须以更强的力度，高高飞起；不要慢节奏，不要一个下滑音，不要一个休止符，不要一句低旋慢绕，而是快速地，风风火火地，来一个一连串的翻升翻升翻升，高八度的翻升，翻升到蓝天上更高更高的地方，以浑浊的潮湿的目光，追看那朴拙苍凉而艳红的家乡落日。

当我又看到家乡落日的时候，我忽然一惊，我忽然听到了母亲的声音。我忽然意识到：母亲，母亲，我的母亲我的亲娘，你就是这轮落日这轮落日。可是母亲！原谅孩儿吧原谅你的不孝之子，不孝之子晚回来一步，你已经落去了！你已经深深地埋在黄土之中，你过得好不寂寞！好不凄楚！但我看见你的光芒已把黄土烧透，你的坟头已开了一簇红艳艳的花朵。我知道母亲，我的朝思夜梦的母亲我的太阳，我知道你总有一天会重新升起来的，只是你一辈子操劳不息，你实在太累了，你现在也应该歇息歇息，在歇息中重新积攒你的光芒，然后有一天重新出现在我的眼前，照耀温暖我的周身。母亲母亲，母亲啊！我是唱给你的一首其声哀哀的信天游，面对你，我是一首永世也唱不完的信天游啊，我将在你的坟头边飞旋飞旋飞旋飞旋，只要你不重新升起，我就声声迸血，八百年不绝。

水墨故土欲成诗

我从少年起就喜欢一切艺术作品，老来又读了许多国画，因而便隐然向往着画国画了，但又一看自己的一把年纪，觉得那完全是痴人做梦，所以便常常对老伴说："我下辈子学画画吧！"

说得多了，心里便有了一些迷糊和当真了。

而下辈子在哪里呢？

一日，我忽然想到，为什么要这样阿Q自己呢？为什么要把一种夙愿交付给哄人骗己并不存在的轮回中呢？为什么不可以把下辈子想干的事情，从虚无缥缈中搜将出来，拽到我暮色半掩的手中？

那一刻，我兴奋地心头一震，我觉得自己浑身上下里里外外都被一柱辉煌的光束照亮了。

其时我74岁了。

我于是置笔，买墨，购宣纸，挽起袖子，俨然活石鲁似的，真的干起来了，手上是黑衣上黑。

尽管形象不雅，却很有些匪夷所思，我是一步就跨上创作的台阶的——创作的心态，创作的思维，创作的架势；而我所涂抹出的头两三张画，如果不严苛要求的话，那确也是已经初具创作的明显特点了。当然基本功太不够了。我深知，被我跨越而过的，是层层叠叠的素描之阶，层层叠叠的国画的基本技法之阶，但我仍不气馁，仍继续着创作，当然又在创作中于那层层叠叠中往返，往返，汗流浃背。一连串的画儿就这样画出来了，竟然大部分都还人模狗样的，像那么回事情。

我于是越来越有了兴致，完全沉迷于我的水墨世界中去了。当我的笔锋勾勒出一颗老南瓜的时候，我知道，那就像我。天地悠悠一颗瓜。它黄黄的颜色如我浑身老去的肌肤。它表面的竖沟如我额头的深深皱纹。因为那是出自于我的手笔的一颗瓜呀。因为那是灌注了我的心血的一颗瓜呀。一颗老出了野心老出了芬芳的老南瓜！虽然漂泊海外，感觉得到，它却被一根无形的横跨大洋的蔓子牵扯着，而蔓子连着老根，老根深埋而纠结，在我亲爱的故土，在陕北的黄土地上。

感觉得到，我一铺开宣纸，那老根便蠢蠢而动，那老根周围的一切便蠢蠢而动，于是，那宣纸上所显现的，便是陕北的山，陕北的水，陕北的糜谷气息、油炝泽梅的气息和山丹丹花的略含苦味的清香了。而我也乐于与老根产生爽彻心脾的生命共振。所以我的中锋侧锋逆锋，所以我的浓淡干湿，所以我的钩点皴擦，都情意深深，颤动着信天游一般的旋律。

那抒情般的画画过程是再可人不过的了。我的笔在纸上皴，皴，越皴越感到如风雨剥蚀着什么，千年风的剥呐万年雨的蚀，剥蚀中，发觉这纸哪里还是纸了啊，这纸；这纸有了石的质感，石的棱角，甚至皴时有了响声并火星欲冒；再皴，一块山石出现了，两块山石出现了，三块山石出现了，石石相钳，如生成于远古的地质活动，并且在上面堆积了厚厚的黄土层，于是一座山兀自里矗立起来，那便是陕北的山。接下来，我的笔在纸上挥洒，笔锋上墨水相融，墨水又与感情相融，一处处融开去，一处处浸开去，一处处渗化开去，真宛若是一种化学反应或生理反应或心灵反应，这反应变化万千妙趣生，几多诡谲几多奇。默默地看着它们在怎么游移变幻，有时候我真是喜欢得不得了，因为它硬是遂了我的心意，成了我预想的景观。有时候我又紧张得不得了，因为看看它们竟如山洪横流，所以赶紧用纸去沾，去堵，结果还是成了一片黑水洼了，我便觉得是亵渎了我亲爱的陕北的那份美丽，因而气急败坏，捶胸顿脚。但有时候呢，我去画别的地方了，我以为这案头上宣纸的天地只有我一个人在动作着了；然而大谬！那壁厢，喜讯却正在孕育。那是眨巴着眼睛的水墨还没有闲着。悄没声息地，像一个夜行侠，水墨正在匍匐潜行。嗬！一个不留神，奇迹便和我碰了个满怀，啊奇迹！——这儿竟成了一道主动脉连着无数毛细血管一样的沟渠了，陕北山洼里的沟渠，沟渠里疑有野兔出没；那儿竟成了一丛丛茂盛的草木了，野艾，马莲，酸枣，木瓜，马茹子，山丹丹，张扬着高原特有的活力和灵气，我不禁惊喜得弹跳起来。接着我又蘸足了墨，用墨去画窑洞，窑洞响门亮窗；接着我又蘸了墨，用墨去画碾磨，碾磨米面飘香；接着我又蘸足了墨，用墨去画一个年轻女子，锅台前的二妹妹听见了什么？——听见哥哥马蹄子响，扫炕铺毡换衣裳！她的惊喜的一切，虽然隔着关闭着的窗户，猜想人们也似乎是能够看到的了。有一次，我在那画上题款曰：

水墨故土欲成诗，
沟沟峁峁都是字。
情在哪里意在哪？
每棵酸枣每块石。
败笔犹如穿心刺！

文有文脉，画有画理，而经验里，文脉画理中更都共同闪耀着两个令人神迷的醒目篆字：灵感。灵感如电光火石，却又常常隐身不显，它只是在偶然间的一个经典时刻，才能迁想妙得。那天灵感忽入梦中，我披衣而起，下床即画。不！其实我所看见的挥毫者，应是别人，应是高人，或者应是半人半仙，吾只是一个旁观者也。只见他笔下的线条虚虚实实，浓浓淡淡，粗粗细细，忽然间他的笔又蘸饱了墨和色，只见那笔交叠挤压，横扫狂泼，一忽儿便把一个雷雨过后的陕北高原，就画得清新壮阔，磅礴雄浑，气韵淋漓。这时候只见他又以沉着老辣之笔，在高高的山顶上画出了陕北的典型的好后生，朴实，憨厚，强健，羊肚子手巾红腰带，感觉得到，后生的胸脯在微微起伏，一股直冲云天的向上之力，从他的身上破唇而出，而整个画面上的一草一木一土一石都冒出着袅袅地气，都托扶着这力在升起，升起，那升起的当然是信天游了——飘飘逸逸的信天游，酣畅嘹亮的信天游，万年不朽的信天游。

这高人当然应是我企望中的自己。而那后生呢，确实系我所画。我隐约看出那后生身上有我的影子。我觉得我多须的唇间还残留着信天游的余音。于是古稀的我倏忽间成了后生一个。想起曾说过的"我下辈子要学画画吧"的话，便觉得自己已经进入下辈子啦，眼前的后生就是证明。后生野心勃勃地想举办一次画展了，野心勃勃。不为别的，一为充盈艺术之河，二为昭告今人和后人一句也许是可以振聋发聩的话：每个人都可以活出两辈子！

走在林中

我身披森林的浓荫，持杖而行。

这是一片混交林，树的种类很多，有好些我都不曾见过，更叫不出它们的名字。数不清的大树巍巍峨峨，走在它们的下面，恍若走在纽约或者香港，走在摩天楼群的下面。树们各有各的姿态，各有各的风韵。它们叶片的形状不同，枝丫的长法不同，而树干的颜色、斑纹和质地，也和叶片和枝丫似的千变万化。穿行在这各色树木之间，同样像走在纽约或者香港的街上，看不完那橱窗中陈列的琳琅满目，当然，更像看不完纽约或者香港街头的杂沓脚步载着的缤纷衣着。巨蟒似的藤萝，有的在地面勾连牵扯如进行着一场难分难解的缠斗，有的沿着树干攀援直上，以至高出巨树一头，大有得意之色。作为地面上弱小族裔的绿色苔藓，也不示弱，一直延伸到树干上一人多高的地方。不时见到一些不知什么年月倒下的大树，它们虽然倒下了，死了，却不失当年的威风八面，好像只要一声召唤，它们就会唰地一下躬身站起来，在天际间重展生动鲜活气壮山河的雄姿！

　　这时候，我忽然觉得一个伟大词人在什么地方吟诵着了。那伟大词人是谁呢？哦，我看见了，在远方，在高处，在成吉思汗的铁骑之前，在北宋后的南宋。在那儿，在鹧鸪声里，浮现着词人辛弃疾的放浪形象：

　　　　昨夜松边醉倒，
　　　　问松我醉何如？
　　　　只疑松动要来扶，
　　　　以手推松曰：去！

　　"去"字将我引入刹那梦中，而转脸看时，眼前却是现实的松，它摇着。我愿意相信它就是当年那棵松。我愿意相信是辛老具有美学意义的有力一推，使它一直摇晃到今天。

　　因为借力于辛老，我眼前的森林陡地就如多年来累积在我心头的人物和戏文了。不是么？有一棵树，蓝花朵朵，如穿绿底蓝花衣衫的妙龄女子，它含情脉脉，又不胜娇羞。有一棵树，躬着腰，双手垂着，就像在上司面前，一副谦卑之态。有一棵树，它的一股很大的枝柯断了，如一个断臂壮士，露出了白森森的骨茬，却连痛都不喊一声。有一棵树，看它那以手遮阳的模样，我想叫它孙猴子树，它周围的小树或蹲，或站，或躺，或踞，或趴，活脱脱是一群小毛猴儿。

但我更多的是感到，我大概是走进一部童话型的特大汉语词典的某几页了，满眼的木字旁，令人眼花缭乱。有挺拔的木字旁，有粗壮的木字旁，有歪斜的木字旁，有流碧的木字旁，有缠绕着藤条的木字旁和开着花散发着芳香的木字旁。木字旁和它右侧的部分，组成了多少有用之材，例如松，例如桦，例如槐，例如柏，例如栎，例如枸，例如栳，例如榆，等等，等等，它们都是森林中的好弟兄。我绊绊磕磕地边走边看——啊，木字旁和木字旁并立着，木字旁和木字旁交叠着，木字旁和木字旁竞着高。我停下脚步细细观看——木字旁中涌动着生命的汁液，木字旁上落着歌唱的小鸟，木字旁覆着粗糙的皮，顶着浓浓的荫，并且有叶片作舞般的飘落。我平着望过去，木字旁繁成生命之墙，无法望穿。我仰视，几十米的高空，是它们交错成的威武的绿色拱顶，其间只露着片片点点角角丝丝的蓝天白云。

我持杖而行。持杖是因为我已经上了一把年纪，腿脚又有些毛病。我的手杖的底端，不断敲击于林间草丛。近朱者赤，近墨者黑，它近草，因而成了一坨美丽的碧玉。我端起手杖细细端详，它浸透着森林的湿润和芬芳，就像它也会立即发芽立即获得生命一样。是屈子说过的吗？"灵之来兮如云"？是的，灵来了，它如云飘然而至，飘入我的手杖。我的手杖当然储满了灵性、灵光和灵气。它整个儿的那么令人可心令人觉得可以信赖。哦，多好的手杖！像女儿一样扶我前行的手杖！但我又猛然意识到，不仅如此！这手杖还含有更为美好的东西哩哪！它，难道不是从某部灿烂经典中掉落下来的么？难道不是一个绝好的木字旁么？那么，紧靠着木字旁，难道不是代表着我的肉体和精神的符号，我的名字吗？我于是就觉得我是一棵极好的树了。我是一棵令一切蛀虫们退避三舍的樟树。我高兴地扭头看去，一棵高大的杨树树干上，有一块结疤如一只眼睛欲睁欲眨。我就对它说：杨树的眼睛啊，你就大大方方地睁开来吧！你看我的头上虽然覆了日暮之雪，脸上虽然老沟纵横，但我，一棵刚刚变成的樟树，却因为有了些许用处有了几分自豪而走得气宇轩昂！你看我！

河

女儿曾在加拿大打电话对我说，她们所住的地方温莎，是一座边境小城，城边流淌着一条河，很美。我听了这种情况的时候，心头刷地一亮。要知道，那亮，是掺着河水的叮叮咚咚的响声的，是透着河水的沁人肺腑的清凉的。河使我欢愉无比。主要是冲着那河，我对温莎产生了一种强烈地向往之情。

尽管如此，到了温莎一看，还是让我喜出望外。温莎不是一座小城吗？小城的河难道不应是小的吗？可是，流淌在温莎城边的河，居然没有任何小的意思，而完全是一派磅礴和巨大。它滚滚滔滔，波起浪涌。它浩浩渺渺，深邃宽阔。白色的海鸥在它的上空飞翔，游弋的鱼儿在它的河心跳跃。时不时，有快艇射过，巨轮往来。快艇掀开的一圈一圈的大波，涨潮似的一层层涌来，一直涌到人们的眼前。巨轮相遇时，笛鸣声声，而其声或浑厚，或轻快，或低沉，或嘹亮，如健壮水手似的发出不同的嗓音，互致敬意。

河对岸是美国的底特律，是底特律的夺目楼群，楼群巍峨壮丽。它白天已然那么好看，到了暮色突降华灯乍现，那整个的建筑就像宝石的叠摞，分分寸寸都嘶喊着辉煌辉煌辉煌。河这边沿着堤岸是一个公园，雕塑座座，长椅处处，翠生生的绿地中蜿蜒着弯弯曲曲的黑亮的小路，小路上常常飞转着欢乐忘情的排排小轮。轮上连着啥？鞋。鞋中有何物？脚。脚上呢？是腿，是身，是汗气飘浮势如奔鹿竞滑旱冰的青年男女。也有戴了遮阳帽的垂钓者，总见他们默立于岸边，如一棵远离风儿鸟儿的树。人们散步的时候，常常会情不自禁地凑到他们跟前。于是，钓者身边的一切，便进入他们的眼眸了——几根细细的渔竿固定在河边的栏杆上；阳光沐着渔竿；渔竿上是闲淡的、不动声色的铃儿。但有时候铃儿就疾响了，便会看见一根渔竿扯着长长的线儿那线儿被扯起扯起，不用问，接下来出现的定是，渔竿弯了弯了，而线儿的末端，有一种活泼的生命突然感到了挣脱不了的羁绊和疼痛，于是大呼上当，于是拼命挣扎，扑腾，扑腾成一朵耀眼的白花。那当然是钓者欢笑的时刻。

和人们做伴的，有海鸥。海鸥常常从河心飞来，恍若一片洁白的云朵，轻轻地落在人们的脚前腿后。

还有一种不知其名的红色鸟。这红色鸟比麻雀大，比鸽子略小些，飞来的时候，动作轻快，翅膀带着爽爽的风。

还有黑的白的成群的野天鹅。它们飞来，落下，就慢悠悠地摇摆着挺拔的身子，一边走一边觅食。它们的队伍像一滩一滩的水，涌动，流淌，间或泛滥。它们不怕人，你即使骑自行车从它们的身边擦过，它们理都不理。其中有的吃饱了的时候，也会把头塞到翅膀下面，悄悄地小寐一阵。有时候却叫，放开嗓子，声震四野。

这岸边如此美丽的河，叫底特律河。

我当然喜欢到这样的地方来了。而我来，极易极易，因为我们的住处离这儿不远，步行只需五六分钟，说来就来了。于是我像溜旱冰的青年男女，像垂钓者，像海鸥、红色鸟和野天鹅，成了这儿的常景。

大概是人同此心吧，还有另外几个华人，也常常来到这里。我们很快结识了。怎能不很快结识呢？他们的年龄和我差不多，而且都有着大陆的背景，都是"探亲族"。我们啦得很快活。我们有说不尽的话儿。这时候，久置不用憋在我们心中的汉语，全都派上用场了！但平时可不是这样。平时，因为生活在英语的世界里，因为我们不懂英语，我们只能当哑巴。现在我们终于发出声了。我们啦得投入而亲切。

庆幸邂逅！不然，我们心中的话语都要发霉了！我们嘴上没明说但我们心里却在互相祝贺祝福祝愿：让思维转动，让嘴巴悬河，让舌头当个竞技场上的运动员吧！啊朋友！

我每天都要帮着女儿干点儿事情，不过事情也不多。早晨起了床，做点儿简单的早点，然后送小外孙到学校去。下午三点，接小外孙回来。五六点做晚饭。其余时间都归我所用，可以看书，可以写作。当然，到河边走走，也是我每天进行的一项从不或缺的活动。但我发现，到河边的目的，却随着时日的流转，发生了微妙的不曾意想到的变化。起初的目的，完全是为了看看美丽的风景，活动活动身子，散散步；后来，加上了兼顾与华人同胞聊天的内容；再后来，以上两项目的的主次地位居然从根本上更改了，变易了，我去河边的主要目的成了见见我的同胞我的朋友了。我发现我心中积满了这样的渴望。要是一日未见那些华人朋友，就有些怅然若失，心里就感到空落落的。

于是，当我非常愉快地坐在河边的长条椅上的时候，当我与华人朋友倾心交谈的时候，当我们发出舒心舒意的畅笑的时候，我知道，在我的下意识里，那河，就成了另一条河了——一条能让我从它身上嗅出亲切的华夏气息的名叫黄河的河。

是的，那河，成了黄河。

可惜的是，不久到了冬季，大雪在温莎一连纷飞了几天，河边不但堆下厚厚的积雪，而且寒风阵阵，阵阵如刀似剑，那儿因之除却几个坚持竞走的白人小伙子以嘴鼻的股股白气宣示他们的不屈不挠之外，便人迹罕至了。我在那里再也见不到我的那几个亲爱的同胞了。于是我觉得应该把"底特律河"这一名字，再还给那河。但我期望着春天快来春天快来。

雪中婚宴

雄阔的陕北高原。纷纷扬扬的大片子雪花，从灰蒙蒙的天空倾倒下来，到处一片洁白。山呀，塬呀，梁呀，沟呀，河呀，路呀，村庄呀，这一切都难以分清，一切都失去了平日里显著的界线。整个世界仿佛都结冻了，没有了一点儿活气。可是，在一户正在办喜事的人家的院子里，人们围着一桌一桌的酒菜，正在动着筷子，正在宴饮。雪就像给简陋的餐桌上铺了一块块洁白的桌布。那场面别致极了，所有人的头上都落上了雪，他们的黑发就像浓白大雾中露出的一些模糊的林梢，只有白发老者的头上看不见雪的踪影；人们的蓝的、黑的、花的棉袄，也都被白雪逐步吞没，而原先的颜色，只留下苟延残喘的一丁点儿了。有的人戴上了连衣帽；有的人把大棉袄顶在头上；还有人却被特殊照顾着，主人找来两三把伞让其打着，不用问，那伞下定是些年轻婆姨，其原因盖在于她们怀里还抱着乳毛未褪的吃奶娃娃。

院子边横着的一根圆木，变得又白又胖。

虽然刚端上来的菜肴顷刻就变得冰凉了，虽然伸出的筷子上都落上了雪花，但是，正在宴饮的人们，没有一个人紧缩脖子，因为他们骨头里在往常的岁月磨砺中储满了的生命烈焰，此刻正好散发于周身，仿佛周身正需要借此降降温的。

人们乐滋滋地大声猜拳了。还有人唱起了酒曲。

但主人还是满怀歉意的。他走上前来说：

"唉，天气预报不准确，这雪又来得太突然了，没来得及出去借帐篷布，抱歉抱歉！"

众人一哇声地说：

"没甚！没甚！其实天冷能让咱多喝上几盅，好事一桩！"

记忆中，陕北的各种较大的筵席，都是在院子摆开阵仗的——谁家能有那么多那么大的窑洞啊！近些年生活好了，不少人纷纷改在饭店举行各种饮宴，那当然显得高档了，优雅了，但是，我却还是乐见这几千年流传下来的陕北露天饮宴，特别是这我此生头一遭碰上的雪中婚宴，它是正史野史中都不曾记载过的故事，它对我的震撼太强烈了，我太喜欢它了。它所展示出来的人与大自然的完美融合，人的精神世界的旷世璀璨，足以让我沉醉三年！

襁褓里的婴儿尽管有雨伞遮挡着，但是他稚嫩的小脸蛋上，还是落上雪花了。

也许有人会说：这里的条件实在是太差了！

是的，在陕北这块苍凉的土地上，总是有太多的不如意、不安逸、不舒适的事情，然而，正是这些事情，比如这婚宴中撒在人们头上的纷纷落雪，其实它们每一片都像一把明晃晃的雕刀，它们是在雕琢着强健的灵魂。"艰难困苦，玉汝于成"。我想，这襁褓里的几个婴儿，绝不是绽放于温室的花朵，长大后只要能受到较好的教育，必会不同凡响！

想想吧，曾经有多少柔弱的青年从全国各地来到这儿，最终炼成了钢铁战士！

我深爱着我的这片故土。

望着面前的粗犷质朴的雪中婚宴，我国古代诗家的无数对于雪的精彩形容，注满我的心头。于是，我看见，千朵万朵的梨花，装饰着这一婚宴（梨花有着新娘不敢奢望的婚纱的清纯之色）；千颗万颗的盐粒，正在供婚宴的厨子们煎、炒、炸、烩（好厨子一把盐哈）；千只万只的白蝴蝶，欢舞着，旋转着，飞来，飞来，落在婚宴上每一个诗情盎然的温热的地方（谁不喜欢这喜庆的精灵）。

一碟一碟的热腾腾的菜肴，不断地放上桌来，而就在这一放之间，已有数不尽的雪花融入其内，给这些菜肴增添了几分大自然的香醇。而人们的筷子夹起的，应是这天地间的精气，应是辈辈祖先们遗传下来的勇于吃大苦耐大劳、勇于战胜艰难险阻犹如左近的壶口瀑布一样永在沸腾的奋斗精神！

这精神，与柔弱无缘，与萎靡无缘，与颓丧和消沉无缘。

我猛然想起了中唐诗人卢纶的《塞下曲》，便向着大伙朗吟道："欲将丸子夹，大雪满碗筷。"引起一片笑声。

凌空降落的雪花是水在做着最浪漫的游戏吧，它飘飘游游地从天上落下来，一接近院落就被沾上了红烧肉和炸油糕的浓香，而它又带着这浓香把每个宾客都塑成了雪人，而众宾客，又以浓香的银白，与雪的院子、雪的村落、雪的山野融为一体。世界上往日纷纭繁杂的色彩，似乎只剩下单一的白色了。

陡然间，像有一团火燃烧在人们的眼前了。啊，好红好美的火焰！那是穿了一身红的花容月貌的新媳妇哟，这火焰。她浅浅的笑着，两腮都漾动着一个美丽的酒窝。雪落在她的眉睫上和酒窝里。她和新女婿一起，迎着飘扬的雪花，红红的火焰一般，前来给宾客敬酒了。白的背景下，妍红的妩媚的火焰烧过来，一桌桌烧，挨个儿烧，柔柔的手儿端着酒杯，敬你一杯，敬我一杯，敬他一杯，这火焰，好红的火焰，在白的背景中款款而烧来，携着喜庆的暖暖温度。这时候，满世界只剩下红与白了。红与白的强烈对比，给了人们多么巨大而隽永的审美愉悦啊！

温莎之秋

　　走在温莎的松鼠出没的路上，我常常被许多高大的树木震惊得仰起头来。那些树木牵引着我的目光，从地面升起，升起，最后，简直好像升到云彩里去了。它们有好多种类，可惜，除了枫树之外，我再也叫不出它们的名字。

　　反正它们很高大。面对它们，我不由得默诵着"好大一棵树"那句著名的歌词，同时将深深的赞叹推向极高的空间。——那儿，浩阔的树冠遮住的天空，就像一个又一个的排球场或者篮球场。

　　矮一些的树木，当然更多，它们密密层层地碧绿在街道两旁，住宅周围。我的居所的阳台前就是一片浓荫。

　　温莎在何处呢？——在北美，在加拿大美丽的南方边境。它与美国的汽车城底特律隔河相望。河水碧绿而浩荡，上面常行驶着巨轮或快艇。两艘巨轮相遇的时候，总要呜呜地互致问候。

　　一日，我透过客厅的大扇玻璃门，忽然看见阳台前边的一棵枫树的叶子红了。它是什么时候红了的呢？不知道。我惊诧，我明明每天都要见它好几面，却怎么会不知道呢？然而就是在不知不觉之间，悄悄地，它的叶子忽然全红了。

一树的红叶，分明呐喊的是秋的来到。

转眼间便见有了更多的树红了叶子褐了叶子黄了叶子。

曾是满城的碧绿，然而碧绿渐渐少去。

然而一天一番灿烂。

与此同时，灿烂的红的褐的黄的叶子们，开始零星飘落。你正匆匆地赶路，也许它就掉到你的眉梢上了。那是秋的贺卡哎。

时间进入十月，落叶渐频，W形的，Q形的，别的形的。它们频频地告别枝头，频频地飘然而下。频频地，飘过白人姑娘的姣好的容颜，飘过黑人青年的宽阔的胸膛，也飘过我们华人同胞的匆匆行走的步履。频频地飘，频频地飞，如蝶儿频频，那灿烂的叶哎。

也间有种子的优美飘落。许多种子都是缩在木质的翼里的。那翼，当真是翼呢，它活脱脱像是从蚱蜢之类的昆虫身上生出来的。翼中的种子，有的压在一头，有的却不偏不倚地蹲在中间。飘落的时候，前一种竖着旋转，后一种则横着小旋转又夹着竖着大旋转。而不论是哪一种旋转，都美得就像空中舞蹈。哦，飘飞的种子，振翼的种子，你们，全然是秋的精灵哎。

叶的落下和种子的落下，使地面多了一些生动的装饰。树本来是一个灿烂的立体，现在灿烂移位了变形了，在地上形成了一个平面，而平面的灿烂自有平面的灿烂特有的韵味。尤其是家家门前青绿草坪上所展示出来的灿烂平面，简直美得不可言喻。那是绿底的缎子上，洒了一些红的褐的黄的大的中的小的花，而且花的布局是那么出奇和那么和谐。把它们称作艺术杰作，应该说，一点儿也不过分。我每当从这些艺术杰作边走过的时候，都要放慢脚步，多看几眼。仔细地看看它们，就像陶醉在一篇好诗或者一篇好文里，身上的每个细胞都兴奋得索索颤栗。

逢上一夜风雨，不但地面上是落叶是种子，连泊在屋前的汽车，都像盖上了迷彩的篷布。车前车后，车左车右，像水一样汪着漫着的，自然也是斑斑斓斓的树上之物了。一些人去上班的时候，只把车上的树叶稍稍捡拾一下，就驾车走了。车成了飞跑的机械的树，跑一路，一路落叶纷飞。温莎的街上，因之多了一道天女散花般的亮丽风景。

这时候，不论哪条路，不论大的，小的，都铺满了金灿灿的落叶。踩着落叶的脚步，有的稳健，有的轻捷，有的调皮，有的浪漫。落叶，似乎让每个人都感受到了人生的美丽，因而心中充满了无限的欢乐。

何况，迎面是那么惬意的风。

有时候风停了，街上的落叶就像睡着了似的，一动不动。

这时候孩子们就耐不住了，他们把落叶一片一片地捡起来，攒满两手，然后嗖地一下扔出去，将它扬满天空。孩子们消失了的时候，汽车却又会呼呼开来，沉睡的落叶又会被汽车唤醒，并且跟着汽车欢跑起来。

但风总是很快就来了，而且愈刮愈大。

风吹着千树万树，千树万树的叶片竞相飘落，如纷飞的传单。风愈吹愈来劲，叶愈落愈壮观。红叶千万，褐叶千万，黄叶千万。黄黄的子荚，也千万。飞在天上的，如结队的鸟群；滚在地上的，似跳蹦的蛙阵。鸟群飞在这儿，鸟群飞在那儿；蛙阵跳在这儿，蛙阵跳在那儿。

但那只蛙是蛙吗？它忽然乘风一跃——飞起来了，从阶前斜飞而上，一直飞到屋顶。

——蛙，变成鸟了。

鸟群变成蛙阵，蛙阵变成鸟群。它们在飞，它们在跳，它们把秋天闹腾得没有一丝萧瑟的影子了！

这时候再看树吧看树，原本臃臃肿肿遮天蔽日的树，现在都趋于简练了、明朗了。

而不久，家家门前都有了一包一包的东西，如我们在中国农村秋收时看到的一麻包一麻包的粮食。但包是牛皮纸的质料，是从商店买来的专用品，里面装的呢，是干了的、变得不好看了的树叶——人们终于准备将它运走了。

这就是生命

我们去年才把家搬到这里。

这里是二三十年前修下的老房子了。原主人是个黑人。那黑人也许日子过得非常窘迫，也许有什么无法摆脱的心事，总之，好像老是处于心不在焉的状态。不是么？你看，一个面积颇引人喜欢的很大的后院，却荒草萋萋，还是一片原始状态。

因为院子确实很大，我们也没有力量在两三年间雇请人将它整好。于是我们买了一台锄草机，每过一两个月就将那荒草剪锄一遍。

荒草种类很多，但主要是狗尾巴草。故事就出在狗尾巴草的身上。

我们一遍一遍地锄，狗尾巴草一茬一茬地长。

长起的每一茬狗尾巴草，它的顶梢都有状似狗尾巴的毛茸茸的穗子在风中摇曳。那穗子活像无数碍事绊脚步的烂矛破戟，看一眼都让人心里发毛。狗尾巴草就用这穗子结籽和繁衍后代。我捧起看了看，穗上结了数不清的种子。我想，只有锄得更勤，才有希望使来年的院子荒草断种。

我们就每过两三个星期锄一遍了。我们有时候为此累得浑身酸疼，因而望着狗尾巴草生气，气极了．就骂它，踩它。

但我们一遍一遍地锄，狗尾巴草还是一茬一茬地长，一茬一茬地结穗子，变化只在于，个头日趋低矮，穗子日趋瘦小。

其后我到外地去了。我回来已是暮秋天气，桃杏和槐树已经落尽了叶子。门前新栽的两棵橘树结满了颗颗小太阳似的金球。

我走后院子里的锄草工作，家人是一直坚持着的。

可是我看院子，狗尾巴草居然还都未曾消失。

我先是吃惊，气愤，无奈，继而，神差鬼使似的，很有些肃然起敬了。

狗尾巴草虽然只有两寸多高了〈通常是长半人高〉，却都结着小小的穗子。好像进了小人国似的，小小的茎、叶、穗却都非常完整的铺了满满的一地。那狗尾巴草的小小的穗子在斜照过来的阳光之中，周身的细芒挑着颤颤的露水珠儿，朦胧至极，妩媚至极。仔细看时，每棵狗尾巴草都无法掩盖自己的疲惫之态，但于疲惫中却迸射着咄咄逼人的不灭的生机。它们好像含着泪水在说："我们咬碎牙关，奋争了整整一年。"

一曲劲歌，仿佛骤然响起。

仿佛劲歌直上云端。

谁在唱呢？

——唱歌的是被宰杀了数十次的生命；数十次也不死，也一次次倒下又站起来了！

它在绝境中求生，绝境中歌唱，寻常的呼吸被它升华为永恒。

是的，这就是生命，生命的可叹处正是这样。它为了把大自然的神圣创造延续下去，坚韧卓绝，锲而不舍。它仿佛即使没有茎干了，也要在根上结出几粒种子！——啊，这就是生命！

家山迷茫

　　一轮夕阳，一颗悬挂在隐形枝丫上的特大号的熟透了的柿子，圆溜溜的，直径足有一米，看那模样，它的皮儿里应是一包汁液吧，它因而突显着鼓凸的底部，垂垂然似欲坠下。我正颇有兴致地凝视着它的时候，不知怎么扑沓一下，它竟整个儿地跌落在山头上了！我想山头上此刻肯定是红艳艳的一摊。但我在还来不及看清楚山头上的这种景象的时候，它却已经从山背后涌流下去了，陡溅起一天耀眼的绯红。那绯红自然是非霞莫属了，灿灿之霞。

　　这就是我所看到的美国西海岸某天的落日过程。面对它，我的心头不能不经受着一次难以名状的美的洗礼。我愿意在这里多站立一会儿。我愿意自己是一棵树，无眼无心无肺，什么也不去看，什么也不去思索，只静静地站在这儿，让霞光映红我的每一片时而会无端忧郁的叶子。

　　但我毕竟无法做树。我的脉搏在跳着。我的眼睛在转动着。

　　我看见不远处的高高的教堂了，我知道我的台湾邻居正在那儿做着虔诚的祈祷。她是一个极为热情的妇人。她曾多次邀约我们一家到教会去，并且不断给我们赠送一些宗教典籍，同时劝谕我们加入教会。我的腿近来有些毛病，她曾在主的面前为我祈祷，她嘴里念念有词地求主让我病去福来。她一次次地重复着这些。她的诚挚和热情使我无比感动。但我看过我的内心，我的内心竟像一泓静静的池水，硬是连一丝涟漪也难以泛起。我们一家不约而同地都和我一样。我在颇感愧对别人的一片盛情之余，深深地意识到，凭空让一个成人蓦然建立一种信仰，根本是不可能的事情。

　　我也看见苹果公司的一幢幢房舍了。我知道在那些看似极为普通的房舍里，却活跃着开国君王加亡命之徒似的乔布斯的不凡大脑。他从来不在乎输赢，只想为这个世界创造出些什么。他的特立独行的智慧、胆量和想象力，常使举世瞠目结舌。他在绝境中亲手推出来的iPod等电子产品，总是能在全世界的欢呼声中光芒四射，从而掀起一股又一股的抢购之风。他一个人居然改变了四个行业。由于他的存在，这颗苹果总是鲜嫩光亮，永不枯萎。连比尔·盖茨都说："乔布斯那家伙太可怕了！"以我如今的年龄，我知道已很少有什么东西可以激发起我的狂热了，但我却对iPod爱不释手。我因此从心底里对乔布斯充满了敬仰之情。我很为我能与他共着一片天地呼吸着同样的空气而感到欣喜。每天上班或下班时分，我看见总有许多汽车在苹果公司出出入入，我想我肯定见是过他的座车的，可惜的是，我和他之间却竟是那么空阔，那么辽远，竟存在着那么多的无形的山山水水，我至今还未能一睹他的丰采。我因此知道我虽然来此已经多年了，而其实只是个游离于这个社会的寂寞孤岛。

我默然散步向前。我看见归鸦成群地从天上飞过，归鸦声中，在目力所及的一切角落，都有如烟似气的暮霭缓缓溢出。天色自此开始黯淡了，朦胧了。我想这迷迷离离的巨网似的罩着的暮天之景，应是出自我们具有五千年文明史的故国的哪位丹青妙手吧，也许是米芾、八大山人抑或是吴冠中吧，总之是他们之中的哪个兴之所至，竟把一碗刚刚调好的淡墨泼出来了。于是树呀，房呀，路呀，于是尖顶的教堂呀和总是酝酿着惊世壮举的苹果公司呀，一瞬间都被那淡墨淹没了。而灯们三三两两舌灿莲花的地方，却白得晃眼。于是繁杂归于简约。于是多彩的世界只归于黑白二色。于是天底下的一切都让位于一幅柔美无比的我们中国式的水墨画了。

于是我则成了水墨画中的一个人物。

这幅水墨画一如上海世博会中所展出的电子动态版的《清明上河图》，不但我在其中踽踽而行，并且其中一切该动的都在动着。我看见一些人家正用自动喷水装置给草坪洒水，水花四溅；我看见一些人家的车库大门敞开着，成为一个好像装着出炉钢水似的亮窟，里边有人擦拭着什么；我料想这片小区明晨一定是庞伟垃圾车开来的时间，现在各家各户已把齐胸高的垃圾桶，一个一个地朝街边推着。而迎面走来的，也是散步的人，一对白人夫妇（丈夫穿着短裤），他们还牵了一只宠物狗。擦肩而过时，他们一齐笑盈盈地向我道着晚安。到处静得犹入月球之境。咚的一声，谁家门前树上的一只什么果实跌落下来，如同从深邃的太空掉下一颗星星，引得一只猫儿好奇地搜寻。

返回来的时候，我忽然看见北边远处的一座山，这座山虽然离我那么远，却好像撞上了我心上的一根最敏感的生命之弦，使我的五脏六腑嗡的一声一齐鸣响起来。这声音竟至于波及到了我的每一根神经末梢。

那么，一身水墨的刘成章啊，你何以然激动如此？

不是因为那山有着好看的起伏旋律。不是因为那山如一幅绝美的剪纸，贴在有星的天上。不是因为那山还有什么独特之处。不是，都不是。那山太普通了，可以说，它普通得如同一只在加州随处都可以看到的辛勤打工的墨西哥人。但是我现在看见它，却产生了一种本能的强烈冲动。其原因完全在于，那山上灯火点点，太像我家乡延安的清凉山了。

为了照顾先后前来留学的几个儿女，我远涉重洋到美国已有好长好长的时间了，如水光阴一年年一月月地在异国的土地上流过，春花秋月，雁来雁去，举目所见多是不再稀奇的洋人洋事。我原以为我已淡忘了往昔的一切，可是今天看见跟我家乡清凉山有几分似像的这座山，我的心立即成了一个自由落体，猝然掉进了惆怅之谷。

哦，清凉山，与我的生命紧相勾连的山呐我的清凉山！

当我呱呱坠地然后环视这个世界的那些日子，清凉山就是我眼中的景物。到我刚刚懂事的时候，母亲就边做针线活边对我说，当年，当她在做小女女的年月，那清凉山上有个月儿井，人们可以趴在井口上看见最美丽的月亮。末了她又叹口气说，可惜，那月儿井现在却已经没有了。我从此对清凉山的过往留下了最绮丽最浪漫的怀想。年长之后在我有了个人家室的十余年间，无论是在母亲居住的城里平房，还是我自己居住的机关窑洞，清凉山都位于我的对面，所以每天晚上，我一抬头看见的就是灯火点点的清凉山。于是清凉山遂成了悬挂于我眼中和心头的一幅亲切而朴拙的美丽画图。而现在，眼前的这座山，这座洋山，这座我连其名字都叫不出来的加州之山，看起来，竟然与我们那清凉山毫无二致，就像是从我的家乡我的生身之地原盘儿毫发未动地搬过来的！多年没看见亲爱的清凉山了，多年没享受过它的至亲般的亲昵的爱抚了，现在突然看见它，我是多么地喜悦！我的内心真是潮起潮涌久久不能自已！

人都说世界上最大的是人的心灵，比海洋大，比天空大，比宇宙也大；可是此刻，一座清凉山就把我的心灵填满了。啊，属于我家山一角的清凉山，山色凝重的清凉山，尸毗割肤饲鹰的清凉山，范仲淹的清凉山，花木兰的清凉山，蓝花花的清凉山，每逢四月八信男善女前来求子的清凉山，《解放日报》副刊主编丁玲的清凉山，诗人方纪和学者艾思奇的清凉山，羊肚子手巾和灰军装的清凉山，夫妻识字的清凉山，《野百合花》掀起不幸风波的清凉山，信天游高一声低一声的清凉山，修复了月儿井、琵琶桥和琉璃塔的清凉山。记忆中的清凉山上有陡峭的路，有宽展的院子，有喳喳叫着的无邪的花喜鹊，那是花喜鹊的清凉山。记忆中，只要登上清凉山的山巅，宝塔山就给人以一种匪夷所思的新异感了，你不能不狂喜地欢呼起来，而身边有庙，吹衣有风，好静幽好爽心的清凉山，更让人感到它的美好和巍峨。清凉山当然比不上泰山、华山、黄山的赫赫声名，它现在甚至还有点儿贫穷和苦焦哩，啊我的清凉山。可是在此刻，在我心中，它却如同一座云雾缭绕色彩斑斓的绝美的圣山仙山。当然我也想起了大字报曾经贴满了的清凉山，歪脖榆树上有人上吊的清凉山，更想起刮起老黄风的日子，大雪狂倒的日子，那些日子竟还有人被威逼着来到清凉山上修梯田呢被威逼着，其中就有先烈遗孀、我年迈的母亲的苦难身影，她的苦难身影永世不会磨灭在清凉山上呐，泯灭了人性的凄风苦雨吹打着的清凉山！想起这些当然勾起了我极为痛苦的记忆：哭泣的清凉山！曾与我一起颤抖的清凉山！但那样的日子现在总算熬过去了，树重栽，花重开，重如娘怀般温暖的山啊清凉山！

　　而现在，我站在美利坚的星空下，望着眼前那山，望着山上那灯，多少情与意充满肺腑，我既舍不得挥霍，也难以排遣。但当我忽然意识到它并不就是真的清凉山的时候，我的内心又是多么地惋惜和失落！然而，我宁愿相信它是真的，或者起码说，我宁愿相信它是和清凉山极其相似的，是清凉山的脱影。这时候我便想转身对经常与我一起散步的老伴和女儿说：你们看那山啊，它多像清凉山！可是我转过身去，身边何曾有老伴和女儿的踪影！原来，只是我独自一人在这儿散步，形单影只。客心何事转凄然？都缘似见清凉山。啊，家山！家山！我的家山啊，我的清凉山！

　　家山这个特别温暖的词儿，当然是作家乡解的。我很为我们祖先造出这样的词儿而感到极度幸福。我想我们祖先中的许多人定然像我一样，曾经远离过家乡，对家乡怀着深深的眷恋之情，害过重度的思乡病，因而不满足于家乡呀故乡呀这些词汇，因而和着乡愁的感情之汁，于不经意间，又创造出家山、故园、乡井这一类词汇，铭刻于生命之中。他们把一个本来抽象的、模糊的和平面的概念，变成了具象的、清晰的、立体的写照了。于是一提起家乡，就同时有家乡的实物出现，使家乡变得如图如画，可触可摸，历历在目。而现在，家山一词成了我唯一的所爱，因为除了它，好像就没办法表达出我内心的特殊感受。因为是眼前这座酷似我家乡清凉山的山，勾起了我对于埋着我的衣胞养育我长大的那片土地的浩茫思念。所以在这里，在我心中，把家山理解成家乡也好，理解成家乡的山也好，不管它合乎不合乎这个词儿的本意，都是无关重要的事情了，它们都可以使我对家乡的不胜其眷眷之情能得到几分释放和慰藉。

啊，家山！家山！我的家山啊！家山！

我就这样念叨着，呼唤着，把脚步停下来了。我一遍遍扭头看去。是的，那儿不但有一座黑乎乎的山，而且那山上还亮着一些星星点点的灯。其山不高不矮恰似清凉山之形之状，其灯不多不少恰如清凉山之暮之夜。不是么？一盏灯契合了，两盏灯契合了，七盏八盏灯也契合了，并且山的轮廓山的特点山所透露出的气韵也契合了，看起来二者是多么相像呐多么亲切的我的家山！谁能说不像呢？谁敢说不像呢？谁会说不像呢？那山像一件高仿古陶，缭乱着我的眼睛，几可乱真。退一步说吧，即使有几分不像，我也愿意陷入迷思。将错就错是我感情的需要。迷思是醉人的，销魂的，醇美无限。于是老远地望过去，我几乎可以隐约看见我曾经在那儿在信天游声中摘酸枣的黄土坡洼了。我觉得如今那酸枣的香气依然随风飘飞，从那高高的山坡上一直飘到我的眉头，心坎。一瞬间我觉得此山与那山契合若神，若孪生兄弟，若日月合璧。所以应该说，家山犹在此。那是一片我总是魂牵梦绕的生身热土。那是一段冥冥中早已将我和它绑在一起的不灭尘缘。那是我永难割舍的终生牵挂。那是已然远远离去的母亲遗留下来的齐天大爱。越看越像呐越看越亲。家山犹在此！

啊不，家山不在此。家山如今分明飘飘渺渺，与我隔着一汪大洋还有许多山河。我知道眼前的景色分明是一个骗局，它狠毒地蛊惑着我的神经。我知道只要到了明日的拂晓，东天抹上最初的一缕晨曦，眼前这山就会露出它的真面，它就不再是我的家山了。因为那山上有许多我的清凉山上所没有的郁郁葱葱的绿树，而绿树丛中是一些阔气的别墅，哪像我们的清凉山上有一孔一孔的窑洞，窑背的上面除了长着些许酸枣树和洋槐树之外，还种着大片大片的五谷田禾。除此之外，还有一个最大的不同之处，那就是我们的清凉山以独具的摩崖石刻"诗湾"而闻名遐迩，而这儿何来此物？可是我眼前漫漫漶漶的山上，家山的黄土仿佛伸手可及，于是我下意识地伸出手去——可是！我好不失望！我触摸到的却只是车流灯光映照着的夜的身体！这样，我高亢的情绪顷刻间便被瓦解了！这样，我便觉得自己是受到了重重的一击！这样，我的心立刻被失落感吞噬着了！

　　啊不，家山应在此！我宁愿相信眼前的山就是家山。我宁愿相信这山上也有一孔一孔的窑洞，也有一片一片的五谷田禾，也有一个以真草隶篆各式字体镌刻下来的千年诗湾。但理智告诉我，家山不在此，家山远在地球的那边。太平洋。古大陆。涛声阵阵。白云层层。家山若有若无，隐隐约约，朦朦胧胧，虚虚幻幻，迷迷茫茫，在地球的那边。梁迷茫，沟迷茫，窑洞迷茫，五谷田禾迷茫，山丹丹开花迷茫，丁泉砭的担水人迷茫，诗湾的真草隶篆更加迷茫。如被白灰涂抹。如笼在雾中。迷茫的宝塔。迷茫的延河。迷茫的我的曾经住过的一些院落和屋子。迷茫的我当年留下的一些印迹。迷茫的先后掩埋了我的亲人们的一座座坟茔。迷茫的已然老去了的那些年月。然而，我相信，家山的我的母校延安育才小学和延安中学校史上书写着的我的名字，应该是非常清晰的。然而，我相信，当年由我作词由我的朋友谱曲的那几首心灵之歌，至今也会是清晰的，因其情也悠悠，意也悠悠，是我特为牵骨的乡井留，它们已融进信天游，我的弟妹们呐后辈们，愿你们兴致来了一唱休！而当我这样想着的时候，横亘于我心上的一切惶惑陡然间全都消散了，我陡然间真切万分地看见我亲爱的清凉山了。并且与此同时，清凉山周围的一切山容水貌，一切大路小路，一切村村庄庄，一切父老乡亲，也都清晰可辨了。

鸡叫声。狗吠声。吱扭吱扭的碾子声。哦，这是哪儿？辣椒串红艳艳挂在窑门边。门帘一撩，谁家的婆姨走出来了。她惊喜地看我一眼，又弯转身子喊了一声，于是满村的乡亲们都凑上来了。我真切地看见了他们喜悦的眼神和张合的嘴唇。"啊哟！你该是刘家的章娃嘛！""啊哟！十几年不见，你也老面多了！""听说你这回可走远啦！""可不是？人家漂过洋，过过海！""你多会儿回来的？这几天住在哪里？""看你满头的汗！""嘿！只顾说话，都没问人家累了没？渴了没？""拴娃！秀秀！你们怎么还像木头样的戳在这里？赶紧把板凳和躺椅搬来！哎！别忘了，再沏一壶龙井好茶！"

哦，家山，家山，耗尽我一生真情也难以释怀的家山啊！

而此刻远在天涯的我，心里是何等的苍凉！

晚风阵阵。杜鹃声悲。也不知是晚风呢还是杜鹃之声，无情地侵袭着我的肌肤，使我觉得浑身发冷。面对北边天幕下这座灯光点点的山，我不知站了多久了。我忽然意识到我这些年简直是糊里糊涂地度过的。我忽然明白我现在其实是一个漂泊者，流浪汉，可悲游子。我想恐怕只有像我这样的人，才能体会到家山对于一个人生命的无可比拟的分量。因为那上面寄托着你全部的情意和念想。因为超量的乡愁使你痛楚得难以自持。啊！瓜连着蔓子蔓连着瓜，不想家山再想哪？羊肚子手巾三道道蓝，为儿为女起身难！马茹子塄塄糜谷坡，快刀子也砍不断你的我！天上无云星星稠，多会儿能再踏上回乡路？

我的心里又不由泛起了马思聪的《思乡曲》了。我当然不是想起先生琴身与肩膀构成45度角的优美演奏姿势。我也不是品味他是如何运弓揉弦的。他的琴，淌出的是一腔真情，而我，除了有常人所具有的听觉之外，内心还深藏着十万只耳朵。琴声琴我，琴声声我。我心如水，水映云天。水潺潺其蜿也！天苍苍而高也！我一时浑不知我是琴抑或琴是我了，反正我们之间发生着时而低回时而高远的旷世共鸣。据说此曲的素材是来源于内蒙古民歌。内蒙古不但与我家乡陕北紧相毗邻，而且，它的爬山调与我家乡的信天游如出一辙，如同着一个血脉，一个魂灵。怪不得我现在哼起它来便有更多一层的断肠之感，以至直想落泪。我疾步走回陋室，立即拿起电话就去向我那片亲爱的土地我的故园延安拨号了：011—86—0911……我一边拨一边忽然悟到我多苦多难的母亲的坟头现在已经是荒草萋萋了，长眠的母亲已经再也不可能听到她的不孝之子的声音了，于是，我的眼泪便如决堤之水，任怎么也无法控制了……

多少往事如涛似浪飞溅心头何处诉？惟向苍冥一痛哭！

这壁冬

　　三月花开遍地。五月碧空流云。七月八月，海风诱人。一到十月下旬，随着天上最后一个雁阵的悄然消失，时令马上就进入冬季了。这时候要是在我的家乡陕北，甚至在整个中国北方，到处都是一片山寒水瘦的景象；这时候要是西北风再吹来，大地真是要多肃杀有多肃杀——所有的树木都只留下光秃秃的枝丫，每一条河流都封冻了，野物全缩进洞穴，除了姑娘们的衣着和冻蔫了的冬小麦，大地上看不见一丁点儿绿色。可是这儿不同。这儿是北美大陆的加州。加州有加州迥异于别处的季候逻辑；甚或可以说，加州是怪异的，不可理喻的，它不按牌理出牌。那么，问加州：你何以如此呢？加州莞尔一笑，却无一语。有语的，是吮蜜的蜂鸟，迷你的直升飞机，长翅的少林小子，翩翩上下，动作灵敏，绕着一树花儿，嘤嘤地唱着赞美诗；有语的，是戏水的野鸭，血肉的小舰船，水上的羽衣健将，它们一齐把肥硕的身子倒插于水中，然后猛然拔出它们呷呷呷叫着的头颈，溅起一片水花；有语的，还有散居于加州数不尽的幼儿园里的老美、老中、老非、老俄、老墨、老德、老法、老越、老韩、老印等等族裔的不同肤色的孩子们，他们张着缺了牙的可爱小嘴巴，稚声稚气地念着唱着欢跃着："冬天来了，草儿绿了。冬天来了，草儿绿了……"加州加州，你的牌为什么出得这么难以逆料？你这张牌？

加州依然莞尔一笑。不过她这回开口了。不过她有点儿王左右而言他。她说在别的日子，她也有绿草；不但有，而且很多。那是真的。但那绿草只长在庭院前后，运动场上，公园里头。这些草坪和绿地，悉为人工所种植。除了这些地方，那么看看吧，荒郊，野外，山坡，平原，到得都横陈着野草的死尸，一片干瘪枯槁，如自然界的一场核子大战刚刚结束。因为那些日子是旱季，旱季是野草的致命季节。而临近冬天的时候，雨季才来了。雨季亲民爱民，是广受万物欢迎的慈善家，它一来就造访每一个山头，每一道悬崖，每一条河川。雨季以大自然伟大使者的姿态，向世界展示着它的博大、宽厚、包容、公正和无私。雨季绝不像人类似的掂斤估两，充满功利之心。它对草类不分亲疏远近，一视同仁，一律疼之爱之。它提着云的喷头，将仙界的琼浆玉露，喷遍于一切干涸的饥渴的地方。于是小草钻出了地面，并且以嫩绿的嗓音向世界宣告："我发芽了！我活过来了！"于是荒郊，野外，山坡，平原，到处都这样向世界宣告，到处都在喊着叫着，到处都一蹿一蹿地抢着说："我发芽了！我活过来了！"

是的，草们发芽了，草们活过来了。草喊一山一山青。草喊一山一山翠。草喊一山一山靓。草喊一山一山满眼鲜碧生机蓬勃蝶来蜂往就像到了三四月了到了三四月了。草在喊。喊在山上去年滑过坡的白花花的地方，喊在山上的石头缝里，喊在山上中国制造的旅游鞋刚刚抬起处，喊在山上红嘴鸦的起飞中，喊在山下，喊在河沟，喊在苍茫的州际公路边，喊在死去多年的老树根底，喊在海边喊在湖心岛，喊在巴士站座椅的下边，喊在飞驰汽车的反光镜里、行人的目光中，喊在无家可归者的睡袋旁、塑料水瓶边。草在喊。一声声地喊呐喊呐喊呐喊呐，草在喊。喊得多么动听多么富于诗意，这草，这鲜嫩的生命，这美丽着植物界的像只穿着红肚兜的光屁股小哪吒的小宝宝。啊小草们的世界，新绿的世界，喊声动人的世界。啊好美的山。啊好美的郊原。啊好美的草。啊好美的风光。啊好美的这壁冬，加州之冬，加州的数九天。

我困惑：这还能叫冬天吗？但我的思维还不曾消歇，那太阳，天宫的工程师，伟大的酿光者，就给千万座山头的绿草，悉数披上金色的光辉了。

草们跳起了迈克·杰克逊之舞。草们歌唱着灿烂的阳光。

加州阳光的灿烂，在全世界都是出了名的。只要淅淅沥沥的雨水几日不再淅沥，只要云雾的罗帐被暂时卷在一边，只要运送水蒸气的海风也知趣地在太平洋的哪个海湾里猫上几天，加州的阳光就灿烂得让人心醉。但是雨季绝对是雨的疆域，雨是这疆域的权力无限的赫赫王者，它总是理直气壮，大摇大摆，说来就来了；来了就泼水泼水泼水，哪管天潮地湿旅人不悦。而当它累了的时候，阳光又是一片灿烂。过几天又下雨了。过几天又是阳光灿烂。就这样，加州的雨季，雨和阳光总是隔三岔五地交替着，轮换着。如果将这种情形浓缩一下，出现在人们眼前的，就是雨和阳光，雨和阳光是旋转在玻璃板上的一个硬币的两面。

旋转的硬币。雨。阳光。雨。阳光。当你凝神于这种变幻时，蓦地回首，草们却在哈哈哈哈的笑啊笑啊，绿衣绿裙的妙龄少女，一个个举着小花伞，欢舞在这壁四野，草们开花了。风起时，一浪一浪的黄，一浪一浪的白，一浪一浪的小星星，一浪一浪的笑声飞扬闹闹嚷嚷。这时候有别于草的植物以开花为终生职志的植物它的花当然开得更好——郁金香开得姹紫嫣红，百合花开得雪白优雅，而鸢尾花呢，就像昨夜流星落下时，从高空带下的一些蓝天的碎片。这时候树呢？树是什么样子？你放眼看吧，删繁就简的，只是枫，只是桦，只是桃，它们充其量也不过只能占上树的二成到三成；大部分的树都是一株一株的蓊蓊郁郁。它们好像是桃花源里的村民了。它们不知有冬，无论冰雪。而果实还挂在枝头——金黄的桔，火红的柿，足球样的柚，张开嘴的大红石榴……还有许多小浆果，栗子般大小，杏核般大小，豆子般大小，红黄紫黑，各傲其色。望着这些景象，你又不由不纳闷了：这是什么季节啊？夏耶？秋耶？抑或是春？都像都不像。哦，这壁冬，加州之冬，你的内涵为什么如此繁杂，如此一言难尽？但你仍然莞尔一笑，却无一语。不过高山却发现你的秘密了，河流却发现你的秘密了，它们说它们曾看见在一个雾气飘浮的没有月亮的夜晚，你趁人熟睡的时候，以你隆着肌肉疙瘩的两只臂膀，猛地一搂，把夏秋春都搂到这儿来了！

这，还有什么牌理可讲？加州！完全是乱了套了！

我在加州住过的地方可谓多矣，无论是洛杉矶地区的波尔班克，阿凯迪亚，还是旧金山地区的圣荷西，库柏蒂诺，它们都曾消磨过我的远离故土的寂寞岁月。在这些地方的冬天，我常常看到的都是这种出人意料的自然景观。

这时候总是看见喝足了雨水的碧绿野草，在风中，滚滚荡荡，沸沸腾腾，生气直冲云天。"好美哪！它好像要统治世界了！"诗人放眼青草覆盖的座座青山，说道。"可来年将有火灾之虞。"我儿子工作单位的大鼻子老美领导，望着楼房下的一片阔大草地，不能不忧心忡忡了。于是开会研究。研究途中，这位领导耸耸肩说："现在虽然经费拮据，但是又不能放下这隐患不管，要想出一个既省钱又能解决问题的法子。"结果法子想出来了。三天后，雇来了一伙工钱相当低廉的除草能手。他们身穿白毛衣。他们脚蹬黑皮鞋。他们耳朵都比较大。他们除草的时候，不用机械，不用锄头。他们边除边唱着咩咩的歌——述写至此，请原谅，我不能再把"它"字再写成"他"字喽。是它们。它们是羊的一族。它们是羊。它们被雇来除草。不，应该说，它们是被请来赴宴。看哪，多丰盛的美肴！多可口的大餐！那么，羊的女士们，先生们，羊的淑女绅士，绅士淑女，还有羊的可爱的小贝贝们，面对你们，人们就像我们古老中国1958年提出一个响亮口号：放开肚皮吃吧！同时人们还不忘提醒你们一句：吃饱了，走时别忘了拿上薪酬！支票就放在那里！

我于是又想起我的家乡陕北了。我的家乡自古羊只很多。但是我的家乡曾经肥沃的土地由于失血过多，变成了非常苦焦的土地，没多少青草可供羊只吞咽。特别是到了冬天，羊只真叫可怜，往往要翻山越岭地跑上几十里地，才能吃个半肚饱。地上没草了，羊们只好把目光投向高空。信天游中的"羊羔羔上树吃树梢"，就是那情景的悲凉写照。有时候两个村里的人为了争一架有点蒿草的山，还会发生械斗。我想天底下的大部分地方，羊儿们要吃饱吃好，都必须付出很多。老美有一句名言，叫做"没有免费的午餐。"但这加州的羊儿，不但有了免费的午餐，还要倒拿些薪饷呢。这，难道不也是不按牌理出牌吗？

　　加州的冬天还有一个不按牌理出牌的突出事例，那就是，在她的大部分疆域，该下雪的时候，绝不下雪。鲁迅先生说雪是死了掉的雨，加州的雨却像吃了什么神丹妙药，总是神采飞扬，长生不老，在死神的面前，永不就范。你无论什么时候看见它，它都是呼吸均匀，脉搏强劲，如球场上生龙活虎的姚明、科比和詹姆斯。但是姚明、科比、詹姆斯都还受过伤哩，而加州的雨却仿佛压根儿不知道受伤为何物。所以加州之冬的雨，总是健健康康，朝气蓬勃。

　　美国最隆重的节日是圣诞节，而圣诞节应该是和雪联系在一起的。如果无雪，那穿戴着厚厚红帽红袍的白须圣诞老人，怎么能驾着鹿拉的雪橇，向人们送来深情的祝福？有节无雪缺气氛。有节无雪俗了人。无雪太扫兴。人们想雪想疯了！于是人们纷纷买来塑料做的白色雪花灯饰，挂在屋檐树枝，每片雪花都有手掌大。而一些阔绰人家，就以重金购来人造雪，在门口筑下雪山雪原，使盼雪如渴的孩子们，看到了真正的雪，一齐欢呼雀跃起来。

　　我头一次看到用钱买人造雪，是在波尔班克。买雪的是一户韩国人。这户韩国人一向与我们之间有着特殊的感情联系。之所以如此，完全由于他们和我们都长着黑头发黄皮肤，都是亚裔。相信他们原先在自己国内的时候，也会和我们在自己国内的时候一样，都把对方视为隔着千山万水的、云遮雾罩的、遥远的外国人。但是到了这里，我们各自的心理秩序登时发生了根本性的变化。千山万水不在了，云不在了雾也不在了，或者说，我们都站到了云上雾上，千山万水则微缩为百十里路程。于是我们感到，我们就像同省人，同市人，同县人。于是在心理上，我们便成了老乡了。我们也常常互相走动走动，并且带着一些鱼呀水果呀之类的礼品。当他们这天为欢庆圣诞买来人造雪的时候，他们早早地就通知了我们，让我们把孩子们送过去玩雪。我的孙子、孙女和外孙子都去了。那儿已有好多孩子在玩。我的孙子们立即融入其中。黑头发，黄头发，卷卷头发。黑宝石的眼睛，黄宝石的眼睛，蓝宝石的眼睛。黑，黄，蓝，以及卷卷儿，喊在白上，叫在白上，溜在白上，欢笑在白上。玉粒，玉团，玉鸟儿，从手中抛出，从头上飞过，旋而又钻到腿下脚下，化作一只只白玉的鼬鼠，倏忽穿梭，谁能捉住？

孩子们玩得多么高兴！

第二天雪还未化，孩子们接着玩，一直玩到夜深。我的孙子、孙女年龄小，累了，这时便回家钻进被窝；只有外孙子乐此不疲，还和别的小朋友一起玩着。韩国朋友提议：

"咱们帮孩子们组织一场雪中的化妆晚会吧！"

我说："好啊！"

"怎么妆扮呢？"

"让你小外孙扮一个中国的皇帝吧！"

这可难住人了！要是早知道，我们可以在国内买一套孩子玩的龙冠龙袍；即使买不到，也可以买一根康熙们后脑勺上吊的那样的猪尾巴，充充数儿。可是现在，两手空空，怎么办呢？但后来，我却想出办法了——糊弄一下外国人吧。我把床单给小外孙披在身上，又缝了几针，龙袍就算好了。头上呢？总不能像往常一样吧！我灵机一动，就给小外孙头上扎了一条像陕北农民头上扎的白毛巾。但就是这样一身"皇帝装"，也可把小外孙喜坏了。他威风凛凛地跑了去，在雪堆上大声呐喊，发出圣旨。但韩国朋友对中国太了解了，他笑说：

"这哪里是皇帝啊！"

我说："是李自成——坐了龙椅的李自成！"

我们于是笑成了一团。

虽然是玩，孩子们却都很当真。只见雪地上的大顺皇帝李自成，就像行走在故宫的大殿里头，仪态万方。陪伴着他的，是韩国裔的刘宗敏，法国裔的李岩，非洲裔的红娘子。后来刘李红们抓起雪来，向着皇帝老子尽情欢呼，用力抛撒。繁花似的彩灯照耀下，飞扬的雪粒织成了一天云锦。

好美的雪啊！

但从去年以来，这种景象再也看不到了。随着雷曼兄弟的轰然倒下，无数银行无数公司无数企业都倒下了。冷风阵阵，到处都在裁员。即使在骄阳如火的盛夏，即使躺在被窝里，人们也经历着南北极一样的温度。上司昨天还赞扬你，夸奖你，今天你去上班，人事部门却对你说："对不起，你被辞退了。"你上午10时还伏在电脑前工作，到10时11分，你的饭碗就被砸了。……多少人卷进了失业大军。多少人排队去领救济金。一些人便把怨愤撒向他的上司和人事干部，时有枪声震耳，上演了一幕幕流血的惨剧。于是后来的被裁者，遭遇的便是几近丧失人性的冷酷了——被裁者心情黯然地踏出了他工作了十多年的公司门口，还来不及回望一眼，轰隆隆隆，迅雷不及掩耳，就有人飞快地更换了公司门上的锁子，并且给幸免被裁的员工们每人发了一把新的钥匙……

倒霉的人啊，你该怎么发泄愤懑？你该向谁叙说委屈？痛定思痛，你只能抱怨华尔街的某些贪婪的肥猫们，不按牌理出牌！

大自然和雇羊吃草者的不按牌理出牌，浪漫而又可爱。华尔街某些人不按牌理出牌，就太可恶了，他们搞什么鬼次贷，引发了这时代的严冬，全球的灾难，可怕的冰河期。

赌城遍于美国的土地，老大拉斯维加斯，老二大西洋城，它们之外，尚有大瀑布等星罗棋布的野性的、典雅的、各色各样的众多的小赌城，昼夜不熄的幻境中，它们哪座，哪座培育出这丑之星，恶之花，无赖玩家？

　　但不管人间有多少苦难，大自然还是迈着它既定的脚步，又把节日连串的日子送到加州来了。10月31日：鬼节。11月26日：感恩节。紧接着，随着一阵紧似一阵的连绵细雨的洒落，随着像雨滴一样不断下降的消费指数，圣诞节也要来了。但人们知道，记忆中荣景年月的火树银花的圣诞灯饰，已隐居不出。今年的节日气氛虽然比去年好些，但到处依然显得无奈而又冷清。有的人家倒也挂出一些灯饰了，但那灯饰总有点儿没精打采，萎靡不振，心事重重。你看着它们，就像看着一双双疲惫的眼睛。在这样的情况下，哪能再奢望出现人造雪的飘飘扬扬？漫说中产阶层了，即便是那些豪宅里的阔绰主儿，谁不是紧紧地捂着自己的钱包？因为你一旦向银行缴不上房款，你的豪宅转眼间就可能成了法拍屋了。明天它将姓什么？是姓张姓王还是姓摩根、查尔斯、巴赫、捷列金、德川、波尔万地？只好听任拍卖师手中的锤儿惊心地一击了。这时候环视加州，仿佛只有草，只有丰沛雨水浇着的草，才无忧无虑，坦然摇曳，静不改名，动不改姓。

　　但我想，天是塌不了的。忆昔洪水滔天，尚有诺亚方舟。隐藏于人性中的邪恶怪兽，不是永远不能制服。

　　我对人类充满了信心。

　　一天夜里，睡梦中翻身时，我一双欲睁未睁的眼睛，忽然瞥见一个异常现象，窗外竟像白天似的散射着亮光；不由奇怪起来。但来不及细细思忖，亿万瞌睡虫又将我抬入梦乡。早晨还未起床，就听老伴打开的电视机兴奋地报道：湾区的山上下雪了！湾区的山上下雪了！出门一看，多少年与冰雪无缘的山头，果然一派银妆。草色不见了，嫩绿不见了，鲜碧不见了。雨不见了雨死了。青山不知何处去，天宫抛下白绒被；白的面子白的里子，都是白亮白亮的颜色，都是上好的质料。其实山依然矗立在那里。山从未离开它生身的地方，寸步未离。山只是胖了一些。山成了白玉的馒头。山成了梨花的集散地。山成了白天鹅引颈高唱的洁净舞台，一尘不染。山上原先的一切都不复存在了，不知什么人笔蘸白色的汁液，写了无数白色的文字。草们不识字，呆看不作声，大概以为谁把一火车面粉撒到这儿来了。好白的面粉好白的山！只有房舍是黑的。只有人影是黑的。只有翻飞的鹰鹞是黑的。不久人们陆续出门了，陆续准备驾车上班了，但在登车之前，都还要喜悦地向山头瞟上一眼。我知道，虽然落雪的地方非常有限，但却似乎落在每个人的心上了。这雪，这雨的精魂，应是加州向我们这儿亮出的一张最可心的牌。这牌，情深意切，关怀备至，没有任何冷酷意味，令人心生暖意。这暖意，是对身处困境中的人们的最好的精神补偿。这精神补偿啊，是即将莅临的圣诞老人，送给人们的千金难买的珍贵大礼。

　　也不知是好雪改变了人们的心情，还是又有人找到工作了，傍晚，当我和老伴出去散步的时候，发现我们常走的路上，灯饰多了几处。我们当然高兴。圣诞节的气氛毕竟浓了几许。我对老伴说："咱们明天挖荠菜去吧！"老伴同意。

　　荠菜就在距我们百十米远的地方，苹果电脑公司的近旁。老美们从来不吃。老印老德们还有许多老什么的也都从来不吃。他们不懂得吃。我们老中却地不分南北，人不分老幼，都对之满怀着厚爱和嗜好。我们老中超市卖的荠菜食品，还是远涉重洋，从上海运来的。而现在，我和老伴一起，被山头的皑皑白雪映照着，手里拿着塑料袋和铁铲铲，要去挖荠菜了。我们知道由于好雨的连番浇灌，阳光又好，荠菜长得正苗壮，正肥实，其中最大的，一棵足可以抵得上一棵菠菜。我们想，到了圣诞那天，我们不吃火鸡，我们不吃三文鱼，我们不吃布丁，我们甚至连奶油玉米粥也不吃。我们最喜欢的圣诞大餐将是弥漫着浓浓的中国气息的荠菜饺子，再加一瓶泸州老窖。圣诞树就在我们心里栽着，上面亮着彩灯。我们祝愿在金融海啸中艰难前行的人类大船，能鸣响出胜利的强音。我和老伴边走边啦。当我无意间抬头时，却看见天上竟有几朵雪花落下来了，在我们的头顶飞飞旋旋。哦，这洁白的雪花，你来自高天的哪一股浩荡气流？你带着母亲陵里发出的殷殷关切、谆谆叮嘱吗？

跳着跑着走去。脚脚嫩软，脚脚碧绿，脚脚草窝脚脚香。前边，跂蹴成一丛或匍匐于地上的，肥头大耳或者是身材苗条的，藏香不露或者是播散着诱人气息的，那都是荠菜了。参差荠菜，左右采之。参差荠菜，上下采之。参差荠菜，诵诗采之，哼歌采之，抒情采之。忽然心中一个爆闪，我记起国内一家网站上刊登的一则关于荠菜的介绍了："荠菜，又名护生草。原产于我国，目前遍布世界。"何者为生？生命？生机？生态？生活？生动？都对又都有些不得要领。还是《易经》说得好："天地之大德曰生"。它概括得多么精辟！我默默地对自己说：做一棵走到哪里就护到那里的护生草吧，为了人类的共同美好未来。

我的心响应了，咚咚地做着回答。

雪花。雪花。雪花。很多雪花飘下来了。大地在低吟浅唱。荠菜好新鲜！

大雨落在硅谷

这个题目显然含了极多的水分，是饱和了的，就像天上的云彩。只见那些云彩好像只轻轻地一抖，天地间就有了几丝水意，紧接着起了风，然后，就感到鼻尖上落下凉森森的东西，再然后，雨就真的普天飘洒，这儿那儿，就都有雨伞一把一把地张扬，红红绿绿，摇摇曳曳，如一朵一朵绝美的鲜花。

然而，雨伞毕竟不多，因为这是硅谷，是轮子上的世界，沿着高速公路，钢牛铁马踩着风火轮，车的挡风玻璃上，雨刷子如倒置的钟摆往复不停，隔着车窗望出去，风驰电掣，轮飞水溅，哪一个不是一派与时间叫阵的劲头？

然而，汽车也毕竟不多，因为，硅谷不是小村镇哪！它的人口是250万哪！举目四望，不只汽车不算多，也没有多少可以称得上雄伟的建筑，而现代都市常有的摩天大楼，它一座都没有，即使是它的商业区也看不出有什么像模像样的繁华。这硅谷，平日就如一座空谷，此刻就更静了，而且加上几分朴拙。哦，好独特的藏而不露的硅谷！

　　然而，我的心此刻却飞到大洋彼岸——飞到陕北去了，飞到关中平原去了。陕北的信天游中隐隐飘荡着米酒的香气，沁人肺腑。关中平原菜花黄了的时候，常常把大雁塔都辉映得像金子，万丈辉煌。我多少年一直生活在那里。在那里，曾经有一些时候，所谓硅谷，只是《参考消息》上的一个地名，猜想中的一个最难猜的命题，如一片神山圣水。即使是现在，一提起硅谷的"苹果"，一提起硅谷的"谷歌"，我故乡的许多朋友们仍然会感到多么遥远和神秘！但曾几何时，我竟然和"苹果"、"谷歌"们站在一起了！挨个儿数吧："苹果"、"谷歌"、"惠普"、"IBM"、"英特尔"、"雅虎"……它们一个个的就在我身边，它们的建筑一个个精美得就像珍珠的楼，水晶的楼，钻石的楼，绿树和草坪像绿缎子似的衬扶着它们；或者，它们就像一朵朵硕大的幽兰，硕大的幽菊，硕大的幽梅，人们像蜂，在它们的花瓣间进进出出；门前或院中的标牌更是五彩纷呈的艺术杰作。我每次走过的时候，都要把那些标牌看上好几眼。它们和我离得那么近，真是伸手可触。望着那个被咬了一口的苹果，我想，那被咬下的一块，应是含在我的嘴里的吧，我仿佛咀嚼着，其声清脆。那"谷歌"的写在标牌的英文"Google"，那是我每天都要在电脑上点击的字符啊，现在不期而遇，怎能不叫人又像走入梦境！"看眼前，是何人，又面熟来又面生。"这歌，便生于我心上，颤栗于我唇间了。哦，好亲切的字符！

　　说起亲切，又不能不想起另外两个公司了，因为它们的楼宇里头整天忙碌着我的至亲传人。它们的规模虽然不是数一数二，却也在世界各地都有分支机构。硅谷是寰球之谷，我的血脉是这谷里的一条叶脉，我分享着硅谷强健的心跳。

　　现在，天下着雨，雨把"苹果"、把"谷歌"、把"惠普"、把"IBM"、把"英特尔"、把"雅虎"……把硅谷的无数公司和它们的五彩纷呈的标牌，都笼罩起来了。很有点南朝的意味。不是么？莺也在啼，绿也在映着红。虽然不见酒旗舞于风中，却有麦当劳的特大的"M"，凌空高悬。寺当然成了司了，公司，不是四百八十个公司，而是八千四百多个（大的大到有员工20多万，如一条巨鲸，小的至小，麻雀似的，只有三两个人）。如果有诗人杜牧那样的眼光，我当会看到，闪烁于烟雨中的，是多少楼房，多少门窗，多少标牌多少树！但我的眼光短浅，在我面前，那些雨中的楼房，门窗，标牌，和树，都是山隐水迢，迷迷离离，若谜，若梦。若谜若梦的还有一部硅谷史，特别是它的源头。那个叫做特曼的斯坦福大学的名垂青史的教授，是怎么想起让他的学生们去一片荒凉的谷地去创业的呢？那些学生身上带的五百块美金，是怎么一点一点凑起来的？而工作在那个破烂的车库里的有志青年，又是怎么迎来了惠普和硅谷的呱呱坠地？一转眼六七十年过去了，当年的一切都如隔着这蒙蒙的雨帘了。但那源头喷射出来的精神光芒，却至今随处可见。没有浮华。没有媚俗。没有慵赖。没有骄和躁。没有死气沉沉。即使在此时此刻，这落雨的假日，许多人也早早把孩子送到托儿所，早早地加班去了。只有他们家的树木还悠闲地站在他们家门前。雨水沿着棕榈树的树干流淌下来，棕榈树高大，挺拔，它小小一团的枝叶紧贴着云层，仿佛为了弥补硅谷没有高大建筑的缺憾。湿淋淋的橘子树叶子碧绿，果实金黄；随着雨滴的落下，那耀眼的果实也落下落下，咚咚地响；地下已铺了金黄的一层了，它们仿佛在水中抱怨，叹息。只有忍不住寂寞的雨水珠儿，像一个百无聊赖的孩子，在左近的电线上滚过来，滚过去，滚过来，滚过去。但有什么办法呢？谁叫这儿的主人是创业者呢？主人经常忙得连和孩子一起散步的时间都没有，连夜里都常常在办公桌下钻进睡袋里瞌凑合一宿，怎么能有时间采摘这些成熟了的橘子呢？

蓦然间，山头的白色云朵，一团一团地向下翻滚。风应该是隐身人，它与云朵步步相随，我们却看不见它。但风的力量，在每一团云朵上都表现出来了，使每一团云朵都翻卷如雪的浪涛。雨便骤然大了起来，一下胀大了百倍千倍。我不由向谷歌那个巨大的石制标牌看去。我觉得定然是一个什么人给谷歌公司的楼房间扔进去一个"雨"字，又在它的大门上轻轻一拍，哦，是一点击，于是，史前的雨，史后的雨，东方的雨，西方的雨，大陆的雨，海洋的雨，携雷的雨，带风的雨，自然界的雨，艺术作品中的雨，一霎间，全被搜索出来了，全被召到这儿来了。雨族云集，轰轰烈烈。雨雨雨雨雨的大会师，雨雨雨雨雨的大博览，雨雨雨雨雨的比拼，雨的竞技，雨的狂欢！我曾经写过一篇叫做《七月的雷雨》的散文，写的是陕北，陕北的那场雨是够大的了，但到了这里，它只能算一个小弟弟。仰视吧，老大哥在此，老大哥何等庞伟！它是我有生以来见到的最奇特最浩大的雨。满天空悬挂的已不是雨线了，而是瀑布，一道一道雨的瀑布。惊雷声中，电光一闪，它们白亮得让人惊诧，让健忘症患者都过目不忘，让最平庸的画笔也能出奇制胜。这些尼亚拉瓜瀑布，伊瓜苏瀑布，安赫尔瀑布，黄果树瀑布，李白诗中遥看瀑布挂前川的那个瀑布，以及非洲的瀑布，欧洲的瀑布，澳大利亚的瀑布，都如银河决口哗哗泻下。随着强劲的风，它们都在空中摆来摆去，以千钧之力。由于它们的摆动，周遭的景物都在迅忽变幻，包括那些建筑，包括那些大树，包括那些高速公路，包括公路上的红绿灯，包括红绿灯辉映的汽车，都是瞬间连个影儿都没有了，只见白茫茫一片。可是刚几分钟，就像变魔术似的，一切又都显露出来了，历历在目，清晰如初。这雨就这么神神奇奇。这雨就这么威威武武。这雨就这么滂滂沱沱。这雨就这么壮怀激烈有如千万件管弦乐器一齐演奏。

哦，硅谷之雨，你使我想起山，想起海；想起尼采，想起爱因斯坦，想起莎士比亚和鲁迅；你是一种何等的大气象，大境界！

这样的雨，也许只能生在硅谷。

提起谷，人们往往想到的是狭小，窄逼，阴暗。想起两座大山的互不相让，而谷就在其间，谷如两个争斗正凶的壮汉间的一个涕泪涟涟的小媳妇。想起几块石头，一道细流，再加些许花草，如我们陕北的某一山谷。而硅谷之谷，完全不是那样。来到硅谷，人们都感到和自己原来的想象大不相同。硅谷自然也是被两座山夹峙着的，但那两座山相距是多么辽远，其最宽处竟然有16公里，以至让人感到硅谷不是谷，而是一块广袤的原野。硅谷的天空宏伟高旷，完全是"天高任鸟飞"之天。无疑，硅谷的地理风貌所显露出来的，也是一种大气象，大境界。

我常去硅谷库市雄伟的图书馆去借书，图书馆的对面是几间房子的市政府，二者相比，一个简直是远洋轮，一个简直是小舢板了。而小舢板的驾驭者，市长，还兼着污水处理厂的厂长。这就是这里的人文环境。

我曾默默想过，这远洋轮是大气象，这小舢板更绝非小境界。远洋轮共小舢板，是"秋水共长天一色"的那个"共"，落霞孤鹜，浓墨重彩，一笔画出了多少博大！

现在，大雨落在硅谷。大雨是神的鼓槌，于是，每一栋建筑、每一棵树木、每一辆汽车都是鼓啦，一个一个地敲，一个不漏地敲，一个比一个更重地敲。敲得那么欢欣，敲得那么痛畅，敲得那么有板有眼有音乐性有动听的旋律。犹如今天敲了就再没有机会敲了，因此敲得不愿再放下鼓槌，敲得忘乎所以，死去活来。狠敲浪敲贪贪地敲哪，咚咚咚咚如硅谷的十指敲击着电脑敲击着山河的键盘。但尽管大雨下得这么壮观，那些写字楼上却没有人把脸凑在窗上看稀罕，因为人们都顾不上观雨都属于正在埋头工作的电脑芯片。

大雨落在硅谷。大雨使空洞的有了内容，使抽象地显出了影子。大雨之网诠释着互联网，隐者互联网今天以大雨作自己的画像展示了自己的风采，真真切切，鲜亮明晰。那么网中硅谷：你既然教会了我如何下载，我现在就下载了，你看我从墙上下载了一把雨伞，准备打着它到院子去，把倒了的小树往起扶一扶。你看我家的宠物狗还跟着我，它一点儿也不怕雨的浇淋，跑来跑去，汪汪地叫，简直像网络中的一条最新的信息。

大雨落在硅谷。大雨鞭策着硅谷，振奋着硅谷，歌唱着硅谷。硅谷，这美利坚的高科技企业中心，这美利坚的资讯科技产业龙头，这美利坚的人才高地和风险投产资沃土，这君临天下的所在，风光如画，气象万千，肤有白黄黑，语有英中印，云集着全球多少科技精英！多少青年才俊来此结缘筑梦！它每半个月就可能推一两个公司上市，每一天就可能造就三四十个百万富翁。当然，在此创业，并不见得总是带来财富，也有跌得鼻青脸肿的人，不过硅谷的人们说，他们愿意接受失败，他们认为失败永远是最有用最好的经验。跌倒了，爬起来再干。

　　大雨落在硅谷。谁家的院子里，无数碗样大的水泡生成，奔跑，又消失了。消失了旧的又出现了新的，也是无数，生生不息。高速公路上的汽车，都成了爬不动的蜗牛。蜗牛无角，在雨中，每一个都成了一团踟蹰的云雾。八千多公司八千多标牌，八千多标牌上四溅着液体的星星。天上如倾倒着漫天玉块。万千玉块有时候被甩了几十米远，眨眼又迅疾返回；有时候又被收上半空，又忽地一下砸将下来，发出一声巨响，如惊雷触地。到处都在大躁动，大喧响，大开大阖。这时候便觉得以往见到的那些雨是多么渺小和可笑。这时候看硅谷的雨吧，这才叫雨！真正的雨！这时候，硅谷再也不是初来乍到的人们眼中的静若止水的硅谷了。那止水只是海的表面，海里热浪翻腾。现在海的表面也激荡了。硅谷表里一致了。滂沱大雨显露出硅谷最本真的真实。硅谷绝对是我们中国春秋战国的翻版，它没有一天不上演着群雄四起旌旗猎猎的伟大戏剧。雨的鼓槌敲敲打打，如述说着往日的喜悲歌哭。今朝的冒险精神创业精神一如昔日，也一如这大雨漫天瓢泼，泼一地水足肥饱的高科技之花，每朵都摇曳着古今独步的光荣和骄傲。报上刚刚披露，有一个公司，去年创立时，也像当年的惠普，只两三个人，穷得连办公室都租不起，可是他们以远大意念"电影分享"呼隆隆崛起，到今年九月，创立仅仅一年半时间，已搞得天翻地覆，被众多公司争抢收购，最后谷歌以大手笔的13亿美金购得，这无疑又是一大奇迹。硅谷，总是有这样的大思维，大动作，它是我们人类创造的一部鸿篇巨制，它无处不表现出一种大气象，大境界。现在滂沱豪雨冲洗着它，我看见它作淋浴之姿，何等壮美！它身上的征尘、汗渍、疲惫，以及些许的松懈，都随着满地挟着断柯残枝的水流，滚滚而去。如果作一幅画，背景应悬着土星火星，画题应为《震撼世界的大淋浴》。

大雨漫天，也洗着硅谷的心脏。那心脏是给硅谷以强大支持又得益于硅谷的斯坦福大学。斯坦福大学的每幢挂着雨帘的西班牙式建筑上，都有雨水舞蹈。

我来硅谷已两年多了。住在硅谷，一点儿也没有身处异国的感觉，因为抬腿动脚，都会遇到自己的同胞。据说，硅谷的华人，已有27万，成为第一大族群。印度人次之。有三千多家公司，都由我们华人和印度人执掌业务要津。其实，我想起，我们华人对于人类高科技事业的贡献，远不止这些。电脑的发明赖以二进位制，而二进位制的基本原理则起源于我们中国易经的阴阳两论。

哦，我真想面迎大雨，如陶渊明之登东皋，长啸一声：我是多么自豪！

大雨落在硅谷，落在这已成为经典的著名土地。大雨敲击着我的心坎，我多日枯涩的文思因为这雨而活跃起来，纷飞如满地雨滴乱溅。我愿这大雨能赐我以大魂魄，我愿我能具有硅谷一般的雄心和野心，我愿我能以有生之年，创造出一两篇无愧于我们中国人的山海之辞，云霞之章。

大雨落在硅谷，如落在我的电脑的键盘上。键盘上跳跳跃跃，想一半应是雨珠儿，一半应是文采。我知道这硅谷的大雨已给我增添了才气。我霍地一下站立起来，举手推开雨窗，力图更多地承接这雨的伟大洗礼。我看见大雨中的高速路上，红绿灯模糊得烂烂漫漫。我看见街上已成河啦。我看见河里的每块碎石都翻着跟头，都归了少林。我看见千道闪电喊痛快，喊人心就像这场雨啊，万条雨鞭竞自由。我感到逸笔纵横孕育在心上。

大雨落在硅谷。应是龙兵天上过，旌旗是水，车辇是水，脚步咚咚亦是水。应是龙兵抬来了太平洋，并且把它倒扣于天上。应是太平洋哗啦啦泄下一天伟大的祝福和滋养。世界成了雨的世界风的世界雷霆的世界。松鼠缩在洞里。出差者照样上路。又一笔资金注入。到了下午六七点钟的时候，冷清清的餐馆终于热闹了，男男女女，熙熙攘攘，湿着肩膀或腿脚，门口进来一个一个。不断收拢的，是伞；不断展开的，是印制讲究的食谱。年轻总裁依然是一副创业者的模样：牛仔裤，比萨饼，可乐。大雨落在硅谷。

跑　藤

　　"春种一粒粟，秋收万颗籽"，这是人世的基本道理。可是我们种了些大蒜，不知何故，施肥浇水地折腾了好几个月，结果刨出来一看，一个个蒜头竟小得让人哭笑不得。它的分量丝毫不曾增加，我们只是改变了一下它们的形状：下种时如月牙，现在变成球形的了。咳！

　　我们还种了些西红柿。西红柿的生长期也像大蒜一样漫长，但它却没有让人失望。等到时间它就开花了，结果了，而一旦它的果实开始红了，那真是争着抢着地红，让你不知该摘哪个是好。

　　最好种的应该是小白菜了，种子撒下去，只要没有病虫害的侵扰，它宝石般的绿，一个月就可以在炒锅里轻歌曼舞了。收了一拨又一拨，真叫人喜不自禁。

　　瓜类是很有特点的作物，我们种了两个品种的南瓜，还种了几棵瓠瓜。南瓜出苗之后，起初是两片叶，接着有了三片四片，一直到了五六片，欢跃活泼；却只是慢悠悠地长着，个头总不见大。可是有一天，我们发现它的头上生出藤蔓了，而就在这一刻起，它开始猛长了。那藤蔓简直是在牵着它快速奔跑。我们后来知道，这就叫跑藤。据说西瓜也是会跑藤的，但对西瓜来说，跑藤是一件很糟糕的事情，预示着结不好瓜或者根本不结瓜了。而南瓜的跑藤却大可不必紧张，我们只给它掐了掐尖，让它有所节制就好了。实际上南瓜跑起藤来，还是一道难得一见的好风景呢，你看它们棵棵都在跑，并且一边跑，一边开花，一边结瓜。这时候欣赏着它们，就像读着一首好诗或者一幅好画，我们的心里不由不充满着快感和喜悦。

有一天，忽然发现在西红柿的旁边，又长出一棵秧苗了，看那叶子，无疑是一棵什么瓜了。我们在这儿并没有种瓜的，大概是什么时候无意间将瓜种遗落在这儿，才让它获得了一份生命。心里怀着对它的疼爱之情，每当我们给别的菜们浇水的时候，也不忘给它浇上一勺。

但我们难以断定它到底是南瓜还是瓠瓜。由于这样，很自然地，我们非常留意它下一步会怎么发展。如果是南瓜，也想搞清它究竟是哪种南瓜。

它终于长大起来，并且开了黄色的花朵，接着，花朵下面又膨出瓜蛋蛋了。我们仔细一看，哎哟！它既不是南瓜也不是瓠瓜，出奇了，它竟是一棵冬瓜！

我们不能不在心里思谋：它的种子是风吹来的，还是鸟屙下的？反正太好了，它是一棵飞来的瓜呀，正好填补了的我们菜园里的一项空白。

于是，我们精心地关照着它了。

我们注意到，和南瓜极为相似，在生出藤蔓之前，它长得很慢，要静静地在那儿呆上好多天，但一旦生出了藤蔓，它的生长的态势就不一样了。它充满了蓬勃向上的力量。它的藤蔓总是探出身子四处窥测，寻找，试探，总是悸动着，转动着，躁动着，没有一分钟是安分的。我于是隐约意识到，将有一件什么事情要在它的身上发生了。而对南瓜的跑藤了如指掌的老伴说：跑藤在即！它是在做热身运动了！果然，它第二天就开始跑了。

那是一场别开生面的跑呀。

你看，它飞跑向前的藤蔓，姿势优雅，有如运动员长跑时形成的前倾角。如果把时间稍加浓缩，你便会看到，当遇到一道楞坎的时候，它一跃而过，然后就高举着一朵金色的花儿犹如奏响着凌厉的号角，一往直前。它起先只有五六片叶子，不久就变成十几片了，十几面绿旗在风中飘扬。此情此景，恐怕只有"浩浩荡荡"这个成语才可以形容。又不久，它就冲向西红柿，只见它踩踏着西红柿的茎，挤压着西红柿的叶，碰撞着西红柿的花和果，更不理会途中的野草杂花们会有些什么感受，脚不点地地一路跑过去，跑过去，不知疲倦地跑。

它本来只有一个头，可是几天之后，它就变成了好多的头，每个头都躬起在空中，转动如巨龙之头，长在上面的细而灵活的卷须自应是龙须了。它们展开了跑藤的竞赛。它们齐头并进，互不相让。它们一边跑一边张叶一边开着雄花雌花并且一路结瓜。它们好像是比谁在这世界上活得更加精彩。

我们每走到那儿，下意识里，就像上了运动会的看台。我们在心里向它们欢呼，鼓掌。而它们好像也受到了鼓舞，劲头更足了。到了一堵大墙边的时候，几乎是在一夜之间，嗖地一下，它们都攀上去了。

待大墙绿遍之后，它们又蜇转身跑至地上。它们似乎调整了速度，时而慢跑，时而有如散步。看来它们需要积蓄新的能量。它们比的是坚韧的意志和持久的耐力。

没过多少天，它们的叶子已今非昔比，蔚为壮观，数都数不过来。粗略估计，起码达到三四百片了。夏日的烈日照晒下，三四百片叶子就像三四百支举起的伞，给西红柿们遮着阴凉。而在风雨中，有的西红柿要跌倒了，是它们又急忙伸出卷须之手，把它搀扶起来。而有的西红柿似乎在它们身上学会了自强，硬是拨开了它们的叶藤，另创天地。

感觉里，跑累了的时候，它们便蹲下休息。一颗颗冬瓜就是它们蹲着的形象。蹲下五六个壮实后生。它们身上遍布着的密密汗毛，好像随着它们的呼吸声微微颤动。不知这些相距不远的后生们，隔了片片叶子，在谈论着些什么。

　　这时候我们看了看它们的根。我们不能不为之大吃一惊。记得两个月前，那根长得多细多弱呀，可是现在，它已壮如黑绿色的钢铁的缆绳了。我们就给这根上施肥。我们一边施一边望着它们的藤蔓和叶片。我们惊喜地看见，不知不觉间，它们已覆盖了少半个菜园，而且，其前进的脚步已经深入到了院子里的水泥地面。

　　世界上有许多跑，比如跑X，跑XX，等等，都是为了某种目的和利益。它们则不是。它们好像只是为了以自己的奔跑彰显生命应有的强悍和洒脱。

　　由于它有追逐阳光的习性，在跑藤的途中，它的藤和卷须，是随着地球的旋转而旋转的。在万类生命之中，它虽只是小小的一芥，但你从它的动作上，却可以感受到宇宙的节奏和律动。它和宇宙间的茫茫星云息息相通。

威严火山

　　这儿的每一块石头、每一片土都有不凡的经历。它们有的喷射过，有的飞翔过，有的如浪涛一样翻卷过奔流过。它们都曾猛烈地燃烧过，它们都曾发出过巨响，它们都曾闪耀出过最灿烂、最绚丽的光辉。

　　这儿有一个气韵生动的名字：夏威夷。

　　夏威夷是太平洋中心的一簇绵延1523英里的明珠似的大岛小屿。现在仍然可以看见它的与世殊异。

　　一座山，整个地像爬满了鳖和乌龟，鳖盖和龟甲，在正午的阳光下闪着黑色的光亮。那些大大小小的鳖和乌龟，大的如一间屋子，小的如一个巴掌。那是成万成亿的鳖和乌龟，挤挤挨挨，相互叠压，不知它们该怎么呼吸怎么行动。那是从高高的山畔上奔涌下来的鳖和乌龟，那黑黝黝的山畔绵延上千米，那黑压压一片的鳖和乌龟，就摆开着绵延上千米的庞大阵势，一齐奔涌下来，无休无尽，那是一幅多么浩阔的图景！

　　那是火变的乌龟，那是火变的鳖，火曾是它们爬动的身躯爬动的形象爬动的漫山烂红。它们的同行者明显还有海豚海鱼，还有巨蟹和巨蛙，还明显有蟒，不过海豚海鱼巨蟹巨蛙和蟒们也都是火变的，它们也曾经是浑身的光焰浑身的高温千度使万物为之颤栗。离地三尺有神灵，神灵常过往，神灵应该见过应该记得，那些当年呼啸而下的东西也许其实并不是龟，并不是鳖，并不是海豚海鱼巨蟹巨蛙和大小的蟒蛇，它们应该是隆隆作响的大明大灭的雷霆和闪电，其气势可怖气势逼人气势排山倒海那永难磨灭的气势。当它们以火的凶悍火的威力劈顶压下来的时候，树木被悉数摧毁山石被悉数摧毁，一只只被烧着了翅膀的飞鸟四处飞逃，而四处的山精石怪都是一片鬼哭狼嚎，到处冒着烟到处是触目惊心的死寂到处是满目枯焦，从此寸草不生。

　　经过一个月，两个月，或者三个月四个月，火的温度终于降低下来，火的光焰终于黯淡下来，火的乌龟火的鳖火的海豚海鱼巨蟹巨蛙和大小的蟒蛇，终于也降着温度并且由原先的通体之红，而黑红相间，而黑多红少，而成了一片煤炭似的黑色面目，但它们仍然是有灵性的黑色煤炭，是黑色的乌龟黑色的鳖和黑色的海豚海鱼巨蟹巨蛙和大小的蟒蛇，它们还在慢慢爬动。它们在夏威夷的美丽蓝天和美丽白云的映射下，黑得触目惊心黑得诡诡异异黑得奇奇幻幻，那是黑黑的传说似的现实现实的黑。那黑，厚重而又灵动，沉稳而又活泼，如同有风有月的黑夜之黑，并且有摇曳的灯光在那黑夜之中闪烁，它们是黑色的歌曲黑色的抒情慢板。但它们如黑的活的有韧性的生命，它们终于爬到大海里去了。大海里早有它们的先驱，先驱们早已在那儿堆成一道坡，它们就从那坡上爬下。它们引得水族们不断前来观看，水族们面对它们上瞅瞅下瞅瞅，但发现它们并不是真的自己的同类，它们只是形似或者神似，末了只好苦笑，摇头，说：现在这个世道啊，造假都造到这儿来了！

这大概是黑色幽默的起源。

这就是当年的景象。

更早呢？

更早，太平洋是一块天大的玻璃，大约五百万年之前，这里也是那玻璃的一部分。但是从那时起到五十万年之前，这玻璃的这部分便不断爆裂，不断冲出千丈万丈的火焰，那当然是火山的壮丽爆发，于是，硬是在那太平洋的洋底，轰隆隆崛起众多大山，那便是你好岛的诞生，夏威夷岛的诞生，毛伊岛的诞生，也是卡胡拉韦岛、拉奈岛、莫洛凯岛、瓦胡岛、考爱岛、尼豪岛的纷纷诞生。

而五十万年之后一直到今天，这儿的火山还在不住爆发，如同节日的焰火。

每一次火山的爆发都会从那地球的熔铁炉里喷出气体、液体、固体，但最终都以固体的形式保留下来，那就是火山石和火山灰。火山石都含着密密的气孔，用手掂掂，轻得有点儿不像石，而像柳木杨木或黑色的塑料。因而那路两边一望无际的黑，有时候让人感到它们是落在地面的一片片黑云。想那黑云间是曾经划过闪电的，响过雷声的。那是曾经吓死人的黑云。黑黑黑云，重重黑云，厚厚黑云，脾气暴躁气宇轩昂威风八面黑极一时的黑得不能再黑的起明发亮的黑云呐黑云。但它们是落地的黑云，但它们依然有着黑云的韵律黑云的姿态，黑云的滚滚滔滔。但它们也像黑夜的凝固了的江海大波，不再奔腾了，不再翻卷了，却留下了猛烈的运动模样运动态势。你看它黑黑的波峰高高，黑黑的波谷深深，黑黑的都带着吼声啸声，都携着阵阵凌厉的风。但是它们现在的确早已凝固了，只成了一个休止符，一个沉寂了的声音。或者是一个滚滚大波的模型。但是在这模型上，有的大波已碎裂了，有了大大小小的裂缝裂口和裂片，一副伤感的模样，不能再复原了。但是它们有着骄傲的记忆，它们记得它们曾经气吞万里如虎，如辛弃疾的当年。但风流总被风吹雨打去，那历史的风雨，至今还在频频斜扫横吹。于是它们有的变成如犁铧翻起的黑黑的土壤，有的变成如什么人倾倒在那里的一摊煤渣；紧连着这些"土壤"和"煤渣"，也有些黑色平原、黑色丘陵和黑色隧道。而在这一切的底下，是被长期深埋而又最终裸露出来的黑色的不规则的方块巨石，一如这些方块字：焱焱鑫鑫赑赑叠叠磊磊垒垒晶晶。我们的汽车就在这黑色的焱焱鑫鑫赑赑叠叠磊磊垒垒晶晶的夹峙中如豹在蹿跃。

如豹蹿跃又如豹躺卧下来。我们在豹的身边远看环视而又蹲下，我们细看细品。我们除了感受到当年那岩浆奔涌的排山倒海摧枯拉朽的惊天动地的气势之外，也感受到了在那奔腾岩浆成了强弩之末的时候，它们似乎为了完成一个神圣的使命，还在作最后努力最后的挣扎的那份悲壮和悲情。那时候，它们像灰烬似的却还想重新腾起火焰，它们像枯泉似的却还想重新冒出水滴，但我似乎在此听到它们徒劳的绝望呜咽。它们的生命最后成了一条胳膊粗的麻绳，那麻绳在顽强拧转；它们的生命最后成了一条雪后的巨型蚯蚓，那蚯蚓坚韧地爬着却最后还是逐渐停止了呼吸。它们的这一刻，全被造化生动地记录下来了，形成了密实绝美的地质图案，图案鬼斧神工。有的图案上，还残留着些许的淡红色，那应是顽强拼争的颜色，让人想起它曾经的宝石般的灿烂红光，它至死也未完全改色。

黑黝黝的一架山，只有一两株白色的断树，它们是已无生命迹象的幸存者。海风中，它们似在诉说着当年的恐怖和惨烈。虽然这死寂的天地里已经长出了一些草和花，这儿一星，那儿一点，歌唱着生命的不屈不挠；但严峻冷酷的事实是，大劫之后，山上原来的生物已经灭绝了。

但其实，在很长很长的悠悠岁月，数百万年吧，数十万年吧，或者再短一些，十万年，八万年，这些岛上曾经是根本没有任何生命的。后来风暴刮来了昆虫和草籽。后来波利西尼亚人来了，带来了狗、猪和鸡，那是一千年前。在更后来的日出日落里，一位勇敢的船长来了，岛上便不止那三种动物了；再往后，几乎在一夜之间，华人来了，日本人来了，东南亚人来了，欧洲人来了，带来了种种植物和动物，于是扎根的扎根，产仔的产仔，到处是生命的喜悦生命的歌舞，当然也有生命的偶然争吵。但是，这儿至今没有蛇，没有蚊子，山野里也没有野兽。虽然地火总在脚下奔突，也不时会突然冒出又凌空砸下和倾倒下滚烫的石头和火山灰，然而不久，这儿又是一片最安全最洁净最自在的土地。

在这些岛屿上，我们在草丛、林间，甚至的酒店的门前，也都看到了留存着涌动形象的火山石。水中黑黑的火山石间有螃蟹爬动，但生命太神奇了，那螃蟹为了自我保护，居然演化得成了纯黑色，我为此叹喟良久。

但是有的岛屿已全无火山喷发的痕迹了，了无痕迹。遍地碧绿。花朵在风中摇曳。房舍漂亮。道路宽畅。牛马在静静地吃草。仿佛这儿不曾发生过任何事情。完全是一派原叶原味和谐安详的大自然的模样。不过我们心里知道，这儿是曾经堆积过厚厚的火山灰的，因而这儿的土壤异常肥沃。加上地处热带，雨量充沛，所以这儿完全成了一座最繁茂的热带植物园了——乔木灌木，大大小小的树，荆棘，野草，藤萝，大叶小叶阔叶，各种形状和色彩的花，都长得生机勃勃，万千草木竞自由。有的长长厚厚的叶片，被当地人编成了漂亮的帽箍，曾由邮轮公司给每个男性旅客都发了一顶，戴在我和小孙儿岸笛的头上，由我们尽情显摆和招摇。而说到显摆和招摇，我爷孙与花儿相比，又显得黯然失色相形见绌了。花儿们仿佛常常跟着你跑，撵着你走，你走到哪儿它们就先行赶到了哪儿了。因而有人佯嗔：不胜其扰！有时你走到牲畜啃噬过的绿草滩里，看见一片高高低低的草茎草根，你怀着表面庆幸而实质惋惜的心情，以为这下肯定无花了，无花之扰了，但是且慢，一个不留神，或黄或红或紫或泛青的蓝，花儿就会撞碎你的视线。而刚安静了一下，转过一个无花的弯儿，猛一抬头，一大片红艳艳的花儿却扯着藤蔓攀上你头顶的万丈树梢，一副调皮的姿态，似在咯咯地笑。

但我们顾不上多看。想起有人告诉我们，头天夜间，我们邮轮经过一座山，远远地，看见一条红线从山上蜿蜒而下，那是令人新奇惊喜的流动的岩浆。遗憾得很，其时我们正在熟睡。我们亟欲一睹火山口。

跑了好多岛。大部分岛上的火山口都像一个圆底的巨盆，盆底和盆壁，都是土，石，和草。在它们的底下，地表深处，地壳板块已将那个可怕的洞穴封死了。它们死了，成了死的火山。但我们终于攀上那座流着岩浆的活火山了。它喷发过还不足一个月。它距海平面一万尺，空气稀薄却十分新鲜。山坡上尽是斗大的巨石和火山灰。有的地方也有经风雨诗化出的土壤，那近处的土壤是咖啡色的，远处的则是泛着蓝的咖啡色，颤着两色交响的音色音调，加上云气缭绕氤氲弥漫，其音迷迷离离，如梦如幻。

还没到火山口，已看到好多地方的地缝在冒气了。你站到那气的跟前，好像它和一般气是一样的，但是一当风将那气吹向你，你就会感到那气里有一股灼热的逼人的冲击力，使你断难停留，赶紧跑开。你马上会意识到那是太岁身上冒出的汗气。

我们在那儿参观了一个火山展览馆。我在那儿看见了火山爆发的种种图片和屏幕演示。红哈哈大如排球场的火山口。火在喷起。焰在喷起。石头在喷起。一喷就是千米高。漫天岩浆飞溅。隆隆的咆哮和巨响。一些勇敢的摄影者的黑黑的剪影就显示在那一片血色之中。我在一个展厨前看到一个摄影师的衣服，那多袋的上衣被烧得尽是窟窿，那裤子已成了碎碎的布片。衣服旁是一把登山锤，木柄虽然基本完好，但铁的锤头已熔化了，如一滩岩浆。

世界上总有一些不甘平庸的人。面对九死一生的可怕险境，世界上总有一些敢于发起挑战的人。我在这个展橱前，似乎看见了他们从容的面容，听到了他们均匀平稳的心跳。我不由向这个也许死了也许还活着的摄影师默默致敬。

我们终于走近这座活的火山口了。广袤的天宇下，野草摇摆的咖啡色的山塬上，没有鸟影，没有兽踪，火山口静静地冒着袅袅白烟。它离我们不太远也不算很近，被绳索拦着。我们不可以走上前去。我们不能越雷池一步。它像一只小寐着的猛兽，随时都会一跃而起，血盆大口龇着獠牙。它透着威吓和威慑。它神秘莫测。它令人敬畏。面对它，我下意识地屏着呼吸。我感觉到了它的威严和不可冒犯。

终于多少总算平静点了。终于可以心情比较平和地观看那火山口了。由于是平视过去，我们看见的是一个冒烟的椭圆。那里曾在沸腾。那里曾在爆炸。那里曾是长啸怒吼。那里曾有一条火龙腾空而起，喷洒着漫天的流星大雨，引得全世界为之震惊占据了全世界各大报纸的醒目版面。那里是一个神秘的滚烫的深深洞穴，而洞穴口，似还有物，卧在那里，影影绰绰，让人望而生畏。但它现在沉默了，并且好像睡着了，只胸腔起伏着，鼻腔里有着呼吸。那白烟就是它呼出的带着体温的热气吧那袅袅白烟。但它似睡似醒。它处于似睡非睡的状态。它有时还动动耳朵动动蹄爪。它随时都可能抬起头，睁圆一双寒森森的眼睛。那是一双寒光流转的眼睛瘆人的眼睛你绝没有勇气正视它那眼睛。现在它虽然睡着觉闭着眼，但它那形象也绝对是一尊威严一尊暴戾和一尊可怖。因之望着它，你不能不小心翼翼如履薄冰如惊鸿不敢放稳双翅。

但这儿的风景其实是很美的。只能用美得惊人来形容。椭圆是风景中的椭圆。椭圆是风景中的风景。椭圆是景中景。是景的核心景的灵魂景的最亮丽的看点那椭圆。拱围着椭圆，是一片咖啡色的开阔地；托扶着椭圆，是远处的、山下的一朵朵一层层的白云。那椭圆那火山口就像是一件刚出土的珍贵文物了，像一件珍贵文物似的需要小心地摆放在玻璃的展橱里小心地加以呵护。所以还需要小心地衬垫起来。衬垫它的，第一层是山体，是山体的坚实基座；第二层是咖啡色的土壤，是咖啡色的天鹅绒；第三层是这一朵朵一层层的白云，是白云的绫罗。站在它的前面，人人都好像是一位很有学问的考古专家。空气中有凉冰冰的水滴和甜甜的味道，每吸一口都教人沉醉老半天，它仿佛提醒着人们，这可不是一般的地方呐，这可是太虚中的博物馆呐，哎，走路可得轻点！

我们围绕着火山口拍照。我们飘飘欲仙。我想神仙应该就在这附近。我想神仙们是刚刚用过午膳的吧。我想这火山口就是仙界厨房灶台上的坐锅口。我想现在，神仙们的那口锅已经不知端到哪里洗涮去了，我们只能听见微微的响动，那响动宛如远处海面上的一片波浪的隐约闪烁。我想神仙们的液化燃料正在我们脚下缓缓涌动。而一旦神仙们要摆出一桌盛宴的时候，不用说，那又是一天的灿烂焰火。

种 枣

　　那年，在北京呆着的那些日子，我的心上忽然萌生出一个欲望，那欲望强烈而顽韧，最后因为困难太大，只好撒手，弄得人很有些郁闷。

　　那欲望是什么呢？

　　栽一棵枣树。

　　世上的树那么多，为什么偏偏想栽一棵枣树呢？

　　当时好像根本不曾想其所以然。后来终于明白，那是深潜于心中的乡愁在翻滚回荡。

　　我是陕北人。

　　可以说，每个陕北人都与枣子结下了一世的尘缘。不是么？当世界上还没有你的时候，你的父母正在举行婚礼的时候，枣儿就被吟唱着为你祝福了："对对核桃对对枣，对对儿女满炕跑。"到你懂事起，枣儿就成了光景中不可或缺的角色了：中秋节，枣儿刚成熟，有的全红了，有的还只是半个红脸蛋，都是脆甜脆甜，用它和月饼瓜果一同敬献月亮；腊八吃枣儿焖饭；一过腊月二十三，家家做糕，做油馍米馍，糕里往往有枣糕，而米馍离了枣儿就做不成。接下来，清明节做枣馍馍，枣山，端午节做枣儿粽子。过了端午说是没枣儿了，但当孩子们饿极了的时候，妈妈或奶奶往往却会出奇地从大缸里摸出几颗来的。后来你长大成人，假如长期出门在外，家里捎来新鞋时，里面总不忘填几颗枣子。

陕北民谚说：千年松柏万年槐，不知枣树何处来。好像枣树的与人为伴，既轻松又诡秘，一如山上的野草和河里的石头一样，完全不曾有人工的参与。此话自然有些浪漫和夸张，但却真实的道出了枣子的易栽易活和顽强的生命力。因而枣树几乎遍布于陕北的千山万沟之中。到了枣子成熟的季节，整个陕北就像把珠宝箱打开了，到处是绿的翡翠红的玛瑙，到处异彩闪闪香气四溢充满着欢乐的气氛。欢乐的是男人，他们上地时不忘摘吃一阵；欢乐的是婆姨女子，她们的手里打枣杆不停；欢乐的更是像我的童年似的那些大小娃娃，他们似乎竟被千年前的大诗人杜甫看见了，杜甫写道："庭前八月梨枣熟，一日能上树千回！"那画面，我记忆犹新。我上初中时迷恋上了诗歌，几乎天天都要写上几句。当然都是习作了。由于枣香对我的沁渗，那时我所发表的第一首真正可以称之为诗的诗，写的就是枣，记得其中有一句是："红袄姑娘上树了，好像一颗大红枣。"

陕北最好的枣都长在黄河畔上。有一种说法：凡是听见黄河水响的地方，枣儿就赛过灵芝。延川延长清涧等地的枣儿都是很有名气的，它们都靠着黄河畔。那些地方对我都是极大的诱惑，我因之在那些地方特别是在延川，曾经踏下了无数歌样的足迹。而最让我感到美好甚至是震撼的，是在佳县的一座山顶上的村子。在那儿，我看到村边的断崖上，裸露着许多鹅卵石。原来，在遥远的亿万年前，黄河真是远上白云间呐，它就在这村子的所在地流过。就是在这里的四山，密密枣林就像仙女撒下的绣花罗帐。即使在村子里边，在庄户人们的院落，挂着枣儿的枣树也无处不在迎风摇摆。最奇的是，烟囱边也生出枣树，厕所里也生出枣树，甚至整年碾米碾苞谷的碾道边，牲口蹄蹄稍稍踩不到的地方，竟也长出枣树了。有的枣树的高低粗细就像小吃摊上的一次性的筷子，上边却已经吊着两三颗红艳艳的块头足可以和任何枣子比肩的大枣子，让人惊喜让人爱怜。

细细想来，这随处可见的，奇特而香甜如仙物似的枣子，在我的潜意识里，已经成为我们陕北的最可爱的文化符号了。

在北京未栽成枣子，我怎会甘心死心，所以时不时总会想起这件事情。后来到了异国他乡，由于根本没有枣树，甚至连枣树的亲戚酸枣树也渺无踪迹，我只得逐渐苦涩地放弃了这个想望。

　　一日逛农夫市场，忽然眼睛一亮：铁样的干，碧绿的叶，好像还挟带着陕北清晨的露水珠儿，啊！我可见到枣树苗儿了！卖主是一个华人。他卖着一盆一盆的好多种树苗，但枣苗只有这一棵了。我激动地连价钱也没有问，生怕被别人抢去，就一把揽在怀里，兴冲冲地买回家来。

　　多少日子了，我从来没有这么高兴！

　　栽枣苗的时候，我认真极了，无异于举行一个隆重的仪式。坑子挖了又挖，只怕枣根伸不开腰腿，受了委屈；肥料称了又称，只怕多了烧坏苗儿，少了营养不良；苗栽得很端；水浇得极透。为防被风吹断，就在两旁栽两根保护杆。第一根栽起来了。栽第二根的时候，杆子戳下去，忽听噌的一声。我想坏了坏了，戳到根上了，肯定把一根侧根戳断了！我懊丧得犹豫了片刻。但想，还得往下戳，不然，栽不牢，不顶事；但想，倒霉事不至于再碰上了。于是又用力往下一戳，啊呀！结果又噌地响了一声！哦，那杆子就像戳到我心上了，我的心都快要流出血来了！因为这个，这天中午，我连饭都不想吃。

　　以后，我天天看枣苗会不会受到大的影响。反正长得不旺。叶子掉了好多，显得死蔫耷拉的。接着寒风吹来，叶子都掉光了，成了生意全无的光杆一条。整个一个冬天，我都忐忑不安，总是担心它能不能成活。

　　春天了。桃树发芽了，我看看枣，它没有动静；柿树发芽了，我又看看枣，它依然纹丝不动。那些天，我简直是把心提到嗓子眼上了！后来，直到桃花已经开得灿灿烂烂，枣的树干上，终于蓦然露出了一星嫩黄，就像蓦然睁开了眼睛。哦，它活了！因了这，整个一个春天我都处于兴奋之中了。它这一年尽管缺乏勃勃生气，却还开了不少花，结了不少枣。遗憾的是，它后来老是落果，最后留在树上的枣子，竟金贵得只有两颗。我到网上查了查，其原因可能是，在漫长的开花期，我没有给它追施肥料。

接受这一次教训，深秋，我对它修剪了一次。说是修剪，其实只是打了个顶，因为树几乎还没有多少旁枝。打下的顶大约有二尺多长，我随手就将它扔到垃圾桶里去了。睡到半夜，忽然想到，扔了的枝条能不能扦插呢？立即推醒老伴，老伴兴致很高，说：赶紧出去把那枝条捡回来，否则，第二天一早，就会被环卫工人倒掉了！我于是披上衣裳，跑到空无一人的街道边，从垃圾桶里把那枝条捡回来，并且立即泡在水中。第二天一早，我们既贪又狠，竟把那不长的枝条截为六段，全都扦插在土里了。孔老夫子是食不厌精，我们是枣不厌多啊！

又是一年春天到。我是两头跑着看，一看扦插的枝条活了没有，二看枣树发芽没有。忽然有一天，我发现扦插下的那些枝条上，有一枝，有一枝的枣刺边，沉寂的紫红中，居然有了一丁点儿（大概只有针尖大小）浅浅的颜色。我叫来老伴看。

"神经病！"老伴眼空无物。其实我的眼神不一定比老伴好，但我对此特别敏感。我坚信我的发现。我天天挂牵着那儿，所以总是跑来跑去。女儿嘲我道："爸爸拧来拧去总是不停，像跳葫芦笙舞呢。"一到那儿，我就俯下身子瞅着，专注若天文学家观察着一个刚诞生的天体的运转。尽管后来老伴戴了老花镜依然眼空无物，我却确实发现它在缓慢地变化着。我发现它渐绿渐大。我为这个令人振奋的情况而半夜常常醒来。而这情况，在此刻的世界上，是只有我一个人独独发现了的。我独享着极大的喜悦和慰藉。

看那头，枣树腰间的一个短枝上也发芽了。而且，只过了短短的三四天，抬头看，树梢上也有了点点绿意；低头瞧，一条侧枝上也有一星绿意泛出。而似乎只在这抬头低头之间，那枣的腰间的短枝上居然长成了碧绿的一簇，而那已经不再是芽子了，而是叶，甚至还迸出成十条嫩枝来，叶就攒集在那些嫩枝之上。而好久不曾留意的事情是，树干竟也壮了一圈！

一天，老伴终于也欣喜地看见扦插枝上的芽子了。就在她看见的时候，我在那枝的上端，呀！又发现了一丁儿绿星星。

我所扦插的六小段枝条，尽管只活了一段，也教人喜不自禁。这就是说，我们的院子已有两棵枣树了，一高一矮。高的我伸手都够不上树梢，低的呢，我只有蹲伏在地上才可与它交流。看见它们，我仿佛是听见了延河的唱着流淌和看到了那片土地的美丽可亲的律动。我知道枣树还可以断根繁殖。扦插今年肯定还要进行。我心里充满了美好的憧憬。我想总有一天，我院中的枣树会像佳县山顶上的那个村子那样，长得到处都是。我想我的枣树中，也会有那么几棵，高低粗细就像一次性的筷子，上边却都吊着两三颗红艳艳的块头足可以和任何枣子比肩的大枣子。我想它们便是我灵魂的最幸福的依附。

三角梅

那年搬来的时候，我们陆续给我们的小院栽了一些花木，其中包括一棵三角梅。我们知道三角梅可以开出很繁盛很灿烂的花，所以对它怀着极为美好的憧憬，特意把它栽在房屋山墙边的极为显眼的地方，希图无论是谁来到我家门前，一眼就能看见。

不意遇到了令人非常沮丧的事情。栽的时候，都是一样的认真，一样地施足了底肥浇足了水；栽好之后，管理也没有偏三向四，天天都给它们浇水；可是，别的花木都长得欢欢实实，到抽条时抽条，到开花时开花，一年下来，都长得很像个样子了，唯独那棵三角梅老是婴儿似地趴在那儿，停滞在那儿，好像完全忘了自己应该长长了。

第二年，那棵三角梅仍然毫无变化。

第三年，满院子的花木都长得青春勃发，高大喜人，可是，那棵三角梅的叶片竟比初栽下时还少了好多，病恹恹的，一派要死不活的样子。我和老伴看着它的时候，常常摇摇头，对它几乎不抱什么希望了，感伤地想，它总有一天会死去的。

　　到今年是栽下它的第四个年头了。春天，看见别的花木的枝干都在泛绿、发芽，我们再看看那三角梅，它毫无生机，一点要拥抱春天的意思都没有，于是我和老伴多次站在它的面前叹喟，皱眉，甚至责骂。我们说：干脆把它拔了吧，省得它还占着一块地方，还要天天浪费几勺水。我的女儿和女婿，也是这样的观点。至此，全家的意见都一致了，必欲除之而后快。不过，由于大家都懒了一下，一直未能下手，但我们商定到了秋天一定不能再拖了，要挖掉它再栽一棵别的什么。

　　然而，就在我们说这话后的不长时间，事情却出现了意想不到的变化。我们惊喜地看见，三角梅的可怜兮兮的枝叶间，第一次抽出了一枝表皮有着细致纹路的新条，而且长得很快，不久就长到二尺长了，而且在那新条上旁逸斜出，又生出了好几条侧枝。我们高兴极了。但为什么会突然发生这么大的变化呢？也许是我们关于要挖掉它的议论被它听懂了吧！如果是，对它来说，那可是个性命攸关的大事啊，于是它就做出拼命地一搏，终于把生命的力量搏出来了。它好像每天太阳一出来，就死盯着周围的花木，与它们比赛着成长。它身上透露出来的生意、生机和生气，非常生动地展示在蓝天之下，是那么醒目耐看；这时候与其他花木相比，它毫无逊色之处。它像憋屈了好几年的毛毛虫，终于要开始向着花蝴蝶的方向嬗变了。

　　一个多月之后吧，我出门要干什么去，忽见山墙边露出个妙龄女子的脸，静静地望着我，她的身子还隐在墙后。她恍恍惚惚似真似假。是邻家的客人吗？但是后来，我终于从迷惑中清醒过来，看清那是三角梅开了一嘟噜火红的花。它正好长了一人高。我急忙叫来老伴，让她也来高兴高兴。老伴的眼中闪耀出多年来少见的美丽光彩。

　　此后有好多天，三角梅都以那样的姿态藏在墙边，闪出一张妙龄女子的脸，总是把人引入神话般的境地，我总是把它想象成《聊斋》中的美人或者是从画儿中走下来的巧媳妇。她总是趴在墙边调皮地窥探着这个世界。我把我的这种想象跟家人一说，大家的脑子里也有了这样的联想，于是出入之时，都会不由自主地向那儿投去一瞥。

　　之后，仅仅在这一年的时间里，仿佛只转了个身，这棵三角梅就长成一棵枝茂花繁的大树了，比房檐都高，它的红色花瓣就像红金子捶成的薄片，只要轻轻撞击就能发出动人的声音。太阳照射的时候，它的每朵花都泛溢着红色的光晕；而风儿一吹，它的每朵花都像一只火红的蝴蝶张开了翅膀，扇动着，奋争着，仿佛亟欲挣脱枝头，翩翩飞去。

　　生命，真是有些说不清道不明的奥秘和潜能的。

华阴老腔

一声长吼回荡在天际。

久久回荡。

你来不及细听也无须听清那长吼源自哪里其中含着些什么字词什么意思，只知道是被一种陌生一种新鲜一种苍苍凉凉紧紧地攫住了，并且隐约感到在它的下边，似有沟壑纵横，华山高耸，黄水流，渭水洛水也在流。

忽然大幕拉开。皱折横亘的黄土高原。高原布景的前面，是一些农家常用的木制条凳。而一帮对襟短打的朴实农民从幕后走出来，手持各种自制乐器，或者拿了大老碗旱烟袋以及线拐子，各自入座。

那是一双双常摸铣把车辕和粗麻绳的手。

乐器奏响了。一派阳刚之气一阵紧一阵慢一阵激浪四溅。那敲锣的虽然只拿着一只锣槌，却同时敲着大锣小锣，手若翻花。当他敲得大汗淋漓的时候，就脱了外衫裸出双膀，只留个两侧开口的白粗布汗褂遮着前胸后背。接着外衫一摔，咂涎掌心搓搓手，就像要去掏粪或去铲土，但不是；他又以槌击锣，让锣声再次汇入雄壮的音乐音调掀起了美丽的波涛。

这时候，你不能不想起千多年前的《击壤歌》。哦，就是它，在眼前，在这现代化的舞台上，发出了灼人逼人的遗响。原始，朴拙，自然。它是如此奇特如此泾渭分明地有别于种种时尚表演，宛若野性的天籁，让人震撼，让人眼睛为之一亮。

剧场里爆出阵阵热烈的掌声。

再看时，已是白眉白发被称作白毛的老农坐在台前。他手抱六角月琴，弹、唱、说、念，一人为之。那月琴已不知是何年做的，弹了多少遍了，几条紧绷的弦下尽是手指弹下的印痕，印痕连成一片。虽然粗糙而陈旧，但恍惚间，它却像真正的月亮一般，抱在白毛的怀里。啊，不！白毛其实这时候他整个的人就是一轮最美丽的月亮了，闪射着月亮的光，发出月亮的响声，而满台的星星都拱围着他，每件乐器每个声音都跟着他跌宕起伏跟着他闪闪发亮。

其实他这时候也不是月亮般的唱，而是在吼，是由脑后发出的口腔大张的高八度的吼。发达的嗓子发达的野性基因。他的吼声高亢，峻拔，激越，苍凉，如一只强悍的鹰，总是盘旋在云际天际，而乐器的相对柔美的伴奏，却如滚在三条河里的流水，铃声叮泠，总是贴着地面游走。

那是天和地的壮阔合作。

是的，高天是声水是琴。

那演唱其实是七分说唱，三分舞蹈。他们不时挥臂，呼喊，不时摆动身子。而唱到了情不可抑时，便如风雨的卷来，一起跺起了双脚。

天苍苍何其高也，路漫漫何其远也，那是一种人类心魄的高度和广度，而走在这样的路上，他们的脚下踩出了多么宏放的音响咚咚咚咚！

接着，月琴又抱在嗓音稍有嘶哑却又震慑人心的张喜民的手中。他留着分头的头发，仿佛总是被催动着汉时漕运风帆的风儿呼撩撩吹起，一看就是个精明能干的农民。老腔原本是他家世代传下来的家族戏。他弹唱得从容而又自信。

他的周围，一派关中普通村庄里的日常图景：吃饭的吃饭，抽烟的抽烟，拐线的拐线，奏乐的奏乐，唱的唱。

他吼得万籁俱寂。他的吼声里有历史和黄土的颗粒："太上老君犁了地，豁出条渠豁成黄河。""一声军令震山川，人披衣甲马上鞍。""太阳圆月亮弯都在天上，男人笑女人哭都在炕上。"没有任何包装，没有任何雕饰，只是生命的本真生命的赤裸裸的自然呈现，却散发着醉倒人的艺术魅力。神话传说，英雄故事，挫折牺牲，男欢女爱；浪漫的和现实的，快意的和悲壮的，粗粝的和绵软的，都在他的演唱里闪着异彩，成为对一个民族文明史的艺术追忆。一辈辈祖先的可亲影子，就在那追忆中闪闪烁烁。

也唱苦难也唱悲凉，凄切苦音在女声中撕裂着人们的心肺。但是正是这样的唱，千百年来，又总是激发出男子汉独对八荒永不退缩永不绝望的豪迈气概。

舞榭歌台。金戈铁马。三国周郎赤壁。"催开青鬃马，豪杰敢当先！"喇叭高奏状出战马的长嘶，而歌声不止。到了激昂处，一人唱，满台吼，马鸣风啸，刀光剑影，时或四顾茫然。但是谁说雪拥蓝关马不前？看一个干瘦老汉冲出来了，他手里拿着长凳和木块，敲敲打打，忽而将条凳放平敲，忽而斜扶着条凳敲，不断变换着姿态敲，接着进一步高高抡起握着木块的手臂，用了全身的力气，啪啪啪啪，将条凳敲打成英雄史诗大奇大美。同时歌声更酣，乐手们一齐帮腔。胸前狮子扣，哈！腰中挎龙泉，哈！好男儿，哪一个不敢冒险犯难！哈！啪啪！

啊，多么带劲多么震撼心灵的华阴老腔！

你不能不在心窝里发出阵阵回响。

那其实是山河的宏大律动。

它对于那些灯红酒绿下的阴盛阳衰或不男不女的浮糜灵肉，也许是一种提醒和救赎。

望台上。

干瘦老汉在敲打一阵之后，依然像平日劳动那样，崒涩掌心搓搓手，重新开始，掀起新的高潮。他敲打得那么认真，好像要从条凳中敲打出一个什么秘密来。

像节日的焰火灿烂着天地，像声声炸雷翻滚在山坡，回看张喜民，他演唱得何其精彩！演唱到每节结尾的时候，众声一齐掺和进来，而张喜民那常常高扬在云天里的吼声，早在人们不注意间，了无痕迹地款款落下，与伴奏与众声浑然一体唱成了拖腔，其声一改先前的豪放之气，已然变得出奇地婉约细柔，有如一条放生于水中的细长黄鳝，情意绵绵明澈透亮地左游右游，拐了好几道弯儿，让你舒服得受活得心尖儿都在打颤。而就是在这时候，却又有长板凳和喇叭的猝然切入，猛敲狂奏，并且众声齐吼，众脚齐跺，音乐则上下大跳。这一切都抽扯着你撞击着你爽意着你，使你觉得自己快要消融快要粉身碎骨了！

而啐涎掌心搓搓手，众乐手依然不依不饶，光华追逼，高潮迭起，只见张喜民手中的月琴漫天挥扫，并且又掺和上一些人的拍手和吹口哨，满台子无人不动，无头不动，无臂无动，无腿不动，无颜不动，无声不动，动成生命的万类蓬勃，凤舞龙吟，长城内外战马奔腾，大河上下箭镞翻飞，交错碰撞又淋淋漓漓，而每个演出者都是一个炸药包了，让人怯于正眼直视，因为你只要稍稍扫一眼他们就会爆炸，但是还是爆炸爆炸爆炸爆炸爆炸，冲击波冲向四面八方，那磅礴的气势排山倒海的力量，一霎时，有如从宇宙间的一个什么地方卷来一股威力无比的百万级飓风，把整个世界都给抬起来了！啊，这华阴老腔！

忽然疾捂钹弦。演出戛然而止。这时候，观众们才从天翻地覆中清醒过来，多么兴奋！都转过脸去互相兴奋难捺地看看，赞叹不已，然后，又齐刷刷地把目光再次投到台上。

那是一群经历了无数沧桑的拉船人的后代。那是一群惯于吞咽油泼辣子biangbiang面的汉子。那是一群民间古老艺术的传承者。他们所展现出的生命力是那么绚烂和昂扬！

与其说他们愉悦了观众的精神，毋宁说他们是给当今这浮躁世界浮躁生活，送来一股返璞归真的清新之风。

这样想时，却见演唱者一齐走到台边。

就像刚刚割麦回来，手执乐器的他们，那些老农、中年汉子和婆娘小伙，一个个额头汗珠晶莹。他们向观众们频频致意。

掌声如三水汇合，澎湃不息。

为了答谢观众，又是一声长长的呐喊，雄豪，苍劲，悲凉。

那声音，仿佛从秦从汉一直呐喊到今天。

石崖上的枣树

那是陕北的一座高峻石崖，陡峭得不能再陡峭了，齐上齐下，刀削的一般，笔直地立在那儿；崖上又极少有土，极少有草，却不知在何年何月，就在那半崖上，在一条看不大清楚的石缝间，突兀地生了一棵枣树。照说，枣树生长在那儿，哪来的什么养料和水分，只要能勉强努出几片叶子，现出一点儿绿色，就算很不错了；可它偏偏悖乎常理，它长得健壮而蓬勃。每到了八九月间，红的绿的半红半绿的枣儿缀满那枣树的枝叶间，把整个树冠都压得垂吊着，像一片彩色瀑布。

年年金秋到，这一树枣子总是红得诱人，装饰着好大一片天空。挑筐的走过的时候，只能仰着脖子，望枣兴叹；扛锄的走过的时候，也只能仰着脖子，望枣兴叹；城里人颠簸着汽车前来旅游，猛地看见了，也必像吃了进口的兴奋药似的，大呐二喊地跃下车来，扔石头，抛棍子，爬，一个比一个有劲地跃跃欲试，结果呢，也只能仰着脖子，望枣兴叹。

就在这石崖下，有个石雕加工工地，工地上汇集了来自好几个县的能工巧匠，有老汉也有年轻后生。他们雕成的和正雕的石狮子，一个个生动可爱，摆得到处都是。这些民间艺术家们，如处近水楼台，当然更想摘那树好枣子。据说，他们中间的一个小后生，膂力过人，他曾运足了气，把一块石子儿硬是扔到枣树上了，不过也只是仅仅打下两三颗枣子而已。"他娘的！这怂枣真成了王母娘娘的蟠桃了！"他瞅着那枣树咒骂。而那枣树，望着气急败坏的小伙子，好像故意气他似的，摇了三摇。

但是仍然有一些途经这里的人，总要仰着脖子，瞅着，眼馋着，艳羡着，口腔里分泌着唾液，每一条神经都被挑逗得打着颤颤，但都无可奈何。

一棵枣树，爽了那么多人的眼，打动了那么多人的心，又扫了那么多人的兴，使有的人在离开的路上还要对它念念想想，思思谋谋，谈论过来谈论过去，几乎被路上的树桩子绊倒，这，在全世界想来都是少有的。它是哪个仙女过路所种？抑或它的前世很不寻常？人们无从弄清它的背景，更无从弄清它是轻佻还是贵气。

当那年亲眼看见了这棵枣树的时候，我也忍不住停下脚步，仰起了脖子。由于仰角太大，我的帽子都顺着肩膀滑落了。与我同行的朋友说："光干瞅顶个屁用！要是真想尝尝，咱们哪天有了空儿，就花点时间，从山后爬到那崖上去。"后来我们真的去了。绕来绕去地足足走了有七八里山路，走得人大汗淋漓，衬衣全湿透了，才算看见了枣树。如此近距离地看着这棵枣树，恐怕自从这枣树出世，都没有过几人。也许由于特别兴奋，也许由于枣子的映照，我俩的脸都红得像一片霞了。那枣树真让我们很想欢呼几声。我看见，崖上风很大，阳光也很充足，风和阳光一年年地透过了它的粗糙的树皮和枝叶，储满了它的非常诱人的生命，因而它的果实又大又艳，宝石一般。虽然那树上的每颗枣子我们都看得清清楚楚，我们甚至看到了爬在枣子上的几只大蚂蚁，但是那儿的地势太险峻了，我们硬是无法再向它挪近一步。那境况太让人惋惜了。我们在那儿叹息了老半天，只得一步一回头地悻悻离开。

好多年之后，当我不由又想起那棵枣树的时候，终于不再悻悻了，那是因为我重读了《诗经 蒹葭》：

　　蒹葭苍苍，白露为霜。
　　所谓伊人，在水一方。
　　溯洄从之，道阻且长。
　　溯游从之，宛在水中央。

接着我又想起了一首陕北现代民歌：

羊肚子手巾哟三道道蓝，

咱们见面面容易说话话难。

一个在山上哟一个在沟，

啦不上话话哟咱招一招手。

瞭见了个村村哟瞭不见个人，

泪蛋蛋抛在沙蒿蒿林。

　　这些不朽民歌所创造的情境，不是和那棵枣树所引发的情境是一样的吗？

　　想到这一层，我就忽然感到我的生命颤栗起来，抖落了些许的俗气。你看，那棵枣树是那么美好，那么诱人，却总是难以触到，总是让人企慕；它总是撩逗着你，召唤着你，却又总是远离着你；它是美人，美人如花隔云端。

　　它已由物质上升到精神层面，它给人们带来的是诗的境界浪漫的境界美学的境界。它正如钱钟书先生所命名的"企慕情境"。

　　在这里，枣树已然存在于艺术之中，人们也参与到艺术之中了，何其玄妙。它是天造地设的企慕情境，让人得到了高端的艺术享受，使人回味无穷。

踏海行

　　那是一艘连着一座大厅的船，船下是夏威夷的口岸，口岸连着太平洋浩渺无际的水天一色——经过严格的安全检查，我们向船舱走去。

　　但我分不清我迈动着的脚步，是还在大厅里呢，抑或已经到了船上。

　　"已经进船啦！"

　　我疑疑惑惑："是吗？"

　　不管我信不信，人们好些信了，好些说当真是进船了。

　　虽然远远看见这船这邮轮的时候，我很为它的庞然外表所震惊，但当我走进很可能是它的船体的一刻，我还是为它的别异巨大的内里惊得啊啊地吼叫了两声。

　　这哪里是船？这怎能叫船？我们是不是进错门了？

　　脚步迟疑的我，搜肠刮肚地检索着关于船的记忆。

　　我小时候第一次接触船，是在中国当代史上名声显赫的延河之上。之所以说是接触，因为那船是两艘拴在一起当桥用的，上了船，船不走，人走，但也多少有些坐船的意思。"文革"中才算"坐"了一回船，是去上海的途中，从长江的北岸到南岸，这回虽然是船在走，我不走，但是我和船并没有亲密接触，因为我的屁股还隔着汽车的座椅，汽车才挨着船体。改革开放后我还"坐"了一回船，是在西安的新庆公园，但正确地说，那只是在湖心里拿着双桨和孩子们玩玩而已，嘴里哼唱着乔羽和刘炽创作的那首红领巾歌曲，心里唤起的是京城的白塔。我的真正坐船，是在后来，一是在从青岛到烟台的海上，那是较大的机动船；二是在天津的新港，那是疾驰的军用快艇。当然我也从图书上影视里看见过大型的军舰海轮，但是，现在看来，所获得的印象仍然难比亲眼一见。

后来我终于知道我真的是已经进船了。我兴奋我吃惊。你看这巨型邮轮，它完全是一副豪华酒店的模样！宽阔的服务台。灯火辉煌的大厅。根根圆柱。层层楼梯。我们一家提着大包小包，进入走廊了。好长好深的走廊！哪座酒店有如此长如此深的走廊？它竟如一条幽深的山谷，那至远至深处，晃动的人影竟活似一件人的补养品，一根小小的人参。

终于气喘吁吁地走到头啦，却不料，这哪里是头啊，一转弯，又是一条长廊！

但正如天下没有不散的宴席，天下也终于没有走不完的长廊。

"嗨这长廊好长！"我们进了早已订好的房间，我还这样想着。同时高兴地看见房间宽大，阳台上摆了三四只座椅和五六只躺椅。我们就赶紧坐下躺下，欣赏美丽的海景。夕阳正好，海风不大。海水翻着均匀的细浪。大船小艇，来来往往，大的有两层高的，三层高的，有的还载了不少汽车；小的多悬着风帆，有的至小至小，侧面看去，仅若一条扁担，让人想起古中国的不朽经典《诗经》，想起"一苇可航"的那种小巧妙趣。

累了，我们全返回房间休息。

忽见一片钢铁的黑云挤至窗前，移动于窗前。黑云翻墨，黑云压船，钢铁的黑云翻墨压船，黑云滚滚钢铁威逼人欲摧。定睛看时，却是一架山，一架移动的山，威风凛凛地从窗前擦过。再细看，那山的前端仿佛是圆柱形的岩石的山峁，山峁顶端还仿佛修了几层拱绕着的花岗岩的梯田。但这一切还未看清，却见它的后面牵连着一脉啸叫的绵绵山系，那山系已雷声滚滚地驰走而去。留在心头的，是巍巍，是峨峨，是峰峰入云峰峰壮观。上面应有松，应有风，应有雄鹰之窠云雾之库。上面还应像我们中国的西岳华山一样，有一座老君的下棋亭。那儿应是仙袂飘飘。

我们急忙跑至阳台。那山系一样驰过的，是一艘令人心跳令人叹为观止的邮轮伊丽莎白号。与它相比，不用说刚才游弋在海上的那些小船了，就是那些所谓大船，就是载了汽车载了货的大船，都太小儿科了。它们无异于幼儿园的小车小马小玩意，或者是蚂蚁眼前的几片草叶而已。

我立即想到，我虽看不到我们所乘坐的骄傲号的形象，但这威风凛凛的伊丽莎白号是一面镜子，已经映照出我们的邮轮也有同样的威仪。我后来得知，我们所乘坐的这艘骄傲号，船长920／6尺，宽105／6尺，吃水深度26尺，高13层，工作人员1000余人，可容旅客2146人。我后来还和家人一起遍游了这个邮轮。它有篮球场，运动室，游泳池，图书馆，会议厅，剧院，仅餐厅就有13间，有的餐厅可容千人，任你选用。我们曾走上巨轮的高层游览，走着走着，看见老远的岸上好像朦朦胧胧地有一个球形建筑，走近了看，那建筑却是还在船上，大约是船的水箱。又一天又在那高层的另一面游览，那是夜间，五六级的海风正在呼啸，扬起了我们的衣衫和头发，我们以为攀到最高层了，猛一抬头，却还有两层矗在上面，顶端是一盏灯，灯光在海风中如旗的活泼。

而此刻，我看见，在缓缓前行的伊丽莎白号巨轮之上，在它的甲板上，阳台上，树林一样的乘客向我们挥手致意："啊——罗——哈——！啊——罗——哈——！"我们也还以问好（我与孙女岸玛比高低）："啊——罗——哈——！啊——罗——哈——！"一时间，茫茫洋面，苍苍天空，远远近近的雾濛濛的大山小山，都震响起春雷滚滚的回音。

山在行。船在行。绵绵山脉在行。伊丽莎白号在行。悬在半空的夕阳在看着整个海洋。呼啸中，巨轮霸气十足地挡住了夕阳的视线。而夕阳似乎也不示弱，立即给它、给它的甲板上和阳台上所有的人，都似乎泼去了一腔的气愤一腔的怒，但适得其反，夕阳做出的竟是一件适得其反的美容之举——伊丽莎白号因祸得福有了红色的边红色的轮廓，所有的人都因祸得福有了红色的边红色的轮廓。恍惚中，似乎有一个声音在唱：直的曲的红线条，红的线条红轮廓，红的轮廓绮丽的美，美轮美奂美如歌。哎，哎，悠悠的歌。

歌声未止，夕阳却又固执地扑了过来，重重地压在了船尾，如千吨万吨的裂变之铀。无垠环宇，难道再无大力神赫拉克勒斯啦？伊丽莎白号似乎振臂一呼：我便是！于是它现出一派气吞万里威震八方的雄豪之姿，笛鸣三声，如嗬嗬嗬地三声喊，将夕阳甩了下来！

——童话般的一幕。

手表上的秒针铮铮响着。

童话结束了。

远去了，绵绵山脉。远去了，伊丽莎白号。夕阳的余晖中，船尾的高高低低的窗玻璃，这片一闪，那片一闪，如明明灭灭的交相辉映的游逛着的星斗。它走，走，终于走到海平面的尽头。啊看那尽头，那海平面的边缘，按常理，它本应是平铺着一条的直线的地方，却微微地隆着一条弧线了，水做的弧线，那当然是地球所呈现出来的它的球形之弧。地球不是极大极大的吗？地球不是大到难于让人看清它的本来面目吗？现在可好，到了浩渺的太平洋，眼前无阻无隔，能见度又达到了最高的程度，我们可以看得很远很远，于是地球好像缩小了一样，于是地球之弧显露出来了。而地球平时总是十分高傲的，十分矜持的，它总是深藏不露，是一副面对凡人永不开尊口的做派，特别是对于它的模样，虽然科学家们早已发现了，它却总还不让一般人有机会得到印证。可是现在，这颗城府深深的老地球仿佛急忙承认："我是圆的！我是圆的！"这时候，让人顿觉这颗大得总是令人敬畏的老地球不过如此罢了，让人顿觉自己也可以雄睨天下了，也有了几分伟岸几分豪壮。而那伊丽莎白号，就在那老地球的球形弧线上摇呀，摇呀，摇得好像不断沉沦入海，只看见五层了，只看见三层了，只看见顶尖了，最后，影逝苍茫。

而这时候，我们的骄傲号才正式启航。雷声隆隆。船体摇动。船尾喷出了两行浪花的水练，浪花的水莲，浪花的睡着了花瓣还激动不安的睡莲，灿然耀眼。脚下的太平洋狂躁起来。我们的巨轮自然也是一列劈风斩浪的山系了，或者，是一幢占地百亩身高十五层的巍峨大楼，高歌着，威威赫赫，气势磅礴，昂然前行。

暮色突然淹没巨轮。

入夜，巨轮成了巨型的摇篮，而船上的两三千人，大多成了婴儿，听着太平洋用鼻音哼出的摇篮曲，摇啊摇的，渐渐入睡。而一些真正的婴儿却由母亲抱了，来到船上的温热的泳池，作出生平第一次地勇敢下水。他们的近旁，是一些篮球爱好者，正在呜儿喊叫地冲杀拦截。剧场里呢，舞台上，草裙旋转如花……

差不多总是太阳升起的时候，巨轮就披着朝霞的万道光彩，安详地驰入海港了。感觉里，这时候的巨轮不再是一列山系，不再是一幢大楼，但山的雄奇还在，楼的巍峨还在，只不过将这雄奇和巍峨，悉数交付于一只恐龙了。亦然是壮哉恐龙！史前的自由自在的恐龙早已灭绝了，我们的这只恐龙于今独步天下。那是我们伟大的坐骑呀，要让它吃，要让它喝，要给它补充足够的营养让它好好休息，而首先要做的，是将它紧紧地拴在铁桩上；不是一个铁桩，而是一排铁桩。拴它的缰绳好长好粗，而且需要六七根。而且一个人拴不了它，两个人也拴不了它，拴它硬是用了跑前跑后的四五个人，还外带一辆铲车。

整整七天的日月轮转中，大海就是我们的疆土，那是玻璃的疆土，琉璃的疆土，水晶的疆土。而巨轮，是我们的都城。

这都城使我想起我长期生活过并且常常思念的古老的西安，想起西安的晨钟和暮鼓。而我们现在的都城是也有晨钟和暮鼓的呀晨钟暮鼓——君不见晨钟就高悬于云砌的钟楼上，那是旭日；君不见暮鼓就稳搁在霞筑的鼓楼上，那是夕阳。旭日和夕阳的道道抖动的金光就是晨钟暮鼓的嗡嗡声响。又想起西安的城郊常有啾啾叫着的小燕飞掠麦浪，我便兴奋于我们眼前的郊野则有真正的浪和大大的燕。真正的浪是大海的浪，大洋的浪，一跃七八丈的浪，从那大浪上飞掠而过的，是翼展半米的啸唱着的黑色的海燕。海燕在晨钟之声中飞，在暮鼓之声中飞，在风口上飞，在浪尖上飞，从高尔基的选集里飞进飞出，它已是闪电的精灵，啊海燕！与我们相伴的海燕！

除了海燕，伴我们的还有鲸鱼。那条条鲸鱼是我们每个人都亲眼看到了的，它令人喜不自禁令人永生难忘。

那时候我们的左侧是一座百叶似的奇山，山的每片页每个皱折，都像一把刀子，一把刀刃朝前刀背朝后的刀子，它们通统竖竖斜斜地挂在绝壁险崖，一把把又一把把，有的刀刃崭新完好，有的刀刃像是曾经劈过什么，砍过什么，已变得弯弯曲曲，其中应有传说故事，给了人广阔的想象空间。但不管是哪把刀子，都应是焠了好钢的，那刀刃上虽布满野草如锈迹斑斑，却也难以掩盖它的逼人寒光——好奇崛的山！这座山！而我们的前方则是一轮正要入海的夕阳——夕阳散花，一朵朵漫天飞舞；海波闪金，一点点起伏不定。

　　风景太好了，光线太好了，心情也太好了，我们忙不迭地着拍着照片，咔嚓咔嚓响声不断。"鲸鱼！"孙女一声喊，就像一声炸雷。我们便一齐拥向船舷，如鲫鱼过江。只见在落日的余晖中，绯红的洋面上，不止一条鲸鱼，它们时而翻身，卷起一脉海浪滔滔；时而喷水，喷出半天雾气氤腾；时而跃出海面，如一枚导弹的腾起窜起升起。而给我们印象最深的是，在波浪、水雾和夕照融合成的绝景之中，有一条鲸鱼破海而出又转身颠倒而入，眨眼间，它高高耸起了一条被绚烂之光打亮的V字形的尾巴，那是一条如大鹏扇起着的双翼似的尾巴，那是一条随时都可以释出雷电的尾巴，耸着，耸着，就那么耸着，高高耸着，威武优雅，久不消失。我屈膝而跪。我的相机拍下了这一动人的史诗般的画面。

　　沧海有灵鲸鱼有灵。我感到，那巨尾不单是一条鲸鱼的尾巴，那是海之深情脉脉，那是预祝我们快乐凯旋。

看看那云彩吧，看看

一踏出飞机的舱门，我的眼眸不由一亮，不是因为别的，而是因为我被夏威夷蓝天上新雪似的白云震撼了，于是我心泉上便咕嘟嘟冒出一句十分惊喜的话来：久违了，这么白、这么美丽的云彩！

但我立即觉得，这话并不确切。我自己久违了的云彩也没有这么令人神往。我对云彩的美好记忆是在童年，而我的童年是在黄土高原上度过的。那儿属于一块被风雨剥蚀了亿万斯年的古大陆的腹地，老镢头总在那儿繁密地起起落落，植被稀寥，时起黄风。这儿呢，位于蓝色的浩瀚无垠的太平洋的中心，而它的环境又基本保持了原始模样，空气异常新鲜异常干净。正确地说，我是从来没有见过这么白、这么美丽的云彩啊，看看那云彩！

看着它，我一时竟激动得涌出泪花。

那是因为还有一个特殊的原因。

那就是，现在，2013年年初，在大洋的西岸，在生我养我的我亲爱的祖国的土地上，正经受着空前的雾霾之苦。我每天都在关注着这一情况。我从电视上看到，北京、天津、石家庄、西安等许多地方，一个月中的大部分时日竟悉被雾霾笼罩着，大白天居然就像黑夜，到处黑糊糊一片，脸上捂着大口罩的人们就晃动在那黑色之中，只有汽车的灯游移着微弱的红光。虽然置身海外，看着那情景，我感同身受，我简直有点儿透不过气来。我的呼吸都好像变成黑了呐，我难以放下割不断的牵挂。

而现在，我的目光忽然间接触到那么一天白亮亮的云彩，这种反差实在教我感慨万端。哦，看看那云彩吧，看看！

看看那云彩，哪一朵没有刚绽开的马蹄莲的色感质感？哪一朵不像刚刚穿在公主身上的婚纱？哪一朵不是白得不可思议？我同时发现我和周围的一切悉无阻隔，因为我们之间悉是比玻璃还要透明的空气。我生平第一次发现清新的空气居然是有味道的，是甜的，是可以品咂的，咀嚼的；是不光可以吸，是还可以吃的，是可以逗引起舌头上的味蕾们的手舞足蹈的。我下意识地跟着味蕾翕动着自己的嘴巴，贪婪地望着天空。我想让我的胃也分享一点肺的幸福。

到了这儿，我才知道人们常说的什么"纤尘不染"，是带着相当大的夸张成分、骗人成分的。而今天我的眼前，才好像真的出现了这种景象。

　　这样想时，深储于我心中的另一成语，我们祖先对于人世间的伟大而精妙的概括——滚滚红尘，一瞬间，全然被击得不知所踪。因为这儿虽则也是人世间，却几乎与尘无缘；因为这儿虽也是车来人往，却几乎可以说是超尘的所在。

　　当然这儿也有"滚滚"，不过滚滚的只是大海扬起的浪花，滚滚的只是吉他弹出的音波，滚滚的只是清风吹动的林梢；还有一个最美丽的滚滚，那就是忽而疾飞的瑰丽白云。当然，白云在大多数时间里，还是安闲地定定地飘浮在天空的，优哉游哉。

　　你看它，每朵都像是白玉气化而成，每朵都像是冰的骨或雪的魂。你看它在明丽的阳光照射之下，在广袤浩瀚的蓝天上，有的镶着电镀似的边，有的活似透明的田园和村舍，有的朵朵绽开着，绽开着，就像含苞欲放的白色的芍药还是牡丹，还有的呢，就像是一些白孔雀、白天鹅和白仙鹤的翅羽啊，片片那么优雅和超然。哦，如海蓝天，蓝天如海，如镜蓝天，蓝天如镜，如海如镜的蓝天上，飘飘的映着椰林的白云，闲闲的沐着海风的白云，爽爽地擦着小丘的白云，朗朗的伴着河流的白云，皎皎的爱听吉他的白云，雅雅的吻过草裙的白云，悠悠地望着岩石的白云，翩翩的碰过海轮白云，静静的沾着花香的白云，散散的携着草绿的白云，轻轻地摸过鲸鱼的白云，柔柔的迎着旅人的白云，纯纯的赛过瀑布的白云，悄悄地不露声色的白云，英英的悬于半天的白云，亮亮的落在山脚的白云，新新的舞在海上的白云，款款的拭人肌肤的白云，脉脉的常想来路的白云，晶晶的缠着藤萝的白云，妙妙的掩着水貌的白云，曼曼的露出山色的白云，虚虚的铺在大峡谷的白云，幻幻的浮在火山口的白云。我虽然受了点风寒，但我不敢咳嗽不敢打喷嚏，我生怕玷污了它们。哦，看看吧，看看那白云！

不过白云美丽天也毫不逊色，你再看看那衬托着白云的天——蓝盈盈的天，蓝蓉蓉的天，蓝晶晶的天，蓝宝石蓝翡翠的天。蓝天因云色更美，白云时刻恋着天，一看蓝天必有云，蓝天上，是诗一样的白云，歌一样的白云，带着浓郁夏威夷果香的白云，托着夏威夷市花红色芙蓉的白云，养人眼眸的白云，沁人心脾的白云，舒展自如自由自在自己的日程由自己做主的白云呐白云。

我静静地思索：这天，怎么才这样好看呢？一首诗，不知又从我的哪个细胞冒出来了："云多天少难空灵，天多云少太冷清；云彩乱堆天臃肿，云天巧配才迷人。"冥冥中一个声音问：这诗真是出于你的细胞吗？你何以有如此深刻地体察？我背倚夏威夷的蓝天白云，只是笑笑。但我可以偷偷地告诉你告诉这声音，这里的一座山曾经偷窥过神，偷窥过神的艺术笔记，我那天攀登过它，拜见过它。不过请你千万不要再告诉别人啦，到此为止，千万。我们现在应言归正传了，看那些夏威夷的云是否符合那首诗的说法。哦看吧看吧，看那些白云正是不多不少错落有致地装饰着蓝天和人寰，那白云。云是幻影，云是幻忽，云是幻流。流过来云，流过去云，流前来云，流后去云，云流流成小溪大河流成一片又一片的梦幻，又飘，又游，又走，又冉冉乎上升逸逸然渺散啊这美丽白云，诱人白云，令人爱恋眷恋深恋的这夏威夷的白云。

这夏威夷的白云千朵万朵美有千朵万朵。现在，就让我们不要漫天浏览就专注于那最白最亮的一朵吧。你看它有时候飘浮得遥不可及，就像一只孤傲的连鸣声也难以听到的天边仙鹤，有时候又飘飘飘地飘到我们的头顶，又好像发现了我们，就飘向我们，于是就疾速地飘了下来，飘得很低很低，一直低到一百米，五十米，三十米，甚至挨到了我们的头发梢，站到我们的面前，这时候我们已经能感觉到它的体温和呼吸了，已经能听到它的说话声了，可惜它有它的语言，我们没有翻译，我们无法听明白听懂。低到如此程度与人亲和到如此程度，应是夏威夷之云的充满灵性的一绝。不过它不久又离我们而去了，不过我们没有怅然若失，因为我们知道它很快又会回来的，而且，我们转脸看了看，我们的身边现在多了一样东西，那是它赠与我们的一块定情物似的白绸子手帕，一块碎碎的云的纪念有纪念意义的白得令人感动的云。

这时候，我的心便随那块飞去的云彩飘到唐朝去了。唐诗人崔颢正在高声吟诵："昔人已乘黄鹤去，此地空余黄鹤楼。黄鹤一去不复返，白云千载空悠悠。"在他的眼里，白云只是配角。或者说，他面对白云，竟是眼空无物。他从来没有专门写过白云。这恐怕是由于他的心头，承载着巨石一样的历史和哲学的重负。而现在再回到当代看看，我却有闲适而轻松的心情品味着异域的白云了。我的心魂完全被那美丽的白云所征服了。你看在这次旅行中，无论在船上、车上还是山上，我的目光总是被白云所擒获。而只要被擒获到它的手里，我就总是发觉做这样的俘虏是多么快意的事情，即使不设岗哨，我的心魂和目光都绝不愿偷偷逃离它的。

哦看看吧，看看那么白那么多那么昌盛的白云！哦，看看！我的眼睛和精神享受着这世界上最豪华的纯白大餐。这是我一生品咂鳕鱼片似的白色品咂得最多的时刻。我一边消化还一边望着天上。我的眼里装满了白云的英姿。我的相机里储满了白云的美容。我相信，白云的白，已经从我的眼眸，渗透到我的每一根神经，每一个细胞，我的五脏六腑都冰清玉洁，成了一座水晶般的宫殿了，它亮得容不下一丝污垢了呐我的五脏六腑。

而白云也是一刻也不愿放过我的。它总是诱惑着我，撩拨着我，让我神魂颠倒，心不旁骛。我发现，看起来安闲地定定地飘浮着的白云，其实也是无时无刻不在运动着的。"生命在于运动。"想起这句名言，你不能不觉得白云也是活泼泼的会喊会叫的生命。雷声就是它的喊叫声吧，它有时隆隆隆隆。不过它平时不愿多喊叫罢了。不过它从不安静，它总是在瞬息万变。它往往一分钟就会变出几个样子。它此刻是一座玲珑剔透的冰山，山上有琼楼玉阁，下一刻呢，这座冰山就变成无数透明的小丘，小丘间有流水潺潺；有时候又变成一片有颜有色的森林，森林里众鸟鸣啭，还有疑似俄罗斯的老妪弯腰捡拾着硕大的蘑菇。因而我想，白云是一幅幅正在创作着的既古老又新潮的惊世画卷。我这些年正沉迷于水墨画的创作，于是我便想到，这白云应是白色的水墨，它也像黑色的水墨一样奇妙渗化，变幻万千，但是黑色的水墨是画在白色的宣纸上的，而这白色的水墨却不能；它只能画在蓝天上，它天生是应画在蓝天上的，只有蓝天才能使它绝美的艺术得以呈现。而画它者呢，是谁？是哪位水墨丹青高手？是米芾吗？是石涛吗？是徐渭吗？是齐白石吗？是张大千吗？徐悲鸿吗？石鲁吗？黄胄吗？李可染吗？吴冠中吗？不！他们毕其一生，也只是在黑色水墨里施展着才华。现在纵使他们一个个列队再世，也断难以这白色的水墨大显身手。地有五洲，天有九重，哪里都有它自己的画家，别人绝难替代。因而白色的水墨画大师，当然应是出自天国的艺术界了，应是仙人画家，仙女画家。

黑色水墨画是中国的骄傲，白色水墨画是天国的骄傲。与黑色水墨画的墨分五色相对应，白色水墨画之白亦可分为五色。你看那云吧你看那白，你看它们虽然看起来都是白，但那白，有明，有暗，有重，有淡，有清。但其实它们那气韵纷纭的变化，何止五色可以概括。它有时候如同新雪，有时候如同残冰，有时候如同树荫里的白菊，有时候如同清晨里的白鸽，有时候洒洒脱脱如桦树的枝干，有时候苍苍劲劲如白马的鬃毛，有时候空空灵灵，有时候沉沉稳稳，有时候白得发亮，有时候只是一些淡白的影子，有时候虽浓却浓得有神，有时候又有一种幻化后的通透感，通透处往往是一座蓝的村庄，一头蓝的牛，或者是一口蓝的倒悬的深深水井水井深深，井底泛着涟漪，仿佛还能照见我们的晃动的面影。当然还会通透出一片又一片的蓝的世界，蓝的世里有时隐时现的琼楼玉宇仙袂飘飘和蓝的缥缈的阵阵仙乐。

　　我们所喜欢聚焦的当然主要还是白云的白了，白得不能再白的白，朵朵的白，相随相伴相缭相绕又相不混淆相距时远时近的白，时而浪漫时而拙朴的白，有时竟似玉的坚硬，有时却又如羊绒的蓬松，啊那白，那明明白白清清楚楚豁豁朗朗的白。那是彼一秒不同于此一秒的白，白得千变万化，繁复无穷，绝色无穷。我不知那仙人画家、仙女画家是怎么调笔的，我不知他们那笔锋、笔肚和笔根，哪里是水？哪里是色？水几何？色多少？哪里水色哗笑着相触相融，颤栗起来，欢呼起来，并且载歌载舞，孕育着数不尽的妙趣奇趣？我不知他们是怎么运笔的，我不知他们的笔是怎么将种种诗意变现在蓝天上的，是用了侧锋？逆锋？还是皴擦？反正他们笔笔炉火纯青。反正他们笔笔出神入化。他们画出的当然是天国的一流好风景了。在那好风景中，当然饱含着他们的喜怒哀乐，饱含着他们的丰盈丰富的浩荡心情。

白水墨之画，山水迷人，花鸟也不俗。恐怕最打眼的应是那些花了，白梅、白菊、白樱、白牡丹，它们的层层花瓣舒展开来，仿佛能闻得见阵阵清香。而不时来往的点点飞机，应是太虚的蜜蜂，发出嗡嗡的叫声。

那天登上了海拔万尺的高高山巅，我看到了更多更美的白云，更多更美的仙家的画卷。那真是一派仙境风光。满眼是云是画，分不清云在画里，还是画在云中。这回仙家大概用的是大泼墨的技法了，不，应是大泼白的技法，只见一朵一朵水汪汪的白翻滚着，汹涌着，并且变幻无穷地流淌渗化开去，一直流淌渗化到天的尽头，海的边缘。哦，看看那些充盈着穹隆的画吧云彩吧，看看！你看它们千层万层，明明暗暗，强强弱弱，层次何等鲜明，光影何等迷人！而当我们的汽车行进在返回的路上的时候，眼前的白云却变成了灰的颜色了，不过灰也灰得纯正，干净，和谐，一层，一层，层层深浅浓淡不一，如一种鸟儿的羽毛，看起来舒心极了。最是车近下榻之处，让人兴奋得不可自抑。那时候随着太阳的西沉，眼前的白云灰云都不复存在，眼前有的只是漫天的火烧云了，烧得轰轰烈烈，绚烂无比。我知道这漫天的火漫天的烧漫天的炙人光焰，也是由那些飘游不绝的白云变来的，白云的白幻化为千色万彩，那是色彩的极致。哦，看看那云彩吧，看看！

红着喊着千百树

一棵枫树的叶子突然变红了！

这，使我非常惊喜。

它就长在我们院子的大门口，我每天出出进进都要见它好几回。前天没见它有什么动静，昨天没见它有什么动静，甚至今早晨也没见它有什么动静，就是说，一点儿预警都没有啊，怎么突然就红了呢？

我记得，它本来是青翠欲滴的。在它变红的前几天，每天大清早出门一看，它的绿不清楚了，它的身上蒙了一层毛玻璃似的白霜。

眼望白霜，我身一颤。

可以想到，在霜如刀劈的一夜又一夜，枫在进行着怎样的壮烈的抗争。

是不是因为霜寒入骨，它才变红的呢？

而它变得何其突然！它的巨变，是发生在几小时甚至是几分钟之间的事情吗？

树是密西根大学北校园的树。这儿风景优美，有如森林公园，高的，矮的，成片的，独立的，翁翁郁郁，栖鸟落雀，到处都是树木。一种现象是这儿的独特之点——正行走，学生们往往忽然不见了，像鸟羽之陡被风卷，那是进了树林了；空白处，学生们往往突然出现了，如大侠之凌空跃下，那是从树林出来了。他们脸上是青春的光晕，背上是书包，脚下是路，路载负着欢歌笑语也载负着丰沛的负离子，在林中出没穿行。

近几天来，树木上的霜落得越来越重了。

我们院门的东边还有几棵枫树，我便时时注意它们了；但即使时时注意，它们的奇诡变化，还是叫你无法看清。它们不知在何时又眨眼就红了。它们就像川剧中的变脸，变得那么神速，那么迅忽。

正为这些枫树惊叹时候，又有几棵红了，又有十几棵红了，又有上百棵红了；接着，一批一批地红，一片一片地红；接着，红在这边喊叫，红在那边喊叫，都喊烫了烫了烫得快着火了，到处闹闹嚷嚷闹嚷声中到处已有了烟儿，叫人真不知该看哪里。

它们从南，从北，从楼前，从楼后，从显著的地方，从一些偏僻的角落，呼啦啦地热过来，烧过来，红过来，一直红到我的眼畔，瞳孔，心底，以及，整个生命里面。

被喜悦的情绪亢奋着，我一遍又一遍地在校园转悠，巡睃，如一只寻找猎物的兽。我身后拖着的影子，是一条长长的尾巴。

那些枫树，有的叶子全红了，深红，就像刚刚从染缸里捞出一样。有的只红了枝梢，它就像被一个巨人倒提了，很有节制地在染缸轻轻蘸了一下，又放在这里。有的树每片叶子都染了个红边，中间的绿色依然亮丽。有的树叶则红棕黄绿，各得其色，给人一种极其斑斓的感觉。那么，它一定不是老式的染缸就可以染出来的了，染它靠的是最现代最神奇的印染技术。便想问来往于树下的黄头发的美国学生和黑眼睛的中国留学生，这种印染技术，是出自你们的哪个实验室呢？

哦，红着喊着千百树，拨我心弦，引我瞩目。

不光枫叶红了，橡树的叶子也红了，冈树的叶子也红了。树下有一种三尺多高的长叶灌木，那长叶也红了，在风中摇曳。还有高高攀附上大树的一些藤萝，它也红了，就像花红的游蛇；或者，就像红色的飘带；或者，就如哧哧燃烧的导火索；或者什么也不像，而只像红笔书写的不羁狂草，那是十月的天地精灵，正在以狂草赋诗抒情。而且，呀，红了野苹果，红了野草莓，红了数不清的叫不上名字的大大小小的各种浆果，那些浆果挂在枝叶间宛如狂草激起的乱蹦的星星。

整个密大北校园，都好像被一种灵火所燃，每棵树都是一股火焰。满怀理想的莘莘学子背着书包匆匆来去；好像为了使这火势更猛，更劲，他们在添油，他们在扇风，他们好忙碌！哦哦，树也忙，忙着闹秋；叶也忙，忙着歌唱；火焰也忙，忙着翩翩起舞！

红叶映红人们的脸膛，使人们兴奋如树，如叶，如火焰。使人们有了极好的心绪。使人们想放松一下，浪漫一下，痛畅一下。这样的时候，即使终年埋头学业的一些最用功的中国留学生，怎能不也三个一群五个一伙的，以树为背景，捧着相机照相了呢？

咔嚓！咔嚓！咔嚓！

咔嚓不住。

意识到这样的绚丽日子不会久驻，照得好贪！

哦，红着喊着千百树，树树似人，人也似树！

在这里，在这样的时候，谁不想追寻更美的红叶？谁不想看个够？于是，周末，孩子驾了车，领我们驰出校园。不用说我们徜徉于茫茫林海。不用说我们一次次为醉人的红叶欢呼雀跃。不用说我们得到了淋漓尽致的享受。而意外的收获是，森林中有红叶遮蔽的公路，我们沿着红艳艳的公路走进去，看到了许多绝美的教授住宅。那些住宅就在枫林深处，曲里拐弯的私家路连接着它们，这儿隐藏一幢，那儿隐藏一幢。它们的门前没有草坪，没有花圃，没有短墙和台阶，只有汽车在那儿静静地停着，但我实在喜欢它们，因为它们与森林浑然一体，既现代又充满了原始的野趣，看起来比任何住宅都更加美丽。特别是它们的被金红色的灿烂叶片点缀着的高高上空，那些叶片如梦如幻，如梦之悠远，如幻之飘逸，它更是美得惊心动魄，宛若伟大画家塞尚或者梵·高在那儿十分潇洒地抹了几笔。

我以衰弱迟暮之驱，激动得手舞足蹈。

哦，红着喊着千百树，树看我疯，我应是树！

雪　熊

茫茫雪域。

雪在飘。

地上的雪，沾在我前行的鞋上、裤腿上；天上的雪，落在我尚热的头上、肩上、胳膊上。于是，我的鞋成了雪域，我的裤腿成了雪域，我的头成了雪域，我的肩成了雪域，我的胳膊也成了雪域了。

而雪域还在扩展，我的眼睫毛上也白白的了，一闪，一闪。

虽然心中洋溢着快意，但我没有伸手捕捉自天而降的雪花，也没有一步一回头地欣赏自己留在雪路上的脚窝，没有。在这儿，雪，我已经见得够多了。

我是行进在美国的东北部，密西根。

冬天的密西根好像和什么人铆上劲了，百事不理，只知道下雪，雪花几乎飘遍了它的每一个日子，每一个时辰。料想它的时针、分针和秒针，已经被雪镀得锃亮锃亮，却还在镀，还在镀，一如树的白了胖了的粗枝和细桠。有时候天上终于有了红红的太阳，但一个分神，乌云便至，雪，不容分辩，说下就下，纷纷扬扬如筛面啊纷纷扬扬。因而冬天的密西根永远是雪塑的河山。雪的点，雪的面，雪的直线和曲线。雪的城市。雪的树林和别墅。家家窗上霜花，户户檐下冰凌，院院雪，路路雪，肩肩雪，雪里多少新塑雪人。这儿那儿，虽然没人再塑，却像有作品四布：群羊躺卧，众鹅孵蛋，白狗们懒洋洋地伸出舌头歇息。到处白皑皑一片。

但那白，绝不是苍白，绝不是傻白；而是有精有血的白，聪聪慧慧的白，雍容华贵的白。呼吸着如许之白，我分明感到，洁净透明的不是空气，而是我胸膛里起伏不息的两片肺叶，那肺叶蓬蓬松松清清爽爽想歌想唱已经是雪做的了！

不知何时天色忽暗。原来雪愈下愈大，而且起了风，风也愈吹愈烈。俄顷，演化成一场我从来没有见过的猛烈的暴风雪。风萧萧，雪萧萧。雪搅着风，风卷着雪。雪结成絮，抱成团，有了力——可怕的力，因风产生的杀伤力。这样的雪絮雪团流弹一样密集射来，其间还挟带着更为密集的霰粒，击到脸上火辣辣地疼。而击到眼皮上更加疼得无法忍受。眼睛无法继续睁开。只得把帽子拉下来，使之尽量压低，压住眼睛。还侧了身子。更使出浑身的解数。可是，几乎一步都挪不前去。这时候我蓦地瞥见，眼前一道白亮的光，我是和一只白色的硕大无比的熊遭遇了——啊啊，雪熊！

雪熊，简直是和我狭路相逢，绝不会放过我了！我被推搡着，击打着，撕扯着。我站不稳脚跟，挺不直身子，喘不过气来。有一阵觉得耳上疼得挖心一般，知是雪熊在吞噬我的耳朵。天地在旋转，我几乎晕了过去；但我终于非常清醒了。

看不清雪熊可怖的轮廓，却感到了它的力量；看不清雪熊瘆人的目光，却感到了它的凶猛；看不清雪熊的尖利的趾，尖利的牙，却感到了它触到谁谁便会粉身碎骨的厉害。它毛茸茸的，浑身泛着刺眼的白光，那么高，那么大，足有千斤重吧，它。它饱含脂肪的咕涌着的身躯，如海浪一般疾速动荡。它一声长吼惊天动地，电线为之跳跃，路树为之抖动，墙头上的雪为之四散纷飞。我憋足了劲，冲上去，被它压下来；冲上去，又被它压下来。它的掌是如来佛的掌，而我，却比孙猴子差远了。

那么逃遁吧。

无可逃遁！能踩脚的地方它的趾爪就在，可伸腿的地方就会撞上它的利齿。它与你就像猫玩老鼠。人说与熊遭遇最好的逃命方法是装死，可是现在，你装死吧，装死它才好从容地将你嚼得粉碎。它是熊中的异数。

雪熊总是离我那么近。它攻击我时，我听到了它的呼吸，嗅到了它身上殊异的气味。它的形象和伟力宛若飞泻于悬崖的瀑布，眩目于云端的闪电。

　　不知过了多久，可能是被雪熊一扔，我被扔进屋门，屋里一阵山响。

　　后来，大概是一夜之后吧，我出门看时，见雪熊准是对这儿失去了兴趣，终于扭头慢悠悠地离开了。这时候我惊奇地发现，雪在有的地方形成了如沙漠似的优美图案，在有的地方竟然堆了二三尺厚，却又在有的地方渺无踪迹，好像根本不曾有过下雪之事。更令我惊奇的是，一些雪喷溅到直立的屋墙和树干上了，一大团一大团的，一厚层一厚层的。再看停车场的汽车，那些汽车几被白雪埋尽，如一个个大蘑菇。

　　过了一会儿，个别有急事的人们，便开始从雪中挖掘汽车。

　　而我，向前走去。

　　我前行的路，小型铲雪车已经辛劳过了，我走在半腿深的雪的巷道里。

　　我知道，眼前的种种景象，都是雪熊肆虐的结果。

　　雪熊曾经怎样搅沸这世界，曾经怎样使雪花从李白的诗中飞出如席——如席狂舞，如席疾升，如席飞驰，如席碰撞，如烂了的席东去又西来，如几块粘在一起的席翻上又垫底——都被这种种景象记载着了。

　　白皑皑的无边雪域，一列黑乎乎的火车呼啸而过。

　　最后我必须说明，实际上，我连真雪熊的一根毫毛都没有见过。不过绝不要因此怀疑我这篇短文的真实性。我写的千真万确是我的一次亲身经历——

　　一次暴风雪的精彩表演；

　　一次大气环流的辉煌奇观。

云彩的诞生

　　贾宝玉在《红楼梦》里说："女儿是水做的骨肉。"书里只是一句，书外回声几百年，至今还响在千万人的齿缝唇间，足见此话的精到睿智。那么，以水为躯的云彩，就是寰宇的女儿了。寰宇也有威武剽悍的儿子，那是山。山的骨肉是能用马蹄敲出火花来的嶙峋石头。山豪壮，云婉约；山铁硬，云柔美；山外露张扬，云含蓄娇羞。

　　寰宇如果没有山，这寰宇仍是寰宇；但如果寰宇一朝失去了云，这寰宇恐怕就不会有一切生命了。

　　看来，云彩，这寰宇爱游爱走的曼妙女儿，对于我们这个世界，太重要了。人们没有不喜欢云彩的，但是倘问，你见过云彩是怎么诞生的吗，想必绝大多数的人都会被这一问噎住。

　　我们的祖先中倒是有些有心之人，比如唐代诗人王维，他肯定是求索过这一奥秘的，因而写下了"坐看云起时"的绝妙佳句。但他只是粗线条地勾勒，或者说只是写了云彩的孩提阶段、成长阶段，并没有描绘出云彩从母胎里分娩的那一刻。

　　但是我今天可以写出那一刻，因为我有幸比王维走得远多了，云彩的诞生曾闯入我的眼帘，因而我看得很是仔细。

　　那是在阿拉斯加。

　　半山坡上，一片静静的树林，微弱的阳光洒在它的枝叶间。除此之外，什么都没有；如果说有，只有些早前曾经存在的鸟儿的扇翅身影和它的鸣啭；但是现在，这些都归于空无。而远处走来的风儿，也好像有意绕了个弯子，回避到别的地方去了。这自然是预示着一个庄严时刻就要到来，一派产妇即将临盆的气氛。不料过了一秒，两秒，三秒，什么事情竟都没有发生。然而，正当你要转脸的时候，眼睛的余光好像扫到了些什么动静。你赶紧放正脸颊。哦，那动静，真真实实地被你捕捉到了！

　　那么，是什么样的动静呢？

　　树根下，紧趴土石的漂亮的或扭曲纠结的树根下，飘起了几根游丝。只是几秒之后，飘动的游丝多了起来。又只是几秒之后，你便会看到树的干上、枝上、叶上，都有缕缕白色的轻纱飘过，飘过，飘过，而树干、树枝、树叶，有的被白纱裹得严严实实，有的还显露在白纱之中或白纱之外。而不知不觉间，整个树林十分热烈地激动起来，颤动起来，运动起来，同时还有了一些抹弦似的美妙声音。这一切都虚虚幻幻，朦朦胧胧，飘忽不定。当然，除此之外，依然只是个大大的0字。这时候你便会想到在产房里一个婴儿正在诞生时的幽闭情景。那时候连急切地想见到孩子的父亲也不能立在这儿。不错，正是这一刻，那水做的骨肉，那新鲜的云彩，那寰宇的漂亮女儿，那小宝贝，已经洒洒脱脱地诞生于人间了。哦，看哪，它们竟是多胞胎！它们一朵朵，一片片，洁白耀眼，正在沿着林梢升起，升起，于是人们惊喜地喊它了：

"云儿！云儿！你看那云儿！"

这整个过程，大概只用了两三分钟的时间。

云儿的诞生从来不会逢上难产。

所以，那云彩那寰宇的女婴在诞生中没受过碍绊的痛苦，一诞生就显得那么健康那么灵秀，一诞生就有了敦煌飞天的潇洒模样。

看了我的记叙，也许很难满足读者，但我只能写到这样的水平了，因为云彩的诞生是玄妙的，难以捉摸的，要用语言尽数表述出来，几乎无可能。云彩的诞生，应该更像人类精神上某些东西的诞生，比如情绪，比如思想，比如定理，比如艺术，等等，它需要你的想象加以弥补。

先前，树林是黑乎乎的一片，而现在，它大部分的胴体被云雾的被子所覆盖，于厚厚的云雾中，显露出由白到灰到黑的淡淡浓浓的层次。一列列裹着深浅不同色阶的黑的树木被晕染出来，如湖笔徽墨画出的水墨画儿，那画儿中的每棵树都逸气四溢，好不妩媚。其实它就像一位疲倦而幸福的产妇，懒懒地躺在那儿。

云彩罕见的诞生过程，我在阿拉斯加旅游的那些日子，实在是见得太多太多了。因为在阿拉斯加，每走一步都水气逼人，它到处是白皑皑的雪山和冰川，到处是明镜般的湖泊，到处都是挂着露珠的树木，于是那儿的水无时无刻不在孕着飘逸的骨，无时无刻不在孕着轻灵的肉，于是云彩这寰宇的美丽女儿便无时无刻不在分娩着，诞生着，出世着。整个阿拉斯加，可以说就是一个诞生云彩的浩阔产房。

信天游

　　信天游这个名字，如明月流水，如仙界的风，即使把它放到全世界数千年来所有的艺术品类之中，它也绝对是最奇美最浪漫的一个。先看这个"信"字吧：信马由缰，信步而行，信手拈来，总之，在这里，不管马也好，步也好，手也好，都听凭它们任情任性，随心所欲，无所顾忌地率意而动，而人呢，虚幻得只看见一点儿影子，一点儿神气，好不自在！那么再看"天"字吧：天空，天然，天性，它的含义好巨硕好空阔既具象又虚幻是那样的深邃无边。而最后要说的这个"游"字，它所表现出来的情境自然不是静止凝固，而是游走，游荡，如天上的云，如流动的河，如云里的鹞子河里的鱼。于是那人的洒脱优游蓬勃活跃的心灵，就在那连绵起伏无涯无际的黄土高原上，以《诗经》一样的起兴、比兴，以上下句的结构格式，以美轮美奂的旋律和曲调，信天而游，信天——而游，游，游……游得让我们这颗星球硬是多了几分意趣几分精彩呐，颤栗了多少审美的神经！但我想问，谁能搞得清啊，它，这信天游，始于哪个朝代？何时是它的滥觞？

是昭君出塞的汉朝？是李白捞月的唐代？抑或，是宋？是元？是明？是清？反正，它大多数悠扬的词曲，都含着古老风沙的颗粒，常常会掉落在我们的眉睫、耳轮和心上，使人感到历史的渺远和苍凉。

透过缈远和苍凉，是一眼望不尽的峁梁连绵，沟壑纵横。这边山头犁铧翻着土浪，羊肚子手巾扎在头上，扶犁者汗湿衣裙；那边沟里扁担一闪一闪，小脚片踩出花似的踪迹，挑水者是个十三四岁的小女女。扶犁汉子也许觉得今天特别口渴，便朝沟里喊去："哎——凤儿！晌午送饭，别忘了给我多舀半罐子米汤！哎——洋芋丝丝也拿上一点！"小女女便转脸应声："哎——舅舅！我听下啦！"他们必须扯长声儿，不然，对方就难以听清。而他们觉得需要排遣寂寞无聊的时候，便以更高亢更悠扬的嗓音唱了——如果出于自我表现的目的，也必须这样，否则他的歌声就传不到别人的耳朵；即使是自娱自乐，到处是一片空旷，也不用顾忌讨嫌于人。而在这片荒凉贫瘠闭塞的土地上，又曾经有羌笛、胡笳和古筝的交响，游牧与农耕的混合，胡汉的杂处和互融，因而这片土地上的人们，精神上罕有桎梏，正如清人王培的《七笔勾》所云："圣人布道此处偏遗漏。"因而他们唱起歌来，既有独特的曲调和韵味，又有无拘无束的张扬和放浪。——这就是与中原文化迥异的信天游了。这是人类自然天性的最痛畅的宣泄。它在漫漶了的一个时间段上像野草野花萌生之后，就越长越多，越开越旺，"信天游就像没梁儿的斗，多会儿唱时多会儿有。"祖祖辈辈，年年岁岁，唱在放羊的山坡上，唱在赶脚的大路上，唱在锄地的五谷间——处处都是宏阔的舞台，声声都如云霞之辞。但多么可惜，一代代的手艺人不断地造出数不尽的羊毫狼毫，却没有一支曾将这信天游记录下来；连片言只语都没有。直到著名的1942年，是延安鲁迅艺术学院的师生们，才第一次让这些饱含泥土糜谷和露水珠儿气息的信天游，沾上油墨的清香，与《敕勒歌》，与唐诗唐乐，与柳枝词，与梅兰芳舞袖飘拂中的歌吟，肩并肩地站在一起，于是博大精深的中华文化宝库中，便多了一曲崭新的"关关雎鸠，在河之洲"，神曲般的拦羊嗓子回牛声。

我有幸在此期间，被母亲牵着稚嫩的手，走在延河畔上。青草开花一寸高。阳光洒遍的山山洼洼，羊肚子手巾辉映着灰军装，军号声呼喊声老镢头开荒的声音刚刚止息。宝塔山上白云悠悠。突然，好像从那云缝中，猛乍乍地淌出一股飘逸的光，瑰丽迷人；那是我平生所听见的第一支信天游：

你妈妈打你你给哥哥说，
为什么你要把洋烟喝？

我妈妈打我我不成材，

露水地里穿红鞋。

　　这样土气这样简单却这样富于艺术魅力的两句信天游，一经入耳，便入骨，便入髓，我此生便再怎么也忘不了了。

　　上初中后，因为爱上了文学，我被信天游迷得死去活来。我买了一本何其芳张松如二人主编的《陕北民歌选》，又念歌词又唱曲谱，上下课的铃声也往往被听而不闻。书上那些意象，那"上畔畔的葫芦"，那"清水水玻璃"，那"双扇扇门来单扇扇开"，虽然都是我熟悉的事物，但还是给我开启了一个诗意的世界，令我神往。我朦朦胧胧的心上，总有情爱的吟唱引起共鸣。"你走那天刮了一股风，响雷打闪我不放心。前隔大河后隔山，什么人把我的路掏断？""听见妹妹病沉重，马上加鞭赶路程。三十里明沙二十里水，五十里路上看一回你。"我总觉得，这些忧伤缠绵和决绝的爱情歌唱，就算普希金再世也难以企及。

　　我那时每逢节假日，常常会领着我家的一只小花狗，像当年的小八路似的，奔向开花的山野。但我不是小八路。小八路的出行也许是为了给开荒的首长送什么东西，盖膝的军上衣被风掀起，我却胸前飘着红领巾，是为了聆听和记录原汁原味的信天游。起先，信天游要么低旋于玉米丛中，总不见飞扬起来；要么就像天边的风筝，总是影影绰绰，令人沮丧。但走着走着，或在东峁，或在西梁，或在哪个深沟里头，就有信天游清晰地如山泉般涌出，冷冷冽冽晶晶莹莹，悠悠扬扬把那一波一波的妙音洒向我的肩膀又滑了过去。它有时候竟好像变成一道滴哨（小瀑布），从我背靠的土崖上洒落下来，湿凉了我的耳朵，沁入我的生命。又在有的时候，不知哪儿一声扯长声儿的信天游出唇之后，却似我眼前一股风儿，一阵平扫一阵跌宕一阵旋转，直到我惊叹不已的时候，它却消失于一个沟岔，而不久，它竟又在山疙瘩上绕来绕去了，接着又来了一个纯八度的跳进，直抵云天。有时我躲在一个什么旮旯，让狗也不声不响，听坐在硷畔上的年轻媳妇一边做着针线，一边悄声歌唱：

河湾里头长流水，
你走莫忘引妹妹。
红军营里人马多，
哪一个马尻子捎不下我。

这显然是闹红年月的信天游了，虽然也是关乎情爱，却没有纠结，凄切，悲怆，听了它，让人心里顿生暖意。记得后来那年轻媳妇发现了我，我只好走了出来。我明知故问："你刚才唱的是一首情歌吗？"她朴实又多少有点害羞地说："就是那么个唱法嘛！"片刻，她发现我的肩上沾了些草屑，便伸手给我拍了拍，并问我饿了没有，要给我做饭。这小媳妇，有着多么纯美的心肠啊！

有一天我登上了一个山顶顶，突有一只嗓音浑厚的信天游响在我的耳畔，我看见，唱歌的是个拦羊老汉。他唱得实在太美了，但我写作文时竟不知该如何描述。现在每每忆及，便觉得他口中信天游的上下句的原始性，却像电脑的"0101"的原始语言一样，变幻出了多么丰富的气象万千。我那时候望着那苍茫辽阔连绵起伏的黄土高原，听着这支信天游，我实在分不清信天游是脱胎于它，还是它有几分信天游的意象？后来我曾经暗暗地想，假使信天游可以像天下万物似的有形有色，而且其形色永不糟朽，那么，整个陕北高原的天空，一代代的累积，它每寸蓝天每寸云彩都会缀满音符和文字的晶亮钻石。

感谢李季，是他以诗人的一双神妙之手，以鲜明的人物形象，以美丽的故事结构，把信天游这些散乱的珍珠串连成一部精致动人的叙事长诗《王贵与李香香》，使信天游第一次登上了文学的殿堂。这是我们时代的《孔雀东南飞》呀，我多次欢呼。这部诗，我先后买过三种版本，它们陪伴我风风雨雨数十年，每页都像一片波浪，每片波浪都在我的手上翻滚过百次千次；我的像鹅卵石的指头蛋儿，至今犹记着那波涛的喧响。

1956年，我是个高一学生。在延安举行的五省（区）青年造林大会上，我跟着民间艺人韩起祥，见到了三十一岁的诗人贺敬之。贺敬之与韩起祥二人合影，让我给他们按按快门。我遗憾我手持的相机，无法照出他们胸中的友情深深诗兴浓酽。只记得不久，一首信天游形式的杰作横空出世，那就是贺敬之的《回延安》。它让我爱不释手。噫吁嚱，神乎高哉，诗人！你既有对延安的一腔深情如海，又多么富于创造性，妙笔一挥，就对我可亲可爱的信天游，做了诗化的换血和重塑。那陕北婆姨女子们唱了千万遍的"东山的糜子西山的谷，哪达儿想你哪达儿哭"，到了你抓着延安黄土的手里，完全是一片崭新的革命情状了："东山的糜子西山的谷，肩膀上的红旗手中的书。"而诗中经典名句"几回回梦里回延安，双手搂定宝塔山"，既有信天游的质朴语言和韵味，又充溢着李白一样的浪漫诗思。此诗句，多少年过去了，却一直朗朗于大中学生的口上，而且由油墨印成的文字，变成延安石匠錾子下的石头，竖在延安的大门口了！

千座青山万道沟，我死活忘不了这诗两首。阳畔上酸枣背畔上艾，我愿向这些诗顶礼膜拜。应该说，在我国的文学版图之上，信天游就像千朵万朵的白云彩，云拥奇峰出，霞飞散绮红，那便是这两首杰作。

遥想唐宋当年，孰能料到，起先并不怎么起眼的脱胎于南方民歌的文人之词，后来竟形成数百年的文学之盛。而李季和贺敬之对信天游的开掘熔炼，却多少有些空谷足音的味道。不知何年何月，天将降数十数百的大智慧大手笔之人，能将信天游炼成一道天地奇观——我一直如此企盼。

黄土高原的地貌当然自有它独特的美处，不过它毕竟灰黄得没有尽头，颜色太单调了，大概为了得到心理上的补偿，我陕北的父老乡亲在创作信天游的时候，如一个个焚高或者齐白石，特别注意要涂上几笔浓艳的色彩。比如《蓝花花》这首歌吧。本来，这只是叙说一个年轻姑娘的歌儿，可是到了这些艺术家的手里，他们首先抛出的是青线线和蓝线线，并且以那么美的旋律渲染着它的明明暗暗强强弱弱的蓝的色阶色调，让它终于发出了"蓝格英英的彩"的奇幻光芒。而歌中主人公姓氏的蓝，由于上句的比兴，也变得如白居易笔下的江南，如江南的一片水融融的景色，春来江水绿如蓝。

走笔至此，我记忆中最为美好的一角，便泛起涟漪。那是《蓝花花》的歌声与真的江南似的景色融合在一起了。绿如蓝的江水映在我二十一岁的眼帘。飒飒作响的竹叶响在我二十一岁的耳畔。我二十一岁的筋腱饱满的双脚，踩在陕蜀鄂三省交界的大巴山上。我以我地道的延安口音，把《蓝花花》抛起在那山水之间。我看见那些背背篓的姑娘、田间耨草的小伙子，都一齐向我转过脸来。一时间，那婉婉约约的巴山汉水，悉被我的嗓音注进了一股粗犷的陕北之艳，我从那姑娘和小伙子的脸上读出，那儿的山水分明是双倍地美了。那当儿我的心里蓦地冒出"前不见古人，后不见来者"的这两句诗来，但我绝不像陈子昂似的悲戚寂寞哀伤，恰恰相反，我是太得意太自豪了，因为我觉得，从悠悠历史到茫茫未来，也许我应该是唯一的一个以陕北拦羊娃的方式，把信天游带到此间的人。哦，多情应羡我，正年少，爱歌爱唱，风华翩然。

我是一路苦恋着信天游走近中年时代的。不知不觉间，我收集购买的信天游和陕北民歌以及与之相近的爬山歌和山西民歌的资料和书籍，无法尽数；把它们堆在一起，竟有十几斤重了。"文革"的凄凄风雨之中，我被下放到红砂石箍窑的志丹县农村。因为夜里多有读书的时间，有一次回家时，我骑着自行车把它们悉数带上了。走了五六十里路，忽然发现我竟把它们好像丢在一间小饭铺了；我的头嗡地响了一声；我像丢了魂似的，顾不得累得难以抬腿，硬是踅转身去，颇费了些周折，总算把它们找了回来。大概冥冥中早就注定，这些书不该丢，不能丢，因为它们和时代已有相约。

忽有一日，省上组织了个创作班子，拿着初步改编下的五首陕北革命民歌来到延安，一边修改一边征求意见，住在南关招待所。好像是一个上午吧，我们延安文工团创作组一行数人，被邀去开会。

这个招待所，在1940年，叫做陕甘宁边区交际处。记得翻修它的时候，缺石板，我家还捐献过十多块。无数著名人物曾在这儿川流不息。我上小学幼稚班时天天背着书包经过这儿；冼星海夫妇风尘仆仆地初来延安，就是在这个大门口放下手中的行李，走在信天游的有无中；贺敬之就是在这儿的窑洞里，以感冒了的身子艰难地呼吸着高原的甜美，写出了《回延安》。现在，招待所会议室大幅玻璃窗照进来的阳光，又照在一些当年的文艺工作者的脸上，他们的身边也有与我年龄相仿的我有文友，他们都是这个创作班子的成员。经过初步改编的陕北民歌，如久埋土中的明珠出土如重开的牡丹，闪耀在人们面前。有一首信天游叫做《后山里下来些游击队》，我知道它原来的题目是《横山里下来些游击队》，由于当时人人心里都很明白的原因，被如此改了。我忽然想起我的那些失而复得的书了。我说："与其这样，不如干脆新写一首中央红军初来陕北的歌子吧。"我并且说，"我手里有资料。"大家听了，颇有喜色。

当天下午，我从家中找来那堆书翻啊翻的，一行行的音符一行行的字，如红旗卷着的滚滚烟云。我终于找见让人眼睛为之一亮的两句了："山丹丹开花红满了山，中央来了大发展。"我好不高兴！天色入暮，我把它交给我团的老作曲家航海。他带了我的书，跨上自行车扬长而去，自行车的轮子就像旋转着他在解放战争期间写的那首风靡整个西北战场的歌曲

《大进军》的旋律。其结果不用多说了，不久之后，一首深受人们喜爱的信天游歌曲《山丹丹开花红艳艳》，与其他几首民歌一起，震响在全国的广播喇叭之上。

我当然也自己写过信天游歌曲。那一年，我以上下两句原生态的信天游为动机，与作曲家王建民合作，创作了一首完全是信天游味道的歌曲，里边每节都有"圪梁梁"三字回旋萦绕，便名之为《圪梁梁》。我还与王合作过一首以信天游为基调的女声独唱《崖畔上酸枣红艳艳》。当陕北的山水间也飘荡着这两首歌的时候，我整个身心便油然生出一种悠然怡然的归属感。

我骄傲我生身于陕北。我更骄傲我泡大于信天游的江河湖海。马里头挑马不一般高，歌里头挑歌就数信天游好。我看信天游多妩媚，料信天游看我应如是。我这些年主要从事散文创作，而信天游，也营养了我的散文的筋骨。一位著名的文学评论家把我的散文称为"无韵之信天游"，我觉得他是我的难得的知音。

大约在十多年之前，我曾忧虑地感到，那曾经像野草一样一个劲地往出钻的信天游歌手，在陕北这片可爱的黄土地上，怎么忽然间变得稀缺起来了！可是我的感觉幸好有些偏差。完全是在不经意间，我终于发现信天游歌手就像春雨过后的山丹丹，开得好红好红，这山是，那山也是。王向荣和阿宝的歌声未落，王二妮的天籁般的嗓音又响起来了，接着又是韩军和雒胜军。更让人欣喜的是，那一年回延安，一下火车，便有小青年们一边出车站，一边放开嗓门，高唱着一声声的信天游。他们大概一看见宝塔山，嗓子就痒痒了。他们对着延安群山环抱的空旷的夜空，就像虎归深山鱼归海，便任情任性起来。看来在他们的心里，延安的火车站就像放羊的山，赶脚的路，马茹子果像眨着眼睛的崖崖畔畔。啊，陕北，生我养我的这片厚土啊，我愿像这信天游一样的高高飞起，化作装饰你的夜空的月晕，绕着月亮转圈圈红。

牛　群

苍茫的加州原野。

先是绿地和花园交错着的建筑群，继而是一眼望不到边的葡萄园，再下来，就很有些非常原始的意味了。

怎么说呢？好像哥伦布还未出世，星条旗更未招展，自然，丰饶的金矿还都原封不动地深埋于地下。没有庄稼，没有菜田，到处都荒着，荒草一片一片，自枯自荣。一只不知名的小鸟远远地飞来，落到灌木的枝条上，枝条晃了晃。山，原，谷，崖，树，河流……一切都仿佛处于黄褐色的蛮荒状态。只有将风景一劈两半的高速公路，才发出汽油、钢铁和橡胶的呼啸和闪光，展示了些许现代文明。

忽然，原野上有了一些黑色的斑点。但你还没明白那些斑点是什么，汽车早已迎来一个奇幻之景：整个原野都撒满黑色。

是些什么呢？好像谁从高高的天上，哗啦啦地倾倒下满地黑豆，又像谁从远远的地方，突然赶出无数黑色的斑蝥或者蟑螂。它们，究竟是些什么呢？

广阔的原野，到处黑漆漆的，黑得触目惊心。

只有树是绿的。只有天是蓝的。只有太阳是红的。除此而外，原野上的草，石，土，塄坎，以及起伏的山坡，全都成了浓酽的墨汁。

像些什么呢？也许更像到了特大的露天煤矿，这个煤矿采掘既烈，运输又不畅，遂使亿万吨的黑得起明发亮的煤炭，统统地堆放在那儿了。

但终于看出个眉目了：它们在动！是活物无疑了。比羊高大；比猪魁梧；比驴和马都肥壮。有黑的；有黄的；但以黑的占了绝大多数。

啊，牛！

居然是牛！牛居然可以排开这么大的阵势！

这些牛如果是一些劳工，它们应来自多少工厂？这些牛如果是一支军队，它们应是多少个排？多少个连？多少个营？多少个团？

好壮观、好浩荡的加州牛群！

在中国长大的人，谁没见过牛呢？可是，即使是在中国常年走南闯北、见多识广的人，谁又一次见过这么多的牛呢？翻寻记忆中的青山，青山隐隐，笛声悠悠，牛总是一个两个孤独冷清地活动在青山里和笛声中的。回眸全部中国历史画卷，无论是牧童的遥指还是鲁迅的横眉俯首，隐含的都是这样的景象。无论是《创业史》的各章节还是当代文学的散发着油墨香的无数纸页，寥落的牛蹄都不会踩没多少字迹。我们所见过的牛群，只要有几十只，几百只，已经是很大很大的了。

可是看眼前，看这儿，牛，竟覆盖了东南西北，全部视野！仅卷舌揽食的，应是好几千了；仅甩尾赶蝇的，也应是好几千了；仅以蹄踢土的，也应是好几千了；仅撒尿拉屎的，同样应是好几千了。有立的，有卧的，有鸣叫的，有沉默的，有正在产崽的，有想啃树梢的。牛，好几万头牛，一头头身躯匀称健壮，皮毛光洁润滑，它们如同黑色的火焰似的，燃烧在这片土地上。应该说，它们所展示的，是最灿烂的当代文明之一。

看不见人，只有牛；看不见房舍和栅栏，只有牛。这么多的牛，真叫我无法想象它们饿了时怎么吃，冷了时怎么住。我更想象不来如果遇上响雷闪电，或者虎狼来袭，它们因受惊而炸了群，乱了阵，一头头狂奔乱跑起来，可该如何处理。

遗憾的是，我们需要赶路，无法停下来作深入采访。

我看见，一头黑牛的腹下，鼓鼓的袋子似的东西，是两个大奶。一只和这只黑牛同样黑的小牛，把稚嫩的小嘴唇凑了上去。黑牛回头看了看。

那边，大概是一头公牛吧，它很嘹亮地叫了一声。风携着它的声音，传了过来。其实传过来的不只是一种东西，只要稍加留意就知道了，那是空气中弥漫着带着草味、粪味和臊味的牛的气息，并且已经钻入车内。尽管，那牛群离公路起码还有百米距离。

我们的车子停下来了。我想照一张相。相机对着我，我回头看，我被衬托于黑色的背景之上。黑色的背景有如黑色的海洋，无边无际，滚滚滔滔。而在那闪闪烁烁的黑浪花的上头，是密如森林的牛角和牛耳。这张相一定会照得很好，我想。

重新上路的时候，我想起，就是在这儿，曾经发生过无数粗犷的故事。好莱坞因大汗淋漓地捡拾这些故事，也使自己的银幕粗犷起来。小木屋。酒。时起的阔笑。爱情和仇恨。划破黎明的枪声。前蹄跃起的马的嘶鸣。……那是牛仔的天下。霞光照红牛仔的身影。可是现在换了人间。

现在，牛仔的子孙们——农牧民，形单影只，成了星条旗下的稀有人群，他们只占总人口的1.8％。然而，这1.8％却是钚、铀之类的奇特金属元素，他们所发生的热核反应，不但轻轻松松地养活了美国整个人口，还成了出口的常项。而眼前这无比壮观的牛群，应是热核反应的象征物了——是发着热，带着响，迸散开来的滚滚黑云。

鞋　垫

　　我从刚学会走路到迈步在大学的林荫道上，脚上的鞋，悉为母亲一针一线所做。其间我总共穿破过多少双鞋？回答起来，恐怕比回答一座房顶上到底有多少页瓦还难以说清。只记得母亲似乎常年都在为我纳鞋。母亲纳鞋十分用心，每纳一忽儿总要抬起手来，把针在头发间蹭一蹭。

　　我幼小时母亲长了一头好头发，每当她洗头时，满脸盆里就好像滚动着浓黑的乌云，那乌云直往盆外溢流。可是有一天我忽然发现，就在这一蹭一蹭之中，母亲洗头时头发再也装不满脸盆了。

　　参加工作之后，我有钱买鞋了，布鞋、皮鞋、胶底鞋，随烂随买，再也不用母亲为我纳鞋了。可是母亲又想起给我纳鞋垫。我是汗脚，袜子常是潮乎乎的，有了鞋垫后，感觉舒服多了。母亲看我喜欢，就不断给我纳了起来。几年下来，尽管她给我纳的鞋垫已经穿不了啦，可她总是不忘每年都要给我纳上好几双。她给我纳的鞋垫从来不扎花绣叶，就像她那颗心一样天然，本色，朴素。准备纳鞋垫时，母亲先是翻箱倒柜地搜腾碎布，然后一块块洗净，熨平，紧接着打浆糊，抿袼褙，再以后拿起剪刀，细心地剪成雏形。纳鞋垫时，她仍然是当年给我纳鞋的样子，每纳一忽儿总要抬起手来，把针在头发间蹭一蹭。只是，我心酸地看见她的原本极有光泽的头发，日渐干枯了，灰暗了。

几十年过去，母亲背驼了（后来明白，是因为骨质疏松），并且有了冠心病，身体大不如前，可是我的鞋垫却有增无减，因为母亲过些天还是总要给我纳上一双。我拿出积攒下的鞋垫恳求她："妈！你看这鞋垫还有这么多哩，你快别纳了！"可是她不听，她含笑说："反正我闲着没事。"那时候我已戴上老花镜，可是母亲的眼睛出奇地好，她从来不借助任何眼镜，针脚却纳得横是横竖是竖，整齐、匀称而细密，只是纫针要别人帮助一下。现在我想，她的那未随年事而有大的减损的好视力，肯定是凭借着一种神奇的精神潜能，而维系下来的。她是力图多呵护我几年。在她眼里，我永远是个孩子啊！

母亲晚年的时候，遭遇了一场极大的不幸，摔了一跤，髋部骨折。根本原因是骨质疏松。那时她所忍受的痛苦，是常人绝对难以想象的。后来虽然做了手术，骨头算是接起来了，但是她从此再也不能行走了。这时，只是这时，她身上终于有了歇下来的部分，那是腿；但是她却加紧了手中的针线活，一双手更加忙碌起来。其时她住在我的小家，我的几个儿女们的针线活，全被她包了；但与此同时，给我纳鞋垫的事情，她还总是月月不忘。有那么一些日子，只见她白天纳，晚上纳，在她床头上，几乎每天都有新纳成的鞋垫出现。我劝她劝不下，便想，老人家一生劳碌惯了，让她闲着坐在那里，她也许会不舒服的，遂任她去纳——当时想得就是这么简单，再没有想到别的任何什么。我后来有一天忽而恍然大悟：我好愚钝啊！当时的实情应该是，母亲知道自己来日无多，大限将至，便想争分夺秒地给我尽量多地留下一些鞋垫。于是我便想起中唐诗人孟郊的写母爱的千古名句了："临行密密缝"。而在我们母子之间，当时临行的并不是我，而是母亲！是的，那时母亲将要走了，将要离开这个世界而一去不归，但她多么淡定而从容！她纳啊纳啊，她仍然保持着过往数十年间的习惯动作，每纳一忽儿总要抬起手来，把针在头发间蹭一蹭，只是，这时候她的头发不但全白了，而且没几根了，就像冬天的残阳照着的昏黄的原野上，一些荒草在西北风里顽强地摇曳。

母亲是1998年去世的，到现在，已经有十六个年头了。现在我也已成了一个迟暮老人了。但我脚底下至今还被母亲给我纳下的鞋垫干爽着，舒适着。不但如此，母亲给我留下的鞋垫还有一叠根本没有沾过脚呢，还分别放置在我的衣橱、衣箱、旅行包和其他地方。我找出一些大致数了数，已经有十七八双之多。我现在腿脚有了毛病，走动越来越少，看来，我即使活到九十岁，一百岁，这鞋垫怕是也穿不完了！

我把这些鞋垫久久地抚在胸前。这些鞋垫都不厚，基本都是一毫米左右。但是我想，由于有这些鞋垫的衬垫，多少年来，我硬是比原本的自己高出了一毫米左右。而这还非常次要；主要的是，由于这些鞋垫上所寄托的伟大母爱，由于我深深明白母亲对我的殷殷期盼，我身上对事业的牛劲、韧劲和钻劲，甚至包括由此激活了的想象力，也应该比原本的自己高出一毫米左右。记不得是谁说过：成败常在毫厘之间。人和人才智的高下基本也在毫厘之间。一念之差，往往酿成云泥之别；一张窗户纸够薄了，然一旦捅破，就可能顿时发现一个惊世奥秘。如果说我这几十年还算取得了一点点的什么成绩，那么，我要说，它绝对是和这一毫米左右分不开的。

现在母亲已经到蓝天白云深处的天堂上去了，但我只要想起她，就会想起她给我纳鞋垫时的辛苦专注的样子。她每纳一忽儿总要抬起手来，把针在头发间蹭一蹭。母亲！你那永恒的千秋不朽的动作上面所闪耀的，是人间的第一至情啊！哦！我亲爱的母亲！

闪电辞

——悼陈忠实

　　74个春秋，凝作7.4秒的闪电，照亮了我国文学史一个时段沉寂的天空。无疑，《白鹿原》每个章节都有着璀璨灼人的真正的艺术力量。忠实，我的可以掏心掏肺的挚友，你曾真诚地说，可以用《白鹿原》作长眠的枕头了，但现在，我们不但捧着你的巨著《白鹿原》，还捧着长有柿树杏树和庄稼的自然界的整个的白鹿原，轻轻地放上你总在思想的头颅，你完全有资格与曹雪芹、巴金、柳青们相伴而眠。百年换尽满城人，但换不走的，是如伟岸的陈忠实这样的杰出灵魂。忠实将永与古城西安同在。那道闪电将在每个风雨交加的日子重现它的眩目风采。

送别爱妻小苓子

　　我将永远不会忘记那个无比残酷的杀我一刀又一刀的痛心时刻——2016年12月22日下午1时44分——我最心爱的妻子，我的小苓子，你的智慧的、天使般的、美丽的心脏，猝然停止了跳动。

　　繁杂纷乱的太空中，只要有缘分，两颗相距十亿光年的小星星，也会在有一天奇迹般的相遇。小苓子，远在六十多年前的某一个晴天或阴天，微风吹拂，小草摆动，由于上苍赐来幸运的缘分，你一个南国的拥有贵族血液的女孩子，与我这个生在穷乡僻壤的土孩子相遇了，一遇就燃烧起稚嫩朦胧的相爱之情。延安中学那三四年的日日夜夜，是多么刻骨铭心。

　　许多年之后，你在安徽农学院毕业，校方决定让你留校当助教，但你为了我们的爱情，还是再次奔到苍凉的黄土高原来了。缘于你的绚烂基因，这就注定了后来有一支虽然还小却不断增大的博士群，如野树的纷然出土和连理。

　　在咱们半个多世纪的共同生活里，你给了我数不尽的爱数不尽的温暖和数不尽的精神支撑，当世界发生了大变故的时候，我家黑得不能再黑，我都想到你会和我离婚，但是你没有；后来当我被批斗的时候，你也寸步不曾离开过我。那时候，如果没有你这样的妻子，我多半就会步老舍的后尘。

那时候生活苦极了，吃一顿白面就像过年。但你江南新荷似的双手，却经受着苦难的摧折，竟干起了农村妇女一般的活儿，搓麻绳，打袼褙，纳鞋底。滴水成冰的冬季的星期天，我由于经常下乡，一家人一堆一堆的穿脏了的衣服，积满了煤灰的炉筒子，多半是由你搓洗和倾倒。特别是那年延河爆发了二百年一遇的特大洪水，我出差在外，要不是你，这世界上就没有咱们全家了。而且，你还逐家敲门叫醒全机关的人，使大家都幸免于难，因而获得了行署的隆重嘉奖。

以后重返西安，你的工作做得有声有色，成了陕西外贸领域的一面旗帜，这是三秦大地举世公认的。你是咱家至今唯一踏上人民大会堂红地毯的人。我和孩子们为你而倍感骄傲。

几十年里，由于我总是埋头写我的不值一杯水的文章，辅导孩子们学习，教他们如何做人，七成都是你的心血汗水。

我现在才意识到，你娇小的躯体里，居然能蓄着那么多那么多的芬芳。

你不幸患病之后，知道来日无多，对我更加依恋，处处心疼着我。你曾自言自语地说，咱们怎么越老越粘了。

我知道，人的一生，只是一瞬，二十岁和一百岁都属于一瞬。生年不在长短，关键是生年的品质。只要绽放过耀眼的光芒，只要能养育出个把优秀儿孙，只要离开世界的时候有无数人在痛挽，离开后有无数人在想念，这就活出了自己的价值，给人类史增添了灵动的一笔，因而可以含笑而去。但是，苓子，我心爱的小苓子，我还是无法接受这一残酷的事实啊！离开你，就像青杨柳树活剥皮啊！你为什么分别时连一句话也不对我讲啊！

因为你的离去，我近几天夜间老是睡不着，看了许多文字。我倾向于相信人是由有形的物质体和无形精神体天衣无缝地组成的，就是说，人是有灵魂的。当人的大脑死亡后，灵魂不会死，灵魂仍然活着。我多么希望这确是真的。我相信我的小苓子的灵魂现在就在我的身边。那么，小苓子，我的余生将一直伴着你的灵魂，直到咱们在宇宙的某一处化合到一起的那一天，重新开始新的生活。小苓子，在这之前，我想常常知道你的冷暖，你就多多地走进我的梦中来吧，不要让我天天为你牵肠挂肚。小苓子，可是我此刻怎么也看不到你炽热的灵魂啊，我说的这些话，你听到了吗？你听到了吗？

天碑为她而生

人生是条河吧，一离开源头就忙忙碌碌地奔跑而去，辛苦死了；人生是朵云吧，一成型就欢欢乐乐地悠然飘飞，自在死了；人生是棵树吧，一出土就拼命地往高生长，急切死了。但河，你浇灌过干渴的田野吗？但云，你发出过灿烂的霞光吗？但树，你结出过香甜的果实吗？

我想，这人的河，这人的云，这人的树，只要问心无愧地有过爱，有过善良的心，有过真诚地哭和笑，有过对这世界的付出和奉献，要是有一天忽然消失于无形，人们必会痛挽，必会落泪，必会十年百年地念想缕缕不绝。这样的人即使坟前不曾立碑，我发现，天地也会给他生出一块来的。

我的这幅画上所载的，就是这样的一通天造地设之碑。那薄薄的纸，小小的山，簇拥的草木，不知何能托起那么重的灵异分量？

神使鬼差一般，它是我2016年年初画在宣纸上的。这当然也是真的。我不知道当时为什么要画，也似乎想不到怎么一

画就能画成这个样子，简直像做梦一样；起码可以说不是刻意
为之；我当时只是像一个头戴草帽的陕北老农，站在雨刚停歇
的山头，笑看那潺潺的流水随着大地的脉动和动植物的呼吸，
流淌渗化，渗化流淌，然后神话一般，一通巨碑便兀自里在荒
山间宣纸上猛然矗立，带着泥土的气息和彩墨的芳香。未经怎
么思忖，我即名之为《天碑》，挥笔写在上面。我的这一切行
动，也许是冥冥中的什么早有预知，在支使着我在干的吧。到
不久之前的这年年底，冷风横吹，乱叶飘零，一朵与我厮守了
几十年的强健之花，忽然间无语凋谢……凋谢了……但凋谢，
也凋谢得那么凄美和决绝，让人血管里都一下子结满了冰碴
子。我终于明白，这碑，是天为她而生，是地为她而生。

一般的碑都是人们安放下的，而这碑，却和山石浑然一
体，它就是山石上突起的一块山之奇石。碑上闪耀着日月之
光。碑上浸满了我的和许多人的泪水。人们都为她哭泣。她单
位的同事们和另外许多朋友，都在唁电中说出了痛惜的言辞；
她对她的事业做出过重要贡献；她在我们最困难最无助的时
候，帮助过我们，我们终生不忘；她是大家学习的楷模。

天碑高耸。天碑周围的草丛中，有蝴蝶在飞，有振翅的蝈
蝈在歌唱，还有晶莹的露珠儿一滴一滴地落下，重新化开早已
干涸了的彩墨，那彩墨在天天开出耀眼的花朵。甚或，每年到
了秋风吹拂之际，也会有一伙小姑娘结伴来到这里摘酸枣，打

打闹闹，兴致来了的时候，还会一起唱上几句好听死了的信天游，好听得令人心尖尖打颤。我想，她将不会寂寞，她将会常常悄悄地笑呵呵地走进我的梦中，伸出她惯常的温存之手，轻轻地梳理小孙女的柔发，并教她一针一针地学织毛衣。

我的杨家岭

　　本来是陕北高原上一道普通的山谷，东边的山顶上却还有生了苔藓的倒了或站着的石人石马，述说着历史曾在这儿闪烁过一些什么。就在这道山谷里，一直生息着十多户扛犁牵牛的庄户人，如长了一些随处可见的黄蒿和酸枣。在一个大时代的风云际会中，几乎在一夜之间，这儿却齐臻臻地出现了许多伟大人物，如满目耸起了千丈大树，霜皮溜雨，黛色参天，风摇着它们的光影时，整个神州都会感到晦明的变幻。这便是延安杨家岭了。

　　作为一个小草似的小学生，在稍后的一些日子，我有幸在这儿生活过好几年。

　　我和同学们每人扛了两三个课凳，或者两人抬了一张课桌，从刘万家沟的延安二保小出发，汗流浃背地走了近三十里路，来到杨家岭。一路上我们碰见的人，都好奇地望着我们，不知这些公家娃娃在干什么，也许会联想到蚂蚁搬家。杨家岭当时是延安一保小的驻地。当我们把课凳课桌从肩上放下来的时候，延安一保小、二保小就随之在历史上消失了，两校合并成一个新的学校——延安保小。

我以十二岁少年的目光环视着杨家岭：被战争破坏成废墟的中央大礼堂，依然十分雄伟；部分损毁了的中央办公厅的造型如飞机的"飞机楼"，也显得气度不凡；山坡上一排长长的石窑洞，整齐而又敞亮。阳光暖暖地洒了一沟，把石头都照得像上了些釉子。原一保小的同学们热情接下了我们手中的桌凳，放到早已安排好的地方，然后玩耍去了。他们滚铁环、弹珠珠、翻双杠，这些就不用说了，最特别的是"顶拐拐"。"顶拐拐"不借助任何玩具，只用分开的两手把左腿扳成一个三角状，用成了锐角的左膝盖与同样是此种姿态的同学互顶起来，右腿则支撑着身体，跳动着。

我们第二天就在领袖们当年住过的那一排石窑洞里坐下来了。杨家岭应能感到，这里多了一些孩子圆溜溜的黑眼珠，其上下的睫毛总是在眨眨闪闪。

我太喜欢这里的石窑洞了，它简直是奢侈的教室。我们原来在刘万家沟时的教室都是低矮寒碜的土窑洞。学校计划让我们二保小来的五年级，与这儿的五年级合并为一个班，但合并前要检验一下我们的水平。于是老师出了语文题考我们。题目中有邹韬奋文章中的一些成语，比如"颠沛流离""甘之如饴"等等，让我们解释。我们几乎百分之百地如坠十里雾中，抓耳挠腮，回答不出。我们从未学过这类东西。我不由再次注目杨家岭了。我立时感到这儿的文化再不是"东山上点灯西山上明"了，这儿的文化非常深奥。要想在杨家岭得意扬扬地学习并玩着，是需要一种高度的。结果，我们只能被插入四年级。

其时，边区时代已然渐行渐远，但它把这浑厚的土地，内含新鲜汁液的梨树和木瓜，以及传统气息，悉数留给我们。我们自己种起了蔬菜。

从杨家岭沟里走出来，再沿着山根向城里的方向走去不远，有一处从石缝中渗出的水源很足的山泉，那儿就是我们班的菜地。我们种了西红柿、黄瓜、茄子和辣子。肥料是从学校的厕所里抬去的茅粪。那茅粪滴滴答答地洒了一路，味道很有点臭臭的，而我们走得趔趔趄趄，也显得丑丑的。但臭臭的和丑丑的加起来，未尝不是一首绝妙好诗。由于水足肥饱，我们的菜蔬长得非常可爱。我们总是在那里一边吃着西红柿或黄瓜，一边欢乐地浇水施肥。我很喜欢看一勺勺茅粪浇到渠水里去，随着水流急急地向菜根们奔去；菜们好像立时唰唰变着颜色，很是动人。收工的时候，我们总要抬了满筐子的菜蔬，送到灶房。

也像边区时代一样，每天早晨和傍晚，我们都要以班为单位集体歌咏。差不多每班都有一两个指挥人才，十分帅气地抡着嫩胳膊，很有几分冼星海当年指挥《黄河大合唱》的样子。除此之外，拉胡琴，弹三弦，吹笛子，蔚然成风。乐器大多是自造的。我就曾从延河边抓了一条花蛇，剥下它的皮张，做了一把音色极好的二胡。每天晚饭之后，艳红的夕照之中，杨家岭的山山峁峁、圪圪岇岇，都有同学们在神气十足地歌唱、演奏。杨家岭简直成了一个音乐谷。

每当元旦或者春节，我们都要去延安市区演秧歌，这也应是边区时代风气和作派的一种延伸。我在秧歌剧中扮演过不少角色。要是秧歌剧曲子不好，我们的教导主任王老师就信手另写出一批，我因之对他肃然起敬。我从此嘴里常哼哼着，很想自己也能哼出一支好听的曲子。

我们的同学有的六七岁，有的已经十六七岁了，多是烈士或有一定资历的干部的子女，也有革命队伍中的伙夫或马夫的子女，这无疑透露出一种平等。那时低班还配有保姆，就住在教室窑背上靠山的土窑洞里，我们高班宿舍在最高的山旮旯里，每天由两个值日生给山上抬去洗脸水和饮用的开水。我们宿舍周围没什么好看的景色，但我们的班主任杜老师是个能人，他把一颗颗吸去蛋清蛋黄的鸡蛋壳涂抹成鲜艳的什么水果，高高悬挂于荆棘枝上，照得我们单调的心灵有光有色。

就是这个杜老师，一次在课堂上讲了叶圣陶的《古代英雄的石像》后说，希望我们的同学们中间将来也能出现一两个作家。后来，杜老师倡导我们班办起了名叫《火星报》的壁报，并不断督催我在壁报上写文章。

那些年，解放战争还在进行中。当解放了拥有大型纺织厂的宝鸡之时，上级特别关怀我们这些孩子，在大家都穿劣质粗布衣的情况下，给我们每人发了一身蓝色卡其布制服。我们当然很得意，常常穿着那衣服在街上显摆，总能吸引不少目光。穿脏了的时候，我去杨家岭沟口的延河畔洗，谁知一不小心，衣服竟被激流冲走了。我怎会甘心失去它，硬是顺着水流的方向冒险蹚入下游的深水区，水都淹到胸前了，但还是没有找到，好多天闷闷不乐。谁知当我完全将它忘却了的时候，杜老师却拿来一件衣服，在我眼前晃了晃。我一看，正是我的呀。杜老师笑眯眯地对我说："衣服肯定是要归你的，但是有个前提条件，你要认真写一篇文章，给《延安报》寄去。"于是，我便写了一篇题名为《我真佩服田双》的文章。不料刚过几天，文章就发出来了，还寄来了一些稿费。这事在学校震动可大了，于是一些同学找上我来，组织了一个通讯组。

延安的夏天有时酷热难当，但是已成废墟的中央大礼堂凉风习习，是练习写作的好去处。那儿四壁高如悬崖，空空的顶上是天和云彩；里面没有桌椅，却长了半人高的蒿草，时有麻雀和燕子啼鸣着飞来飞去。我常和通讯组的同学钻进大礼堂，随手搬几块砖坐下，分头写作或是一起讨论。有时蚂蚱还会猛地跳到我们的怀里，仿佛也想说点什么。

那是在草丛之中，诗意之中，浪漫之中。许多草是开了花的，有的上面还颤着雾般的蜂翅，愈显得诗意和浪漫。

不久我们的稿子接二连三地在《延安报》上发表出来了，有报道，有短文，也有诗歌和快板。

其时，那座飞机楼——国宝级的建筑，学校却是用来做灶房的。柴烟、蒸气和香味，常从那儿飘漾而出，游走在杨家岭的角角落落和我的呼吸道中。飞机楼前面的院子，那应该是世界上最著名的院子之一。人们说，在1942年的某一天夜晚，这里曾经高挂过一盏汽灯，出席延安文艺座谈会的作家艺术家们，在灯下聆听过毛主席的总结讲话。而此刻，它既是我们的操场，又是我们的饭场，每次开饭的时候，我们就集聚在这儿用餐：每班蹲作一圈，圈里放着菜桶和笸箩，笸箩里盛的是作为主食的馍馍或肉卷子或小米干饭。抬头看天，有时候蓝得虚虚幻幻，有时却有黄风刮过，发出一阵阵哨声，但这些都不能左右我们的食欲。我最喜欢吃的当然是肉卷子了，那是剁成丁丁的猪肉和大葱，用发面卷了上笼蒸出来的。至今想起来，仿佛在回味一个美梦。

有一天我们正蹲在这儿吃饭，霍校长兴冲冲地走来了，让我和通讯组的另一个同学饭后到他的办公室。霍校长的办公室就是毛主席住过的那孔窑洞。霍校长说："你们发表在报上的文章我都看到了，现在，连报社都表扬你们了。好好写！"其实我们已经知道了，《延安报》以编辑部的名义发表短论，号召全地区通讯组向我们学习。随后，他给我们每人发了两支铅笔和一个硬皮本子。我们能体会到那是一种庄严的奖励。那时候，一切都朴素简洁得让人终生难忘。

越过我们的当年向前看去——许多著名文学家都曾是杨家岭的常客；许多秧歌队都曾在杨家岭闹得热火朝天；《白毛女》的首演地也是杨家岭。杨家岭有着厚重的艺术积淀，那积淀无形中在我当年稚嫩的细胞里蠕动和发散。我之后之所以能走上文学创作的道路，一路上长出的棵棵草儿，开出的朵朵花儿，我常想，其中的一些定力、悟性和尚可称得上翠艳的东西，至少有四成是得之于此。

图书在版编目（CIP）数据

安塞腰鼓 / 刘成章著 . —北京：民主与建设
出版社，2017. 12
（名家散文自选集）
ISBN 978-7-5139-1816-9

Ⅰ . ①安… Ⅱ . ①刘… Ⅲ . ①散文集—中国—当代
Ⅳ . ① I267

中国版本图书馆 CIP 数据核字（2017）第 283206 号

安塞腰鼓
ANSAI YAOGU

出 版 人　许久文
总 策 划　李继勇
著　　者　刘成章
责任编辑　刘树民
封面设计　宋双成
出版发行　民主与建设出版社有限责任公司
电　　话　（010）59417747　59419778
社　　址　北京市海淀区西三环中路 10 号望海楼 E 座 7 层
邮　　编　100142
印　　刷　三河市腾飞印务有限公司
版　　次　2018 年 1 月第 1 版　2018 年 2 月第 2 次印刷
开　　本　787mm×960mm　1/16
印　　张　24 印张
字　　数　220 千字
书　　号　ISBN 978-7-5139-1816-9
定　　价　39.80 元

注：如有印、装质量问题，请与出版社联系。